ARTEMIS FOWL

Artemis Fowl

Encuentro en el Ártico

Eoin Colfer

Traducción de Ana Alcaina

Montena

Título original: *Artemis Fowl: The Artic Incident*

Tercera edición con esta cubierta: julio, 2005

Printed in Spain – Impreso en España

ISBN: 84-8441-173-7
Depósito legal: B. 33.114 - 2005

Fotocomposición: Fotocomposición 2000

Impreso en Novagrafik
Vivaldi, 5. Montcada i Reixac (Barcelona)

GT 1 1 7 3 7

Para Betty

ÍNDICE

Artemis Fowl:

Evaluación psicológica

Fragmento extraído de *La adolescencia*

A la edad de trece años, nuestro sujeto, Artemis Fowl, ya mostraba indicios de poseer una inteligencia muy superior a la de cualquier otro ser humano desde Wolfgang Amadeus Mozart. Artemis había vencido al campeón europeo de ajedrez Evan Kashoggi en un torneo virtual por internet, había patentado más de veintisiete inventos y ganado el concurso de arquitectura para diseñar la nueva sede de la ópera de Dublín. También había creado un programa informático que desviaba millones de dólares de diversas cuentas suizas a la suya propia, falsificado más de una docena de cuadros impresionistas y birlado a las Criaturas Mágicas una cantidad de oro considerable.

La pregunta es «por qué»; ¿qué impulsó a Artemis Fowl a involucrarse en el mundo de la delincuencia y el crimen organizado? La respuesta se halla en la figura de su padre.

Artemis Fowl padre era el cabecilla de un imperio criminal que se extendía desde los muelles de Dublín hasta los callejones de los arrabales de Tokio, pero albergaba la ambición de llegar a establecerse algún día como un honrado hombre de negocios. Compró un carguero, lo llenó con doscientas cincuenta mil latas de Coca-Cola y zarpó rumbo a Murmansk, al norte de Rusia, donde había cerrado un trato que iba a proporcionarle beneficios a lo largo de varias décadas.

Por desgracia, la *mafiya* rusa decidió que no quería que ningún pez gordo irlandés se llevase a su casa una tajada de su negocio, así que hundió el *Fowl Star* en la bahía de Kola. Se declaró a Artemis Fowl I desaparecido, dado por muerto.

Artemis hijo era ahora el cabecilla de un imperio con fondos financieros limitados. Con el fin de restablecer la fortuna familiar, emprendió una carrera criminal que le procuraría más de quince millones de libras en dos años escasos.

El grueso de esta inmensa fortuna se empleó básicamente para financiar varias expediciones de rescate a Rusia. Artemis se negaba a creer que su padre estuviese muerto, a pesar de que a medida que iban pasando los días esta posibilidad se hacía cada vez más probable.

Artemis evitaba a todos los demás chicos de su edad y le molestaba enormemente tener que ir al colegio, pues sin duda prefería dedicar el tiempo a urdir su próxima aventura delictiva.

Así, a pesar de que su participación en la sublevación de los goblins a sus trece años iba a resultar traumática, aterradora y peligrosa, seguramente fue lo mejor que le podría haber ocurrido en la vida. De este modo, al menos pasó algún tiempo al aire libre y conoció a gente nueva.

Es una pena que la mayor parte de esa gente quisiera verle muerto.

Informe elaborado por el doctor J. Argon, experto en Psicología, para los archivos de la Academia de la PES.

PRÓLOGO

Murmansk, norte de Rusia, hace dos años

LOS dos rusos estaban tiritando junto a un barril en llamas, en un vano intento de protegerse del frío ártico. La bahía de Kola no era un destino idóneo pasado septiembre, y Murmansk mucho menos. En Murmansk, hasta los osos polares llevaban bufanda; era imposible que existiese un lugar más frío, salvo tal vez Noril'sk.

Los hombres eran miembros de la *mafiya* rusa y estaban más bien acostumbrados a pasar las noches en el interior de BMW robados. El más grandote de los dos, Mijael Vassikin, consultó su «Trolex», uno de esos Rolex falsos, que llevaba bajo la manga de su abrigo de piel.

–Este reloj de pacotilla podría congelarse –dijo al tiempo que daba unos golpecitos al dispositivo de inmersión–. Y entonces ¿qué hago con él?

–Deja ya de quejarte –lo reprendió el que se hacía llamar Kamar–. Para empezar, es culpa tuya que estemos atrapados aquí fuera y con este frío.

Vassikin se quedó pasmado.

–¿Cómo dices?

–Nuestras órdenes eran muy simples: hundir el *Fowl Star.* Lo único que tenías que hacer era volar la bodega de carga. Era un barco lo bastante grande, de eso no hay ninguna duda. Volar la bodega de carga y ya está: al fondo del mar, matarile, rile... Pero no, el gran Vassikin ha tenido que volar la proa. Ni siquiera un torpedo de refuerzo para terminar el trabajo, así que ahora tenemos que buscar a los supervivientes.

–Bueno, pero el barco se ha hundido, ¿no?

Kamar se encogió de hombros.

–¿Y qué? Se ha hundido muy despacio, de modo que los pasajeros han tenido tiempo de sobra para agarrarse a algo. ¡El famoso Vassikin, con una puntería de primera! ¡Hasta mi abuela sería capaz de disparar mejor!

Lyubjin, el hombre de la *mafiya* en los muelles, se acercó antes de que la discusión acabase como el rosario de la aurora.

–¿Cómo va la cosa? –preguntó el hombre de aspecto osuno, originario de Yakut.

Vassikin lanzó un escupitajo al muro del muelle.

–¿A ti qué te parece? ¿Habéis encontrado algo?

–Peces muertos y cajas de embalaje rotas –respondió el recién llegado al tiempo que les ofrecía a los otros dos una taza humeante–. Nada con vida. Ya han pasado más de ocho horas. Tengo a mis mejores hombres rastreándolo todo desde aquí hasta Cabo Verde.

Kamar dio un prolongado sorbo y luego escupió con gesto asqueado.

–¿Qué es esto? ¿Alquitrán?

Lyubjin se echó a reír.

–Coca-Cola caliente. De la carga del *Fowl Star*. Están saliendo a flote con las cajas. Desde luego, esta noche sí que puede decirse que estamos en la bahía de Kola, je, je.

–Te lo advierto –repuso Vassikin mientras tiraba el líquido a la nieve–. Este tiempecito está acabando con mi paciencia, así que no quiero oír ni un solo chiste más. Ya tengo bastante con aguantar a Kamar.

–Tranquilo, que no te queda mucho –murmuró su compañero–. Un barrido más y cancelaremos la búsqueda. Nada podría sobrevivir en estas aguas durante ocho horas.

Vassikin tendió su taza vacía.

–¿No tienes algo más fuerte? ¿Un poco de vodka para combatir el frío? Sé de buena tinta que siempre tienes una botella guardada en alguna parte.

Lyubjin alargó el brazo hacia el bolsillo de su pantalón, pero se detuvo al oír unas interferencias en el *walkie-talkie* que llevaba en el cinturón, tres ruiditos secos.

–Tres chasquidos. Es la señal.

–¿La señal de qué?

Lyubjin echó a correr muelle abajo, volviéndose para gritar por encima del hombro.

–Tres chasquidos por radio: ¡significa que la unidad K9 ha encontrado a alguien!

El superviviente no era ruso, un hecho que saltaba a la vista por su indumentaria. Era evidente que todo, desde el traje de diseño exclusivo hasta el abrigo de cuero, había sido adquirido en Europa occidental, puede que incluso en Estados Unidos. La ropa estaba hecha a medida y del material de más alta calidad.

Pese a que la ropa del hombre estaba relativamente intacta, no podía decirse lo mismo de su cuerpo: sus pies y manos desnudos mostraban síntomas de congelación; una pierna le colgaba de forma grotesca a partir de la rodilla y su rostro era una máscara horrenda de quemaduras.

El equipo de búsqueda lo había transportado desde un barranco situado tres *clics* al sur del puerto, en una camilla de lona improvisada. Los hombres se arremolinaron en torno a su trofeo, mientras pateaban enérgicamente para sacudirse el frío que se apoderaba de sus botas. Vassikin se abrió paso a codazos entre el grupo y se arrodilló para examinar al prisionero de cerca.

–Perderá la pierna, eso seguro –señaló–. Y también un par de dedos. Tampoco tiene buena cara.

–Gracias, doctor Mijael –comentó Kamar con aire socarrón–. ¿Lleva algún documento de identidad encima?

Vassikin llevó a cabo el típico registro de un ladrón: cartera y reloj.

–Nada. Qué raro. Se diría que un hombre tan rico como este tendría que llevar encima algunos objetos personales, ¿no os parece?

Kamar asintió.

–Sí, a mí sí me lo parece. –Se volvió hacia el grupo de hombres–. Esperaré diez segundos; luego habrá bronca. Quedaos con el dinero, pero devolvedme todo lo demás.

Los marineros vacilaron unos minutos. Aquel hombre no

era muy grande, pero pertenecía a la *mafiya*, el sindicato del crimen organizado ruso.

Una cartera de piel surcó el espacio por encima de la multitud de cabezas y rebotó en una esquina de la camilla. Al cabo de unos segundos la acompañó un cronógrafo Cartier de oro con incrustaciones de diamantes, por valor de cinco años del salario medio de un ruso.

–Sabia decisión –dictaminó Kamar, recogiendo el tesoro.

–¿Y bien? –preguntó Vassikin–. ¿Nos quedamos con él?

Kamar extrajo una tarjeta Visa Platino de la billetera de piel de cabritilla y leyó el nombre que había inscrito en ella.

–Ya lo creo que nos quedamos con él... –respondió, al tiempo que activaba su teléfono móvil–. Nos lo quedamos y además vamos a taparlo con unas mantas. Con la suerte que estamos teniendo últimamente, pillará una neumonía y, creedme, no queremos que nada malo le suceda a este hombre: es nuestro pasaporte para la gran vida.

Kamar estaba empezando a ponerse eufórico, lo cual no era nada propio de él.

Vassikin se puso de pie.

–¿A quién llamas? ¿Quién es este tipo?

Kamar marcó un número que tenía memorizado en el aparato.

–Llamo a Britva. ¿A quién crees que voy a llamar?

Vassikin palideció. Llamar al jefe era peligroso. Britva tenía fama de matar a los mensajeros que le traían malas noticias.

–Son buenas noticias, ¿verdad? ¿Lo llamas para darle una buena noticia?

Kamar le arrojó la Visa a su compañero.

–Lee eso.

Vassikin examinó la tarjeta durante varios minutos.

–No sé leer *angliskii*. ¿Qué dice aquí? ¿Cómo se llama?

Kamar se lo dijo. Una sonrisa lenta fue aflorando en los labios de Mijael.

–Haz esa llamada –dijo.

CAPÍTULO I: LAZOS DE FAMILIA

LA pérdida de su marido tuvo un efecto devastador sobre Angeline Fowl. Se encerró para siempre en su habitación, decidida a no salir nunca al exterior y buscó refugio en los recovecos de su mente, prefiriendo los sueños del pasado a la vida real. No está claro que hubiese llegado a recuperarse algún día de no ser por el pacto que su hijo, Artemis II, hizo con la elfa Holly Canija: la cordura de su madre a cambio de la mitad del oro del rescate que le había robado a la policía de los Seres Mágicos. Con su madre plenamente recuperada, Artemis concentró toda su energía en localizar a su padre, invirtiendo grandes cantidades de la fortuna familiar en expediciones a Rusia, en servicios de inteligencia local y en empresas de búsqueda a través de internet.

El joven Artemis había heredado doble ración de la astucia que caracterizaba al linaje de los Fowl, sin embargo, con la recuperación de su madre, una dama hermosa, íntegra y honesta, cada vez le resultaba más difícil poner en práctica sus maquiavélicos planes, conspiraciones que, por otra parte, cada vez eran más necesarias para financiar las labores de búsqueda de su padre.

Angeline, angustiada por la obsesión de su hijo adolescente y preocupada por el efecto que los dos años anteriores habían tenido sobre su cerebro, inscribió al chico en varias sesiones de psicoterapia con el psicólogo de la escuela.

Hay que compadecerlo, al pobre. Al psicólogo, claro está...

Colegio Saint Bartleby's para chicos
Condado de Wicklow, Irlanda, en la actualidad

El doctor Po se recostó en el mullido sillón y recorrió con un vistazo rápido el contenido de la página que tenía ante sí.

–Y ahora, señor Fowl, hablemos, ¿de acuerdo?

Artemis lanzó un profundo suspiro, apartándose un mechón de pelo negro de su frente ancha y pálida. ¿Cuándo aprendería la gente que una mente tan extraordinaria como la suya no podía ser analizada? Él mismo había leído más manuales de psicología que el propio psicólogo, y había contribuido incluso con un artículo publicado en *The Psychologists' Journal* bajo el pseudónimo de doctor F. Roy Dean Schlippe.

–Por supuesto, doctor. Hablemos de su sillón. ¿Victoriano?

Po acarició con afecto el brazo de cuero del sillón.

–Efectivamente. Es una especie de herencia familiar. Mi abuelo la adquirió en una subasta en Sotheby's. Al parecer, antes estuvo en los salones de palacio. El favorito de la reina.

Una sonrisa tirante tensó los labios de Artemis un centímetro aproximadamente.

–¿De veras, doctor? Por lo general, no suelen admitir imitaciones en el palacio.

La mano de Po sujetó con fuerza el cuero desgastado.

–¿Imitaciones, dice? Le aseguro, señor Artemis, que este sillón es completamente auténtico.

Artemis inclinó el cuerpo hacia delante para realizar un examen más minucioso.

–Es muy buena, sin duda, pero mire aquí. –La mirada de Po siguió el dedo del joven–. Fíjese en las puntadas. ¿Ve el dibujo en zigzag de la parte de arriba? Está hecho a máquina. De 1920 como mucho. Su abuelo fue víctima de una estafa, pero ¿qué importa? Un sillón es un sillón. Una posesión sin ninguna importancia, ¿no le parece, doctor?

Po se puso a garabatear en un papel con frenesí, ocultando su consternación.

–Sí, Artemis, es usted muy listo. Tal como dice su expediente. Siempre poniendo en práctica sus triquiñuelas. Y ahora, ¿podemos volver a concentrarnos en usted?

Artemis Fowl II alisó la arruga que había en sus pantalones.

–Tenemos un problema en cuanto a eso, doctor.

–¿Ah, sí? ¿Y cuál es ese problema?

–El problema es que me sé todas las respuestas del manual de psicología a cualquier pregunta que me haga.

El doctor Po pasó un minuto entero escribiendo atropelladamente en su cuaderno de notas.

–Es cierto que tenemos un problema, Artemis, pero no es el que usted apunta –respondió al fin.

Artemis estuvo a punto de sonreír. Sin duda, el doctor iba a obsequiarle de nuevo con otra de sus previsibles teorías. ¿Qué trastorno tendría hoy? ¿Múltiple personalidad, tal vez, o quizá sería un mentiroso patológico?

–El problema es que no respeta a nadie lo suficiente como para tratarlo de igual a igual.

Artemis se quedó desconcertado ante aquella afirmación. Aquel doctor era más listo que los otros.

–Eso es absurdo. Admiro muchísimo a varias personas.

Po no levantó la vista de su cuaderno de notas.

–¿De veras? ¿A quién, por ejemplo?

Artemis se quedó pensativo unos instantes.

–A Albert Einstein. Sus teorías eran, en general, correctas. Y también a Arquímedes, el matemático griego.

–¿Y qué me dice de alguien a quien conozca personalmente? –Artemis se esforzó por recordar a alguien, pero no le vino nadie a la mente–. ¿Qué? ¿No se le ocurre ningún ejemplo?

Artemis se encogió de hombros.

–Parece tener todas las respuestas, doctor Po. ¿Por qué no me lo dice usted?

Po abrió una ventana de su ordenador portátil.

–Extraordinario. Cada vez que leo esto...

–Mi biografía, supongo.

–Sí, con ella se explican muchas cosas.

–¿Como qué? –preguntó Artemis, interesado a pesar de sí mismo.

El doctor Po imprimió una página.

–En primer lugar, está su ayudante, Mayordomo. Un guardaespaldas, según tengo entendido. Dudo que sea una compañía adecuada para un joven influenciable. Luego está su madre, una mujer maravillosa, en mi opinión, pero sin ningún tipo de control sobre su comportamiento. Y finalmente, está su padre. Según este informe, nunca fue un modelo de padre precisamente, ni siquiera cuando estaba vivo.

Aquel comentario le dolió, pero Artemis no tenía ninguna intención de dejar que el doctor adivinase hasta qué punto.

–Su informe contiene un error, doctor –le corrigió–. Mi padre está vivo. Desaparecido tal vez, pero vivo.

Po releyó el informe.

–¿De verdad? Tenía la impresión de que llevaba desaparecido casi dos años. Vaya, los tribunales lo han declarado legalmente muerto.

La voz de Artemis no transmitió ningún tipo de emoción, aunque el corazón le latía con mucha más fuerza que de costumbre.

–No me importa lo que digan los tribunales ni la Cruz Roja. Está vivo y lo encontraré.

Po garabateó otra nota en su cuaderno.

–Pero aunque volviese su padre... ¿qué ocurriría? –le preguntó–. ¿Seguiría sus pasos? ¿Sería un criminal como él? ¿Tal vez ya lo es?

–Mi padre no es ningún criminal –recalcó Artemis con irritación–. Estaba trasladando todos nuestros bienes y activos a empresas completamente legales. La operación de Murmansk era del todo legítima.

–Está evitando la cuestión, Artemis –dijo Po.

Sin embargo, Artemis ya se había hartado de aquella línea

de interrogatorio. Había llegado el momento de jugar un poco.

–¿Por qué dice eso, doctor? –exclamó Artemis, perplejo–. Es un tema muy delicado para mí, ¿sabe? A lo mejor podría estar sufriendo una depresión.

–Supongo que sí –dijo Po, percibiendo una brecha en la resistencia del chico–. ¿Es ese el caso?

Artemis hundió el rostro entre sus manos.

–Se trata de mi madre, doctor.

–¿Su madre? –repitió Po, tratando de disimular el entusiasmo de su voz. Artemis ya había jubilado a media docena de psicólogos de Saint Bartleby's ese año. A decir verdad, Po estaba al borde de hacer la maleta él también, pero ahora...

–Mi madre, ella...

Po inclinó el cuerpo hacia delante en su sillón victoriano falso.

–Su madre, ¿sí...?

–Me obliga a someterme a esta ridícula terapia cuando los supuestos «psicólogos» del colegio no son más que una panda de buenos samaritanos ignorantes, con títulos universitarios.

Po lanzó un suspiro.

–Muy bien, Artemis. Como usted quiera, pero nunca va a encontrar la paz si sigue rehuyendo sus problemas.

Artemis se libró de oír un análisis más detallado gracias a la vibración de su teléfono móvil. Funcionaba en una línea segura codificada, y solo una persona tenía el número. El chico se lo sacó del bolsillo y abrió la solapa del diminuto aparato.

–¿Sí?

La voz de Mayordomo se oyó a través del receptor.

–Artemis, soy yo.

–Evidentemente. Estoy en plena reunión con alguien.

–Nos ha llegado un mensaje.

–Vale. ¿De dónde?

–No lo sé con exactitud, pero tiene que ver con el *Fowl Star*.

Una sacudida le recorrió la espina dorsal.

–¿Dónde estás?

–En la puerta principal.

–Buen chico. Ahora voy para allá.

El doctor Po se quitó las gafas de golpe.

–Esta sesión no ha terminado, jovencito. Hoy hemos hecho algunos progresos, aunque usted no lo admita. Márchese ahora y me veré obligado a informar al decano.

La advertencia no sirvió de nada con Artemis: ya estaba en otra parte. Un hormigueo eléctrico y familiar le bullía en la piel. Aquello era el principio de algo, lo presentía.

CAPÍTULO II:
EN BUSCA DE CHIX

WEST BANK, CIUDAD REFUGIO,
LOS ELEMENTOS DEL SUBSUELO

LA imagen tradicional de un duendecillo es la de un pequeño diablo travieso vestido con un traje verde. Esta es la imagen que tienen los humanos, claro está. Los seres mágicos tienen sus propios estereotipos; las Criaturas, por lo general, se imaginan a los agentes del escuadrón de Reconocimiento de la Policía de los Elementos del Subsuelo como gnomos malhumorados y agresivos o elfos grandotes y robustos a quienes se recluta directamente de sus equipos de baloncruje de la universidad.

La capitana Holly Canija no se ajustaba a ninguna de estas descripciones, sino todo lo contrario: seguramente sería la última persona a quien escogería nadie para ser miembro del escuadrón de Reconocimiento de la PES. En caso de tener que adivinar su profesión, su mirada gatuna y sus músculos nervudos podrían sugerir que se trataba de una gimnasta o de una espeleóloga profesional; sin embargo, si la examináramos con más detenimiento, más allá de su cara bonita, y la mirásemos directamente a los ojos, veríamos una determinación absolutamente abrasadora, capaz de encender una vela a diez pasos de distancia, y una inteligencia y una astucia que la convertían en uno de los agentes más respetados de Reconocimiento.

Por supuesto, técnicamente, Holly ya no pertenecía a Reconocimiento. Desde el caso Artemis Fowl, cuando fue secuestrada y retenida como rehén, había sido objeto de una minuciosa inspección y su condición de primera agente femenina de Reconocimiento había sido reconsiderada. El único motivo por el que no estaba en su casa regando los helechos ahora mismo era porque el comandante Remo había amenazado con entregar su propia placa si Holly era suspendida de servicio. Remo sabía –aunque en Asuntos Internos no estaban convencidos de ello– que el secuestro no había sido culpa de Holly, y que solo su agilidad mental había impedido la pérdida de vidas.

Sin embargo, los miembros del Consejo no sentían ningún interés especial por la pérdida de vidas humanas: les preocupaba más la pérdida del oro de las Criaturas Mágicas y, según ellos, Holly les había costado una buena parte del fondo para rescates de Reconocimiento. Holly estaba más que dispuesta a volar hasta la superficie y retorcerle el cuello a Artemis Fowl hasta obligarlo a devolver el oro, pero las cosas no funcionaban así: el Libro, la Biblia de las Criaturas, sostenía que una vez que un humano lograba separar a un duende de su oro, el humano podía quedarse con el oro.

Y así, en lugar de confiscar su placa, Asuntos Internos había insistido en que destinasen a Holly a algún puesto burocrático, a alguna parte donde no pudiese causar ningún daño. La sección de operaciones de vigilancia fue la opción más evidente. Enviaron a Holly al servicio de Aduanas, situado en el sombrero de un champiñón y pegado a la parte de una roca, con vistas al conducto de un elevador de presión. Un trabajo sin ningún porvenir.

Una vez dicho esto, el contrabando era una grave preocupación para la Policía de los Elementos del Subsuelo. No era por el contrabando en sí, que por lo general consistía en trastos y cacharros inofensivos –gafas de sol de diseño, DVD, cafeteras para hacer *capuccinos* y cosas así–, sino por el método de adquisición dichos artículos.

La organización secreta B'wa Kell, formada por goblins, había acaparado el mercado del contrabando y se estaba volviendo cada vez más audaz en sus excursiones a la superficie. Se rumoreaba incluso que los goblins habían construido su propia lanzadera de carga para que sus expediciones resultasen más viables económicamente.

El principal problema era que los goblins eran criaturas tontas de remate. Solo hacía falta que a uno de ellos se le olvidase protegerse con el escudo, para que las fotos de goblins rebotasen de los satélites a las emisoras de noticias del mundo entero, y entonces, los Elementos del Subsuelo, el último reducto sin Fangosos de todo el planeta, sería descubierto. Cuando eso sucediese, y teniendo en cuenta que la naturaleza humana era como era, la contaminación, la especulación subterránea y la explotación laboral serían consecuencias seguras.

Esto significaba que cualquier desdichado que tuviese la

mala fortuna de estar incluido en las listas negras del Departamento tenía que pasar meses y meses realizando labores de vigilancia, razón por la cual Holly se hallaba, ese momento, anclada en el exterior de la entrada a un conducto poco frecuentado.

El E37 era un elevador de presión que iba a parar al centro de París, Francia. La capital europea se consideraba como una zona de alto riesgo, por lo que rara vez se concedían visados para visitarla. Solo por asuntos relacionados con la PES. Hacía décadas que ningún civil pisaba el conducto, pero, pese a ello, seguía mereciendo una vigilancia de veinticuatro horas al día siete días a la semana, lo cual significaba seis agentes en turnos de ocho horas.

A Holly le habían endilgado a Chix Verbil como compañero de champiñón. Como la mayoría de los duendecillos, Chix se creía el no va más en *sex appeal* vestido de verde, el terror de las elfas, y pasaba más horas tratando de impresionar a Holly que haciendo su trabajo.

–Esta noche estás muy guapa, capitana. –Fue la primera frase de Chix esa noche en concreto–. ¿Te has hecho algo en el pelo?

Holly ajustó el enfoque de la pantalla, preguntándose qué clase de peinado nuevo iba a poder hacerse con aquel pelo cortado al rape y aquel color castaño rojizo.

–Concéntrate, soldado. Podría haber un tiroteo de un momento a otro.

–Lo dudo, capitana. Este sitio está más muerto que los inquilinos del cementerio. Me encantan las misiones como esta. Fáciles y tranquilas. Solo vigilar.

Holly examinó la escena que se desarrollaba abajo. Verbil tenía razón: aquella zona de las afueras, antaño tan próspera y bulliciosa, se había convertido en una ciudad fantasma tras el cierre al público del conducto de lanzamiento. Solo algún que otro trol merodeaba de vez en cuando por los alrededores de su champiñón. Cuando los troles empezaban a vigilar el territorio de una zona era señal inequívoca de que estaba desierta.

–Solo estamos tú y yo, capitana. Y la noche es joven.

–Vale ya, Verbil. Concéntrate en el trabajo, ¿o es que el de soldado raso no es un rango lo bastante bajo para ti?

–Sí, Holly, perdón, quiero decir..., sí, capitana.

Los duendecillos. Eran todos iguales. Dales un par de alas y se creerán irresistibles.

Holly se mordió el labio. Ya habían malgastado suficiente oro del contribuyente en aquella operación de vigilancia. Lo sensato sería que los mandamases la suspendiesen de una vez, pero no iban a hacerlo: las labores de vigilancia eran ideales para alejar del ojo público a los agentes que resultan demasiado embarazosos.

A pesar de todo esto, Holly estaba decidida a dar lo mejor de sí misma para realizar el trabajo; no pensaba darle al tribunal de Asuntos Internos más munición para que la arrojaran contra ella.

Holly comprobó en la pantalla de plasma la lista de tareas diarias que debían realizar en el interior del sombrero del champiñón. Los indicadores de las abrazaderas neumáticas estaban en verde, lo cual significaba que había combustible de sobra para mantener el puesto de vigilancia allí colgado durante otras cuatro largas y soporíferas semanas.

A continuación, en la lista aparecía la detección de imágenes por vía térmica.

–Chix, quiero que te des un vuelo. Vamos a hacer una inspección térmica.

Verbil sonrió. A los duendecillos les encantaba volar.

–A la orden, capitana –repuso, al tiempo que se sujetaba una barra de termoescáner al pecho.

Holly abrió un agujero en el sombrero, y Chix lo atravesó con rapidez para adentrarse en las sombras. La barra que llevaba en el pecho roció el área inmediatamente inferior con rayos sensibles al calor. Holly inició el programa del termoescáner en su ordenador. El monitor se inundó de imágenes borrosas en diversos tonos de gris; en él aparecería cualquier criatura viva, aunque estuviese detrás de una capa de roca sólida. Sin embargo, no había absolutamente nada: solo unos cuantos sapos deslenguados y el final de la cola de un trol saliéndose a rastras de la pantalla.

La voz de Verbil crepitó por el altavoz:

–Eh, capitana. ¿Quieres que me acerque un poco más?

Ese era el problema con los escáneres portátiles: cuanto más te alejabas, más débiles eran los rayos.

–Vale, Chix. Un barrido más. Ten mucho cuidado.

–No te preocupes, Holly. Chix, tu hombre, saldrá de esta de una pieza, enterito para ti.

Holly dio un resoplido para lanzarle una respuesta amenazadora, pero la réplica no llegó a salir de su garganta. En la pantalla, algo se movía.

–Chix, ¿lo estás recibiendo?

–Afirmativo, capi. Lo estoy recibiendo, pero no sé qué es lo que estoy recibiendo.

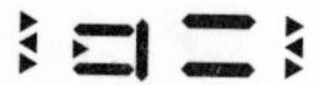

Holly ajustó la resolución de una parte de la pantalla. Había dos seres moviéndose por el segundo nivel. Los seres eran de color gris.

–Chix. Mantén tu posición. Sigue escaneando.

¿Gris? ¿Cómo era posible que dos cosas de color gris se moviesen? El gris significaba muerte, ninguna emisión de calor, más frío que una tumba. Y sin embargo...

–En guardia, soldado Verbil. Posibles fuerzas hostiles.

Holly abrió un canal de comunicación con la Jefatura de Policía. Potrillo, el mago tecnológico de la PES, sin duda estaría en la cabina de Operaciones viendo las imágenes de vídeo que estaban transmitiendo.

–Potrillo, ¿estás viendo eso?

–Sí, Holly –respondió el centauro–. Acabo de trasladaros a la pantalla principal.

–¿Qué opinas de esas figuras? ¿El color gris moviéndose? Nunca había visto nada parecido.

–Yo tampoco. –Siguió un breve silencio, interrumpido por el repiqueteo de un teclado–. Hay dos explicaciones posibles: una, un mal funcionamiento del equipo. Podrían ser imágenes fantasma procedentes de otro sistema. Como las interferencias en una radio.

–¿Y la otra explicación?

–Es tan absurda que no vale la pena ni mencionarla.

–Bueno, Potrillo, pues hazme un favor: menciónala.

–Está bien. Por ridículo que pueda parecer, es posible que alguien haya encontrado un modo de burlar la seguridad de mi sistema.

Holly palideció. Si Potrillo llegaba hasta el extremo de admitir la posibilidad, entonces es que era casi definitivamente cierta. Cerró la comunicación con el centauro y volvió a dedicar su atención al soldado Verbil.

–¡Chix! ¡Sal de ahí inmediatamente! ¡Retirada! ¡Retirada!

Pero el duendecillo estaba demasiado ocupado tratando de impresionar a su hermosa capitana para reconocer la gravedad de su situación.

–Tranquila, Holly. Soy un duendecillo. Nadie puede dispararle a un duendecillo.

Fue en ese momento cuando un proyectil atravesó uno de los ventanales del conducto de lanzamiento y abrió un agujero del tamaño de un puño en el ala de Verbil.

Holly enfundó una Neutrino 2000 en su pistolera y empezó a dar órdenes a través del intercomunicador del casco.

–Código Catorce, repito, Código Catorce. Duende herido. Duende herido. Nos están disparando. E37. Envíen una microambulancia y refuerzos.

Holly saltó por la escotilla y descendió hasta el suelo del túnel haciendo *rappel.* Se escondió detrás de una estatua de Frond, el primer rey elfo. Chix yacía sobre un montón de escombros al otro lado de la avenida. No tenía buen aspecto. El lateral del casco se le había abollado al golpearse contra los restos en forma de pico de un muro bajo, y su sistema de comunicación había quedado completamente inutilizado.

Holly necesitaba llegar hasta él enseguida, o lo perderían, pues los duendecillos solo tenían poderes de curación limitados. Podían hacer desaparecer una verruga haciendo uso de la magia, pero cerrar las heridas estaba fuera de su alcance.

–Te voy a poner con el comandante –le anunció la voz de Potrillo al oído–. Mantente a la espera.

El tono áspero de la voz del comandante Remo arañó las ondas de radio. No parecía estar de buen humor, pero eso no era ninguna sorpresa.

–Capitana Canija, quiero que mantengas tu posición hasta que lleguen los refuerzos.

–Negativo, comandante. Chix está herido. Tengo que acudir en su auxilio.

–Holly, el capitán Kelp está a solo unos minutos. Mantén tu posición. Repito. Mantén tu posición.

Tras el visor del casco, Holly apretó los dientes con auténtica frustración. Estaba a un paso de que la echaran de la PES y ahora esto: para salvar a Chix tendría que desobedecer una orden directa.

Remo percibió su indecisión.

–Holly, escúchame. Sea lo que sea lo que os estén disparando, ha atravesado el ala de Verbil. Tu chaleco PES es una birria, así que estate quieta y espera al capitán Kelp.

El capitán Kelp. Posiblemente, el agente más agresivo de la PES, famoso por haber escogido el sobrenombre de Camorra en su ceremonia de graduación; y sin embargo, Holly no habría preferido a ningún otro agente para que la protegiera al cruzar una puerta.

–Lo siento, señor, pero no puedo esperar. Chix ha recibido un disparo en el ala. Ya sabe lo que eso significa.

Dispararle a un duendecillo en el ala no era como disparar a un pájaro. Las alas eran el órgano más grande de los duendecillos y contenían siete arterias principales. Un orificio de bala como aquel podría haber desgarrado al menos tres.

El comandante Remo lanzó un suspiro que, a través de los altavoces, sonó como una ráfaga de interferencias.

–De acuerdo, Holly, pero muévete con sigilo. No quiero perder a ningún agente hoy.

Holly desenfundó su Neutrino 2000 de la pistolera y colocó el disparador en el nivel tres. No pensaba correr ningún riesgo con aquellos francotiradores: suponiendo que fuesen goblins de la organización secreta de los B'wa Kell, en aquel nivel, el primer disparo los dejaría inconscientes durante ocho horas como mínimo.

Se agachó para tomar impulso y salió disparada de detrás de la estatua. Inmediatamente, una lluvia de metralla hizo saltar chispas de la estructura.

Holly echó a correr hacia su compañero herido, mientras los proyectiles le zumbaban alrededor de la cabeza como abejas supersónicas. Por regla general, en esta clase de situación, lo último que se debe hacer es mover a la víctima, pero con las ráfagas de disparos abatiéndose sobre ellos, no quedaba otra opción. Holly asió al soldado por las trabillas de su uniforme y lo arrastró hasta la parte posterior de una lanzadera de reparto oxidada.

Chix había permanecido mucho tiempo ahí fuera. Esbozó una sonrisa débil.

–Has venido a buscarme, capi. Sabía que lo harías.

Holly trató de disimular su preocupación.

–Pues claro que he venido a buscarte, Chix. Nunca abandono a mis hombres.

–Sabía que no podrías resistirte –dijo en un hilo de voz–. Lo sabía. –Luego cerró los ojos. Había sufrido muchas contusiones. Tal vez incluso demasiadas.

Holly se concentró en la herida. «Cúrate», ordenó mentalmente, y la magia empezó a brotar del interior de su cuerpo como si fuese un ejército de hormigas. Se le extendió por los brazos y llegó hasta sus dedos. Colocó las manos sobre la herida de Verbil. Sus dedos despidieron unos destellos azules que se derramaron sobre el orificio de bala. Las chispas retozaron alrededor de la herida, repararon el tejido chamuscado y reprodujeron la cantidad de sangre que había perdido. La respiración del duendecillo se hizo más pausada y sus mejillas empezaron a recuperar poco a poco un saludable color verde.

Holly dio un suspiro. Chix se pondría bien. Seguramente no volvería a volar con esa ala en misiones de vigilancia, pero sobreviviría. Holly tumbó al duendecillo inconsciente junto a ella, con cuidado de no sobrecargar el ala herida y, a continuación, salió en busca de las misteriosas figuras grises. Holly aumentó la potencia del disparador hasta el nivel cuatro y echó a correr sin dudarlo hacia la entrada del conducto de lanzamiento.

El primer día en la Academia de la PES, un enorme gnomo peludo con el pecho del tamaño de un trol-toro agarra a cada cadete por el cogote y lo empuja contra la pared mientras le advierte que nunca, bajo ninguna circunstancia, se le ocurra precipitarse en el interior de un edificio no protegido durante un tiroteo. Además, lo dice de una forma la mar de insistente: lo repite cada día hasta que la máxima queda grabada para siempre en el cerebro de todos los cadetes. Y, pese a ello, eso era exactamente lo que la capitana Holly Canija de la Unidad de Reconocimiento de la PES se disponía a hacer.

Hizo saltar por los aires las puertas dobles de la terminal y se adentró en ella hasta encontrar refugio bajo un mostrador de facturación de equipaje. Hacía menos de cuatrocientos años, aquel lugar había sido un auténtico hervidero de actividad, con turistas que hacían largas colas para obtener un visado para la superficie. En el pasado, París había sido un destino turístico muy popular, pero inevitablemente –al parecer– los humanos se habían quedado con la capital europea para ellos solitos. El único lugar donde los Seres Mágicos se sentían seguros era en Disneyland París, donde nadie se detenía a mirar a las criaturas bajitas, aunque fuesen de color verde.

Holly activó un filtro de detección de movimiento en su casco y escaneó el edificio a través del panel de seguridad de cuarzo del mostrador. Si algo se movía, el ordenador del casco automáticamente lo señalaría con una aureola anaranjada. Levantó la vista justo a tiempo de ver a dos figuras trotando por una galería panorámica en dirección al conducto de lanzamiento de la lanzadera. Ya no había duda de que se trataba de un par de goblins, galopando a cuatro patas para ganar velocidad y arrastrando una aerovagoneta tras de sí. Llevaban una especie de trajes de papel de aluminio reflectantes con su gorro correspondiente, obviamente para burlar los sensores térmicos. Un truco muy ingenioso. Demasiado ingenioso para unos goblins.

Holly echó a correr en paralelo a los goblins, un piso por debajo. A su alrededor, las viejas vallas publicitarias se combaban en sus soportes. TOUR DEL SOLSTICIO: DOS SEMANAS DE DURACIÓN. VEINTE GRAMOS DE ORO. NIÑOS MENORES DE DIEZ AÑOS GRATIS.

Saltó por encima del torniquete y dejó atrás a todo correr la zona de seguridad y los locales de las tiendas libres de impuestos. Ahora los goblins estaban bajando, dando golpetazos con los guantes y las botas en una escalera mecánica congelada. Con las prisas, uno de ellos perdió el gorro. Era grande para ser un goblin, pues medía más de un metro de estatura. Entornó los ojos –carentes de pestañas– por el pánico, y sacó la lengua en forma de tridente para humedecerse las pupilas.

La capitana Canija disparó unas cuantas ráfagas durante la persecución. Una de ellas hizo diana en la espalda del goblin que tenía más cerca. Holly lanzó un gruñido; no le había dado a ningún nervio vital, aunque la verdad es que no hacía ninguna falta. Aquellos trajes de aluminio tenían una desventaja: eran buenos transmisores de las descargas de neutrinos. La descarga se extendió por el material del traje como las ondas de agua en un estanque. El goblin dio un imponente salto de dos metros y luego cayó inconsciente al pie de la escalera mecánica. La aerovagoneta quedó fuera de control y se estrelló contra una cinta de equipajes. Cientos de pequeños objetos cilíndricos salieron disparados de una caja de embalaje hecha trizas.

El goblin Número Dos lanzó una andanada de disparos en dirección a Holly, pero no acertó ninguno, en parte porque le había entrado el tembleque y no dejaba de sacudir los brazos, pero también porque disparar desde la altura de la cadera es algo que solo da resultado en el cine. Holly intentó sacar una instantánea en pantalla de su arma con la cámara del casco para que el ordenador ejecutase el programa de reconocimiento, pero había demasiadas vibraciones.

La persecución se prolongó hasta los túneles inferiores y llegó hasta el mismísimo conducto de lanzamiento. Holly se sorprendió al oír el zumbido de los ordenadores de acoplamiento. Se suponía que allí no había electricidad. Los ingenieros de la PES habían desmantelado los generadores. ¿Para qué iba a hacer falta la electricidad ahí abajo?

Ya conocía la respuesta. La electricidad hacía falta para poner en funcionamiento el monorraíl de la lanzadera y el Control de la Misión. Sus sospechas se vieron confirmadas cuando entró en el hangar. ¡Los goblins habían construido una lanzadera!

Era increíble. Los goblins apenas si tenían electricidad suficiente en el cerebro para encender una bombilla de diez vatios, ¿cómo narices iban a poder construir una lanzadera? Y sin embargo, ahí estaba, aparcada en la plataforma como la peor pesadilla de un chamarilero: ni uno solo de sus componentes tenía menos de una década, y el casco era un mosaico de remaches y parches soldados.

Holly se tragó su asombro y se concentró en la persecución. El goblin se había parado para coger un par de alas de la bodega de carga. En ese momento, Holly habría podido dispararle, pero era demasiado arriesgado. No la habría sorprendido lo más mínimo que la batería nuclear de la lanzadera no estuviera protegida más que por una sola capa de plomo.

El goblin aprovechó el momento para colarse por el túnel de acceso. El monorraíl recorría toda la longitud de la roca chamuscada hasta el conducto gigante. Aquel conducto era uno de los muchos respiraderos naturales que poblaban el manto y la corteza terrestres. Los ríos de magma del núcleo fundido del planeta estallaban en sentido vertical por aquellos conductos, en dirección a la superficie, a intervalos regulares. De no ser por estos escapes de presión, la Tierra habría saltado en pedacitos hacía eones. La PES había aprovechado esta energía natural para llevar a cabo lanzamientos rápidos a la superficie. Los agentes de Reconocimiento se encaramaban a las llamaradas de magma a bordo de ovoides de titanio en los casos de emergencia. Para los viajes de placer, las lanzaderas evitaban las llamaradas de magma y empleaban las corrientes de aire caliente que ascendían por los respiraderos hasta las distintas terminales en diversas partes del mundo.

Holly aminoró el paso. El goblin no podía ir a ninguna parte, a menos que decidiese volar él mismo por el conducto, y nadie estaba tan loco para hacer eso. Cualquier cosa que entrase dentro de una llamarada de magma se freía directamente hasta quedar reducida a un nivel subatómico.

Tenía la entrada del conducto ante sí, gigantesco y rodeado de paredes de roca chamuscada.

Holly activó los altavoces del casco.

–Ya es suficiente –gritó a pleno pulmón para que el goblin la oyera a pesar del aullido del viento en las entrañas de la

Tierra–. Ríndete. No vas a poder volar por el conducto sin ciencia.

Ciencia era la palabra en argot de la PES para referirse a la información técnica. En este caso, la ciencia sería la capacidad de predecir el momento de los estallidos de magma, con una precisión casi absoluta y un margen de error de solo una décima de segundo. Normalmente.

El goblin blandió un extraño rifle y esta vez trató de apuntar cuidadosamente. El percutor se movió, pero fueran cuales fuesen los proyectiles que disparaba aquella arma, no quedaba ninguno en el cargador.

–Ese es el problema de las armas que no son nucleares: que te quedas sin munición –se burló Holly, cumpliendo así con la vieja tradición del buen pistolero en los duelos, basada en la provocación, a pesar de que le temblaban las rodillas.

Como respuesta, el goblin le tiró el rifle a Holly con todas sus fuerzas. Fue un lanzamiento malísimo, pues se quedó cinco metros corto, pero sirvió para desviar su atención. El miembro de la organización secreta aprovechó el momento para activar sus alas. Eran modelos muy antiguos, con motor rotatorio y el silenciador roto. El rugido del motor inundó el túnel.

De repente, se oyó otro rugido, detrás de las alas; se trataba de un rugido que Holly conocía muy bien después de más de mil horas de vuelo en los conductos: se avecinaba un estallido de magma.

El cerebro de Holly empezó a trabajar muy deprisa. Si los goblins habían conseguido, de algún modo, conectar la terminal a una fuente de energía, se habrían activado todas las funciones de seguridad. Incluyendo...

La capitana Canija empezó a girar, pero las compuertas antiexplosión ya se estaban cerrando. Un sensor térmico que había en la lanzadera activó automáticamente las barreras a prueba de incendios. Cuando una llamarada de magma pasó por debajo, las puertas de acero de dos metros de grosor sellaron el túnel de acceso del resto de la terminal. Estaban atrapados ahí dentro, con una columna de magma en camino. No era que el magma pudiese matarlos, pues las llamaradas no despedían cantidad suficiente para que resultase letal, pero el aire extremadamente caliente los dejaría más secos que las hojas de los árboles en otoño.

El goblin estaba de pie a la orilla del túnel, ajeno a la inminencia de la erupción. Holly se percató de que no se trataba de si el fugitivo estaba lo bastante loco como para echar a volar por el conducto: era tonto de remate, sencillamente.

Despidiéndose alegremente con la mano, el goblin se metió en el conducto de un salto y desapareció respiradero arriba, volando muy deprisa. Pero no lo bastante deprisa. Un violento chorro de lava de siete metros de longitud lo envolvió en su seno como una serpiente traicionera y lo redujo a cenizas.

Holly no perdió el tiempo llorando tan lamentable pérdida, pues tenía sus propios problemas. Los monos de trabajo de la PES disponían de válvulas térmicas para dispersar el exceso de calor, pero aquello no sería suficiente. Al cabo de unos segundos, una oleada de calor seco penetraría allí dentro y aumentaría la temperatura lo bastante como para resquebrajar las paredes.

Holly levantó la vista. Una hilera de viejas bombonas de refrigeración reforzadas seguían atornilladas al techo del túnel. Colocó el disparador en el nivel máximo de potencia y empezó a descargar ráfagas sobre el vientre de las bombonas. No era el momento de andarse con miramientos.

Las bombonas se combaron y estallaron, vomitando aire rancio y unas cuantas gotas de refrigerante, pero era inútil: debían de haberse secado con el paso de los siglos, y los goblins nunca se habían molestado en cambiarlas. Sin embargo, quedaba una intacta, una bombona negra y alargada que parecía fuera de lugar entre los modelos estándar de color verde de la PES. Holly se colocó justo debajo y disparó.

Catorce mil litros de líquido refrigerante le llovieron sobre la cabeza en el preciso instante en que una ola de calor aparecía, inflándose poco a poco, procedente de la rampa. Era una sensación muy curiosa: quemarse y congelarse casi de forma simultánea. Holly sintió cómo le nacían unas ampollas en los hombros para, inmediatamente después, ser aplastadas por la presión del agua. La capitana Canija cayó de rodillas, con sus pulmones pidiendo a gritos un poco de aire. Pero no podía respirar, al menos no de momento, como tampoco podía levantar la mano para activar el tanque de aire de su casco.

Transcurrida una eternidad, el rugido se silenció, Holly abrió los ojos y se encontró con un túnel lleno de vapor. Accionó el antivaho de su visor y se levantó. El agua le resbalaba en capas de su mono antifricción. Liberó los cierres del casco e inspiró hondo para llenarse los pulmones con el aire del túnel, que seguía siendo caliente, pero respirable.

A sus espaldas, las compuertas antiexplosión se abrieron y el capitán Camorra Kelp apareció en el hueco, acompañado de un equipo de emergencia de la PES.

–Una maniobra excelente, capitana.

Holly no respondió, demasiado absorta en el arma que el recién calcinado goblin había abandonado en el suelo. Era la madre de todos los rifles, pues medía más de medio metro y tenía una mira estrellada encima de la boca del cañón.

Lo primero que pensó Holly fue que, de algún modo, los B'wa Kell se estaban fabricando sus propias armas, pero luego se dio cuenta de que la verdad era mucho más peligrosa. La capitana Canija tiró del rifle incrustado en la roca semifundida y recordó haberlo visto en las páginas de su *Historia de los cuerpos de seguridad*, que había leído en las horas de servicio. Se trataba de un viejo láser Softnose. Hacía mucho tiempo que se había prohibido su uso, pero eso no era lo peor: en lugar de utilizar una fuente de energía mágica, el arma funcionaba con una pila alcalina AAA humana.

–Camorra –lo llamó–. Échale un vistazo a esto.

–*¡D'Arvit!* –soltó Kelp, llevándose la mano de inmediato a los controles de radio del casco–. Necesito un canal de emergencia con el comandante Remo. Tenemos un caso de contrabando de clase A. Sí, clase A. Necesito un equipo completo de técnicos. Sí, que venga Potrillo también. Quiero que todo este cuadrante quede acordonado...

Camorra siguió dando órdenes, pero quedaron reducidas a un ligero zumbido en los oídos de Holly. Los B'wa Kell estaban traficando con los Fangosos. Humanos y goblins trabajando en común para reactivar armas prohibidas. Y si las armas habían llegado hasta allí, ¿cuánto tardarían los Fangosos en hacer lo mismo?

Los equipos de asistencia llegaron poco después. Al cabo de media hora había tantos reflectores halógenos alrededor del conducto de lanzamiento E37 que aquello parecía el estreno de una película de GolemWorld.

Potrillo estaba agachado en el suelo examinando al goblin que yacía inconsciente junto a la escalera mecánica. El centauro era la razón principal de que los humanos no hubieran descubierto todavía las guaridas subterráneas de las Criaturas. Un genio de la técnica, pionero en casi todos los avances de mayor importancia, desde la predicción de los estallidos de magma hasta la tecnología de limpieza de memoria, con cada nuevo descubrimiento se volvía menos respetuoso y más irritante. Sin embargo, corría el rumor de que sentía debilidad por cierta agente femenina de Reconocimiento. De hecho, por la única agente femenina de Reconocimiento.

–Buen trabajo, Holly –la felicitó, frotando el traje reflectante del goblin–. Acabas de mantener un tiroteo con un *kebab*.

–Eso, Potrillo, tú desvía la atención del hecho de que los B'wa Kell han burlado tus sensores.

Potrillo se probó uno de los cascos.

–No pueden haber sido los B'wa Kell. Eso es imposible, son demasiado tontos. Los goblins no tienen la capacidad craneal para hacer una cosa así. Este casco lo han fabricado los humanos.

Holly dio un resoplido.

–¿Y cómo lo sabes? ¿Acaso reconoces las costuras?

–No –respondió Potrillo, pasándole el casco a Holly.

La capitana leyó la etiqueta.

–Fabricado en Alemania.

–Imagino que es un traje antiincendios. El material conserva el calor tanto por dentro como por fuera. Esto es un asunto muy serio, Holly. No estamos hablando de un par de camisetas de diseño y una caja de chocolatinas. Algún humano se está forrando haciendo contrabando con los B'wa Kell.

Potrillo se quitó de en medio para permitir al equipo de técnicos el acceso al prisionero. Los expertos inyectarían al goblin inconsciente un somnífero subcutáneo que contenía microcápsulas de un agente sedante y un diminuto detonador. Una vez inyectado, se podía dejar a un criminal fuera de combate mediante ordenador si la PES descubría que estaba involucrado en algún acto delictivo.

–Sabes quién es probable que esté detrás de todo esto, ¿verdad? –dijo Holly.

Potrillo puso los ojos en blanco.

–A ver si lo adivino. El enemigo acérrimo de la capitana Holly Canija, el señorito Artemis Fowl.

–Bueno, ¿y quién va a ser, si no?

–Hay muchísimas posibilidades; las Criaturas han entrado en contacto con miles de Fangosos a lo largo de los siglos.

–¿Ah, sí? –repuso Holly–. ¿Y cuántos de esos Fangosos no han sufrido una limpieza de memoria?

Potrillo fingió tratar de recordar y se ajustó el gorro de papel de aluminio que llevaba encasquetado en la cabeza con el fin de desviar cualquier señal de intrusión cerebral que pudieran enviarle.

–Tres –murmuró al fin.

–¿Cómo dices?

–Tres, ¿vale?

–Exacto. Fowl y sus dos gorilas de pacotilla. Artemis está detrás de todo esto, acuérdate de mis palabras.

–Eso te encantaría, ¿no es cierto? Por fin tendrías la oportunidad de tomarte la revancha. ¿Te acuerdas de lo que sucedió la última vez que la PES fue detrás de Artemis Fowl?

–Me acuerdo. Pero eso fue la última vez.

Potrillo esbozó una sonrisita burlona.

–Permíteme recordarte que ahora debe de tener trece años.

Holly se llevó la mano a su porra eléctrica.

–Me importa un pito la edad que tenga. Una descarga de esto bastará para que se duerma como si fuera un bebé.

Potrillo hizo un movimiento con la cabeza en dirección a la entrada.

–Yo que tú me guardaría esas descargas. Vas a necesitarlas.

Holly siguió su indicación. El comandante Julius Remo estaba recorriendo con la mirada la zona de seguridad; cuantas más cosas veía, más rojo se ponía, de ahí su apodo: Remolacha.

–Comandante –empezó a decir Holly–, tiene que ver esto.

Los ojos de Remo la silenciaron.

–¿En qué estabas pensando?

–¿Cómo dice, señor?

–No me vengas con esas. He estado en Operaciones todo el rato, viendo todas las emisiones de vídeo que transmitía tu casco.

–Ah, vaya.

–¡«Ah, vaya» no expresa ni la mitad de mi enfado, capitana! –El pelo canoso y cortado al rape de Remo se le erizaba de cólera–. Se suponía que esto era una misión de vigilancia. Había varios escuadrones de refuerzo sentados en sus entrenados traseros esperando a que los llamaras, pero no, la capitana Canija va y decide vérselas ella solita con los B'wa Kell.

–Tenía un hombre herido, señor. No me quedaba otra elección.

–¿Y qué puñetas estaba haciendo Verbil ahí fuera, si puedes explicármelo?

Por primera vez, Holly bajó la mirada.

–Lo envié a realizar un examen térmico, señor. Solo seguía el reglamento.

Remo asintió con la cabeza.

–He hablado con el equipo de médicos curanderos. Verbil se recuperará, pero se le han acabado los días de vuelo. Se convocará un tribunal, por supuesto.

–Sí, señor. Entendido, señor.

–Una formalidad, estoy seguro, pero ya conoces a los del Consejo.

Holly conocía a los miembros del Consejo perfectamente. Sería la primera agente de la PES en la historia en ser sometida a dos investigaciones simultáneas.

–Bueno, ¿y qué es eso que me han dicho sobre una clase A?

Todo el contrabando estaba clasificado. La clase A era el código para designar la tecnología humana peligrosa. Como las fuentes de energía, por ejemplo.

–Por aquí, señor.

Holly los condujo a la parte posterior del área de mantenimiento, hasta el propio conducto de la lanzadera, donde habían erigido una bóveda de plexiglás de acceso restringido. La agente separó las portezuelas heladas.

–Véalo por sí mismo. Esto es muy grave.

Remo examinó las pruebas. En la bodega de carga de la lanzadera había cajas llenas de pilas AAA. Holly escogió un paquete.

–Pilas alcalinas –anunció–. Una fuente de energía humana muy común. Rudimentarias, ineficaces y un auténtico desastre medioambiental. Doce cajas aquí mismo. Quién sabe cuántas habrá ya en los túneles...

Aquello no había impresionado demasiado a Remo.

–Perdona que no me ponga a dar saltos de entusiasmo. Así que unos cuantos goblins están jugando con videojuegos humanos. ¿Y qué?

Potrillo se fijó en el láser Softnose del goblin.

–¡Oh, no! –exclamó, examinando el arma.

–¿«Oh, no»? Espero que eso se deba a que te estás poniendo melodramático, Potrillo.

–No, jefe –replicó el centauro en un tono inusitadamente sombrío–. Esto es un asunto muy grave. Los B'wa Kell están usando pilas humanas para hacer funcionar los viejos láseres

Softnose. Solo se pueden descargar seis disparos con una pila, pero si se le suministra a un goblin un montón de paquetes de pilas, pueden llegar a ser muchos disparos.

–¿Láseres Softnose? Se prohibieron hace siglos. ¿No se reciclaron todos?

Potrillo asintió con la testuz.

–Supuestamente sí. Mi división supervisó las fusiones, aunque no es que lo considerásemos una prioridad. Al principio funcionaban con una sola batería solar, con una vida inferior a una década. Es evidente que alguien logró birlar unos cuantos del montón de reciclaje.

–Pues fueron bastantes a juzgar por todas estas pilas. Lo último que me faltaba: goblins con Softnose.

El principio subyacente en la técnica Softnose implicaba colocar un inhibidor en el disparador, cosa que permitía que el láser viajase a velocidades inferiores para penetrar efectivamente en el objetivo. Diseñados en principio para su empleo en la minería, rápidamente fueron adaptados por algún fabricante de armas avaricioso.

Los Softnose se prohibieron con la misma rapidez con que habían sido inventados, por la razón evidente de que aquellas armas estaban diseñadas para matar y no para incapacitar. De vez en cuando, alguna de ellas llegaba a las manos del miembro de alguna banda criminal, pero en esta ocasión lo sucedido no parecía formar parte del tráfico a pequeña escala en el mercado negro. Aquello tenía aspecto de que alguien estaba planeando algo gordo.

–¿Sabe qué es lo que más me preocupa de todo esto? –dijo Potrillo.

–No –contestó Remo con engañosa tranquilidad–. Dime qué es lo que más te preocupa.

Potrillo le dio la vuelta al arma.

–La forma en que han rediseñado esta arma para que funcione con pilas humanas es un sistema muy ingenioso. Es imposible que se le pudiera ocurrir a un goblin.

–Pero ¿para qué rediseñar los Softnose? –preguntó el comandante–. ¿Por qué no usar las viejas baterías solares y ya está?

–Esas baterías solares son muy difíciles de encontrar. Valen su peso en oro. Los anticuarios las usan para hacer funcionar toda clase de cacharros viejos, y sería imposible construir una fábrica de células energéticas de cualquier clase sin que mis sensores captasen las emisiones. Es mucho más sencillo robárselas a los humanos.

Remo se encendió uno de sus emblemáticos puros de setas.

–Decidme que eso es todo. Que no hay nada más.

La mirada de Holly se desplazó por un instante hasta la parte posterior del hangar. Remo la vio y se abrió paso entre las cajas hasta llegar a la improvisada lanzadera que había en la plataforma de acoplamiento. El comandante se subió al aparato.

–¿Y qué demonios es esto, Potrillo?

El centauro pasó la mano por el casco de la nave.

–Es asombroso. Increíble. Han montado una lanzadera utilizando chatarra. Me sorprende que este trasto despegue del suelo.

El comandante pegó un violento mordisco a la punta de su habano de setas.

–Cuando hayas terminado de admirar a los goblins, Potrillo, tal vez puedas darme una explicación de cómo esa chatarra ha llegado a manos de los B'wa Kell. Pensaba que todas las piezas de las lanzaderas antiguas eran destruidas.

–Eso pensaba yo también. Yo mismo retiré parte de esta antigualla. Este propulsor de estribor antes estaba en E1, hasta que la capitana Canija lo destrozó el año pasado. Recuerdo que firmé la orden de destrucción.

Remo dedicó un momento a lanzarle a Holly una mirada fulminante.

–De modo que ahora, además de los láseres Softnose, resulta que las piezas de las lanzaderas también desaparecen de las pilas de reciclaje. Averigua cómo ha llegado hasta aquí esta lanzadera. Desmantélala, pieza por pieza. Quiero que cada trozo de cable pase por un análisis de láser para detectar huellas dactilares y restos de ADN. Introduce todos los números de serie en el ordenador principal y comprueba si hay algún denominador común.

Potrillo asintió.

–Buena idea. Haré que alguien se ponga a trabajar en eso enseguida.

–No, Potrillo. Tú te vas a poner a trabajar en eso ahora mismo. Se trata de un asunto de máxima prioridad, así que olvida tus teorías sobre conspiraciones un par de días y encuéntrame al duende infiltrado que está vendiendo todo este material.

–Pero, Julius –protestó Potrillo–, eso es trabajo burocrático.

Remo dio un paso hacia él.

–Uno: no me llames Julius, civil. Y dos, yo diría que se trata más bien de trabajo burocrático.

Potrillo advirtió que al comandante se le hinchaba la vena que tenía en la sien.

–Entendido –repuso, al tiempo que extraía un ordenador de mano de su cinturón–. Yo mismo me encargaré de todo personalmente.

–Perfecto. Y ahora, capitana Canija, ¿qué dice tu prisionero de B'wa Kell?

Holly se encogió de hombros.

–No mucho, sigue inconsciente. Se pasará un mes tosiendo y escupiendo hollín cuando despierte. En fin, ya sabe cómo funciona la B'wa Kell. No les dicen nada a los soldados. Este tipo solo es un peón. Es una pena que el Libro prohíba el uso de los *encanta* sobre otros Seres Mágicos.

–Hum –masculló Remo, con la cara más roja que el trasero de un babuino–. Y más pena aún que la Convención de Atlantis prohibiese los sueros de la verdad. Si no lo hubiese hecho, podríamos atiborrar a ese convicto de suero hasta que empezase a cantar como un Fangoso borracho. –El comandante inspiró hondo varias veces para tranquilizarse antes de que le estallase el corazón–. Ahora mismo, tenemos que averiguar de dónde han salido estas pilas y si hay más en los Elementos del Subsuelo.

Holly inspiró con fuerza.

–Tengo una teoría, señor.

–No me lo digas –refunfuñó Remo–. Artemis Fowl, ¿no?

–¿Quién, si no, podría estar detrás de todo esto? Sabía que volvería. Lo sabía.

–Ya conoces las reglas, Holly. Nos venció el año pasado. Se acabó el juego. Eso es lo que dice el Libro.

–Sí, señor, pero aquel fue un juego distinto. Juego nuevo, reglas nuevas. Si Fowl les está suministrando baterías a los B'wa Kell, lo mínimo que podríamos hacer es comprobarlo.

Remo se quedó pensativo unos minutos. Si Fowl estaba detrás de aquello, las cosas podían complicarse mucho y muy rápido.

–No me hace ninguna gracia la idea de interrogar a Fowl en su territorio, pero no podemos traerlo aquí abajo. La presión bajo la superficie lo mataría.

Holly no estaba de acuerdo.

–No si lo mantenemos en un entorno seguro. La ciudad está neutralizada y también las lanzaderas.

–De acuerdo, adelante –dijo al fin el comandante–. Tráelo aquí y tendremos una pequeña charla. Trae también al grandullón.

–¿A Mayordomo?

–Sí, a Mayordomo. –Remo hizo una pausa–. Pero, recuerda, solo vamos a hacerles unas preguntas, Holly, eso es todo. No quiero que aproveches la ocasión para saldar las cuentas.

–No, señor. Solo negocios.

–¿Me das tu palabra?

–Sí, señor. Se lo garantizo.

Remo aplastó la colilla del habano con el tacón.

–No quiero que nadie más resulte herido hoy, ni siquiera Artemis Fowl.

–Entendido.

–Bueno –añadió el comandante–, a menos que sea absolutamente necesario.

CAPÍTULO III: BAJO TIERRA

COLEGIO SAINT BARTLEBY'S PARA CHICOS

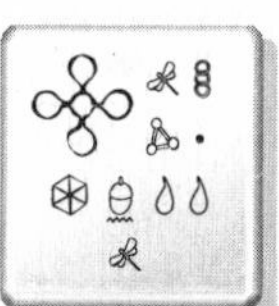

MAYORDOMO llevaba al servicio de Artemis Fowl desde el momento del nacimiento del chico. Había pasado la primera noche de vida de aquel bebé montando guardia en el pabellón de maternidad de las Hermanas de la Caridad. Durante más de una década, Mayordomo había sido el maestro, el mentor y el protector del joven heredero. Nunca habían permanecido separados más de una semana, hasta ahora. No debía molestarle, ya lo sabía. Un guardaespaldas nunca debía sentir apego emocional por el objeto de sus cuidados, pues eso afecta a su capacidad para evaluar las situaciones. Sin embargo, en su fuero interno, Mayordomo no podía evitar pensar en el heredero Fowl como en el hijo o el hermano menor que nunca había tenido.

Mayordomo aparcó el Bentley Arnage Red Label en la avenida del colegio. El sirviente eurasiático había ganado más masa muscular desde mitad de trimestre; con Artemis en el internado, pasaba mucho más tiempo en el gimnasio. A decir verdad, a Mayordomo le aburría soberanamente tener que pasarse el día levantando pesas, pero las autoridades de la institución académica se negaban en redondo a permitirle ocupar una litera en la habitación de Artemis. Y cuando el jardinero había descubierto el escondite del guardaespaldas, justo detrás del hoyo diecisiete en el campo de golf, le había prohibido por completo el acceso a las dependencias del colegio.

Artemis atravesó la verja con los comentarios del doctor Po aún en la mente.

–¿Problemas, Artemis? –le preguntó Mayordomo al advertir la lúgubre expresión de su joven amo.

Artemis se metió en el interior de cuero de color burdeos del Bentley y escogió una botella de agua sin gas del minibar.

–No, Mayordomo. Solo otro psicólogo de pacotilla con sus estúpidos sermones.

Mayordomo bajó el tono de voz.

–¿Quieres que tenga una charla con él?

–No hablemos de él ahora. ¿Qué noticias tenemos del *Fowl Star*?

–Esta mañana hemos recibido un mensaje electrónico en la mansión. Es un MPEG.

Artemis frunció el ceño. No podía tener acceso a los archivos de vídeo MPEG a través de su teléfono móvil.

Mayordomo extrajo un ordenador portátil de la guantera.

–Pensé que seguramente estarías ansioso por ver el archivo, así que lo he descargado en este ordenador.

Le pasó el ordenador por encima del hombro. Artemis encendió la máquina compacta y desplegó la pantalla plana a color. Al principio pensó que se le había agotado la batería, pero luego se dio cuenta de que estaba contemplando un campo cubierto de nieve. Blanco sobre blanco, con apenas unas sombras casi imperceptibles que indicaban las hondonadas y los montículos.

Artemis sintió que la inquietud se iba apoderando de su estómago. Era curioso que una imagen tan inocente pudiera ser tan perturbadora.

La cámara giró hacia arriba y reveló un cielo opaco y en penumbra, para luego enfocar un objeto negro y encorvado a lo lejos. Un crujido rítmico atravesó los altavoces mientras el cámara avanzaba por la nieve. El objeto se hacía cada vez más definido; era un hombre sentado..., no, atado a una silla. El hielo tintineó en el vaso de Artemis, que tenía las manos temblorosas.

El hombre iba vestido con los harapos de lo que en otro tiempo había sido un traje elegante. Las cicatrices surcaban en zigzag su rostro como si fueran relámpagos y parecía faltarle una pierna, aunque era difícil saberlo. Ahora Artemis tenía la respiración agitada, como la del corredor de una maratón.

El hombre llevaba un cartel colgado al cuello, hecho con cartón y un cordel. Con letras gruesas y negras, alguien había garabateado en el cartel: *Zdravstvutye, syn*. La cámara se detuvo unos segundos haciendo zum sobre el mensaje escrito y luego la pantalla se quedó en negro.

–¿Eso es todo?

Mayordomo asintió.

–Solo el hombre y el cartel. Ya está.

–*Zdravstvutye, syn* –murmuró Artemis con un acento impecable. Desde la desaparición de su padre había estado aprendiendo el idioma de forma autodidacta.

–¿Quieres que te lo traduzca? –se ofreció Mayordomo, quien también hablaba ruso. Lo había aprendido durante un período de cinco años con una unidad de espionaje a finales de los ochenta. Sin embargo, su acento no era tan sofisticado como el de su joven amo.

–No, ya sé lo que significa –respondió Artemis–. *Zdravstvutye, syn*: «Hola, hijo».

Mayordomo condujo el Bentley hasta la calzada de dos carriles. Ninguno de los dos dijo nada por espacio de varios minutos hasta que, al final, Mayordomo no resistió la tentación de preguntar:

–¿Crees que es él, Artemis? ¿Ese hombre podría ser tu padre?

Artemis rebobinó el archivo MPEG y congeló la imagen sobre la cara del hombre misterioso. Modificó la visualización e hizo que un arco iris de distorsiones sacudiera la pantalla.

–Creo que sí, Mayordomo, pero la calidad de esta imagen es pésima. No puedo estar seguro.

Mayordomo comprendía las emociones que embargaban al joven que tenía a su cuidado. Él también había perdido a alguien a bordo del *Fowl Star*: su tío, el Mayor, había sido asignado al padre de Artemis en aquel fatídico viaje. Por desgracia, el cuerpo del Mayor sí había aparecido en el depósito de cadáveres de Tchersky.

Artemis recobró la serenidad.

–Tengo que desentrañar este asunto, Mayordomo.

–Ya sabes lo que vendrá después, ¿verdad?

–Sí. Exigirán un rescate. Esto es solo el anzuelo, para llamar mi atención. Necesito canjear parte del oro de las Criaturas. Ponte en contacto con Lars en Zurich, inmediatamente.

Mayordomo aceleró para colocarse en el carril rápido.

–Amo Artemis, ya he tenido alguna que otra experiencia en esta clase de asuntos. –Artemis no le interrumpió; la carrera de Mayordomo antes del nacimiento del joven había sido muy variopinta, por no decir otra cosa–. El patrón que siguen los secuestradores es eliminar a todos los testigos. A continuación, por lo general, tratan de eliminarse entre ellos para evitar tener que repartirse el rescate.

–¿Adónde quieres ir a parar?

–Lo que quiero decir es que pagar un rescate no garantiza en modo alguno la seguridad de tu padre, si es que ese hombre de veras es tu padre. Es muy posible que los secuestradores se queden con el dinero y luego nos maten a todos.

Artemis examinó la pantalla.

–Tienes razón, por supuesto. Tendré que trazar un plan.

Mayordomo tragó saliva; se acababa de acordar del último plan que había trazado Artemis, el plan que por poco hace que los maten a ambos y que podría haber llegado a provocar una guerra entre las especies del planeta. Mayordomo no se asustaba fácilmente, pero el brillo que vio en los ojos de Artemis Fowl bastó para hacer que un escalofrío le recorriera la espina dorsal.

Conducto de lanzamiento de la terminal E1: Tara, Irlanda

La capitana Holly Canija había decidido trabajar un turno doble y dirigirse directamente a la superficie. Solo se paró para tomarse una nutri-barra y un batido energético antes de subirse a la primera lanzadera que llevase a la terminal de Tara.

Uno de los oficiales no le estaba facilitando las cosas, precisamente. El jefe de seguridad estaba molesto no solo porque la capitana Canija hubiese ordenado retener todo el tráfico de las lanzaderas para tomar una nave de prioridad desde E1, sino porque además luego había decidido requisar una lanzadera entera para el viaje de vuelta.

–¿Por qué no vuelve a comprobar su sistema? –dijo Holly, apretando los dientes–. Estoy segura de que la autorización de la Jefatura de Policía ya debe de haber llegado.

El malhumorado gnomo consultó su ordenador de mano.

–No, señora. Aquí no hay nada.

–Escuche, amigo...

–Comandante Terril.

–*Comandante* Terril. Estoy participando en una misión muy importante, se trata de un asunto de seguridad nacional. Necesito que mantenga el recinto de llegadas completamente despejado durante las próximas dos horas.

Por el modo en que empezó a hacer aspavientos, Terril parecía estar a punto de sufrir un ataque de nervios.

–¡Las próximas dos horas! ¿Está usted loca, señorita? Tres lanzaderas van a llegar de un momento a otro procedentes de

Atlantis. ¿Qué se supone que voy a decirles? ¿Que se cancela el *tour* de vacaciones por culpa de no sé qué chanchullos secretos de la PES? Estamos en temporada alta, no puedo cerrar las instalaciones así como así. Ni hablar, es imposible.

Holly se encogió de hombros.

–Está bien, pues entonces deje que todos sus turistas vean a los dos humanos que me voy a bajar aquí. Se armará una buena. Se lo garantizo.

–¿Dos humanos? –exclamó el jefe de seguridad–. ¿Dentro de la terminal? ¿Está loca?

A Holly se le estaba acabando la paciencia y el tiempo.

–¿Ve esto de aquí? –le dijo, señalando la insignia que llevaba en el casco–. Soy de la PES. Capitana, además, y ningún gnomo de tres al cuarto se va a interponer en mi camino contraviniendo mis órdenes.

Terril se irguió en toda su estatura, que era de unos setenta centímetros.

–Ya sé quién eres tú. Tú eres esa capitana loca que el año pasado causó tantos estragos por aquí abajo, ¿a que sí? He oído hablar mucho de ti. He estado pagando un montón de oro de mis impuestos para arreglar el lío que armaste.

–Limítate a hablar con los de la Central, idiota burócrata.

–Llámame lo que te dé la gana, enana. Aquí tenemos nuestras reglas, y sin la confirmación de los estamentos inferiores, no puedo hacer nada por cambiarlas. Sobre todo por una pistolera que se cree la reina del mambo.

–¡Entonces habla con la Jefatura!

Terril lanzó un suspiro.

–Los estallidos de magma acaban de empezar y es difícil

conseguir línea. A lo mejor lo intento luego otra vez, después de mi ronda. Tú siéntate en la sala de espera.

Holly acercó la mano a su porra eléctrica.

–Sabes lo que estás haciendo, ¿verdad?

–¿El qué? –soltó el gnomo.

–Estás obstruyendo una operación de la PES.

–Yo no estoy obstruyendo nada...

–Y por tanto, está en mi poder eliminar dicha obstrucción empleando cualquier medida de fuerza que considere necesaria.

–No me amenaces, enana.

Enarbolando la porra, Holly empezó a agitarla en el aire con movimiento experto.

–No te estoy amenazando. Solo te estoy informando del procedimiento policial. Si continúas obstruyendo mi labor, tendré que eliminar esa obstrucción, es decir, a ti, y dirigirme a la siguiente persona al mando de esto.

Terril no estaba demasiado convencido.

–No te atreverías.

Holly esbozó una amplia sonrisa.

–Yo soy la capitana loca, ¿recuerdas?

El gnomo lo pensó unos minutos. Era poco probable que la agente fuese a electrocutarlo con la porra, pero con esas elfas histéricas, nunca se sabía...

–Está bien –dijo al tiempo que imprimía una hoja en el ordenador–. Esto es un visado de veinticuatro horas, pero si no has vuelto dentro de ese tiempo, haré que te detengan a tu vuelta, y entonces seré yo quien haga las amenazas.

Holly le arrebató la hoja de las manos.

—Vale, lo que tú digas. Y ahora recuerda: asegúrate de que la sala de Llegadas está vacía para cuando vuelva.

Irlanda, en ruta desde Saint Bartleby's a la mansión Fowl

Artemis estaba acribillando a preguntas a Mayordomo. Era una técnica que utilizaba a menudo cuando estaba tratando de urdir un plan. A fin de cuentas, si había alguien experto en operaciones encubiertas, ese era su guardaespaldas.

—¿Y no podemos localizar la procedencia del MPEG?

—No, Artemis. Ya lo he intentado. Enviaron un virus autodestructivo con el mensaje. Solo pude copiar la película en disquete antes de que el original se desintegrara.

—¿Qué me dices del propio MPEG? ¿No podríamos obtener unas coordenadas geográficas a partir de las estrellas que aparecen en el vídeo?

Mayordomo sonrió. El joven Artemis estaba empezando a pensar como un soldado.

—No ha habido suerte. Ya se lo he enviado a un amigo mío de la NASA. Ni siquiera se molestó en introducir las imágenes en el ordenador, la definición no era suficiente.

Artemis se quedó en silencio durante un minuto.

—¿Cuánto podemos tardar en llegar a Rusia?

Mayordomo tamborileó con los dedos sobre el volante.

—Depende.

—¿Depende de qué?

—De cómo vayamos, legal o ilegalmente.

–¿Cuál es la forma más rápida?

Mayordomo se echó a reír, algo que no era demasiado frecuente.

–Ilegalmente suele ser la vía más rápida, pero cualquiera de las dos maneras va a ser lenta. No podemos ir en avión, eso está claro. La *mafiya* va a tener hombres apostados en cada pista de aterrizaje. Aunque un delincuente común hubiese logrado secuestrar a tu padre, se lo tendría que haber entregado a ellos una vez que el secuestro hubiese llegado a oídos de la *mafiya*.

Artemis asintió con la cabeza.

–Eso mismo pensaba yo. Así que tendremos que ir en barco, y para llegar tardaremos una semana como mínimo. La verdad es que no nos vendría mal que alguien nos echara una mano con lo del transporte. Algo que la *mafiya* no se esperase. ¿Cómo tenemos el asunto de la identificación?

–Ningún problema. He pensado que lo mejor será que nos hagamos pasar por rusos; levantaremos menos sospechas. Tengo pasaportes y visados.

–*Da*. ¿Y quiénes seremos?

–¿Qué te parece Stefan Bashkir y su tío Constantin?

–Perfecto. El prodigio del ajedrez y su acompañante. –Ya habían utilizado aquella identidad falsa muchas veces en anteriores misiones de búsqueda. En cierta ocasión, el agente de un puesto de control, maestro ajedrecista, había dudado de la veracidad de su historia hasta que Artemis lo había vencido en una partida en solo seis movimientos. Desde entonces, la técnica se había empezado a conocer como la maniobra Bashkir.

–¿Cuándo podemos irnos? ¿Enseguida?

–Casi inmediatamente. La señora Fowl y Juliet están en Niza esta semana. Eso nos da un margen de ocho días. Podemos mandar una carta al colegio inventándonos alguna excusa.

–Me atrevería a decir que en Saint Bartleby's se alegrarán de librarse de mí por unos días.

–Podríamos ir directamente al aeropuerto desde la mansión Fowl. El jet Lear tiene suficiente combustible. Al menos podemos volar hasta Escandinavia e intentar coger allí un barco. Antes solo tengo que ir a recoger un par de cosillas a la mansión.

Artemis se imaginaba perfectamente qué clase de «cosillas» quería recoger su sirviente: objetos afilados y cosas explosivas.

–Bien. Cuanto antes mejor. Tenemos que encontrar a esa gente antes de que sepan que los estamos buscando. Podemos comprobar el mensaje de camino.

Mayordomo tomó la salida que conducía a la mansión Fowl.

–¿Sabes, Artemis? –dijo, mirando al espejo retrovisor–. Vamos a ir tras la *mafiya* rusa. Ya he tenido tratos con esa gente antes. No negocian. Esto podría ponerse feo y desagradable. Si nos metemos con esos gángsteres, alguien va a resultar herido, y ese alguien vamos a ser nosotros, probablemente.

Artemis asintió con aire ausente, viendo su propio reflejo en el cristal de la ventanilla. Necesitaba un plan, algo audaz y brillante. Algo que nunca se hubiese intentado antes. Artemis no estaba excesivamente preocupado al respecto, pues su cerebro nunca lo había decepcionado.

Terminal de lanzaderas de Tara

La terminal de lanzaderas mágicas de Tara era una construcción de magnitudes impresionantes: diez mil metros cúbicos de terminal, escondidos bajo una loma llena de maleza en plena granja de los McGraney.

Durante siglos, los McGraney habían respetado las fronteras del fuerte de los Seres Mágicos, y durante siglos, habían disfrutado de una excepcional buena suerte: las enfermedades se curaban misteriosamente de la noche a la mañana, unos tesoros artísticos de valor incalculable aparecían desenterrados con increíble regularidad, y el mal de las vacas locas parecía eludir a toda su manada.

Después de solucionar su problema con el visado, Holly llegó al fin hasta la puerta de seguridad y se deslizó por el camuflaje holográfico. Había conseguido hacerse con un equipo de Koboi DobleSet para el viaje, que funcionaba con una batería solar propulsada por satélite y empleaba una revolucionario diseño de alas; contaba con dos pares, o capas: uno preparado para el vuelo sin motor y otro más pequeño para la maniobrabilidad. Holly llevaba meses muriéndose de ganas de probarse el DobleSet, pero solo habían salido unos pocos de los Laboratorios Koboi. Potrillo se mostraba reacio a dejar que llegaran a manos de los agentes porque no los había diseñado él. Envidia profesional. Holly había aprovechado su ausencia en el laboratorio para birlar un equipo del armario.

Se elevó quince metros y dejó que el aire sin filtrar de la superficie le inundase los pulmones. A pesar de que estaba lleno de agentes contaminantes, lo cierto es que era más dulce que la variedad reciclada de los túneles. Durante varios minutos, disfrutó de la experiencia antes de centrar su atención en la misión que se traía entre manos: cómo secuestrar a Artemis Fowl.

No podía secuestrarlo en su casa, la mansión Fowl, eso por descontado. Legalmente, pisaba terreno peligroso entrando en una vivienda sin permiso, aunque, técnicamente, Fowl la había invitado al secuestrarla el año anterior. Sin embargo, pocos abogados aceptarían un caso así tomando esa base como defensa. De todos modos, la mansión era prácticamente una fortaleza y ya había sido asediada por un equipo entero de Recuperación de la PES. ¿Por qué habría ella de tener más suerte?

También había que contar con la complicación de que Artemis podía estar esperándola, sobre todo si de verdad estaba traficando con los B'wa Kell. La idea de meterse en una trampa por su propio pie no atraía nada a Holly. Ya había estado prisionera una vez entre las paredes de la mansión Fowl; seguramente, su celda aún conservaba los muebles.

Holly activó la aplicación de navegación del ordenador y efectuó una búsqueda para que la mansión Fowl apareciese en el visor de su casco. Una suave luz de color carmesí empezó a parpadear junto al plano tridimensional de la casa. El edificio había sido clasificado como muy peligroso por la PES. Holly lanzó un gemido; ahora la obsequiarían con una advertencia en vídeo, por si acaso había algún agente de Reconocimiento en este submundo que no hubiese oído hablar de Artemis Fowl.

El rostro de la cabo Lili Fronda apareció en la pantalla.

¡Quién, si no! Por supuesto, la habían elegido a ella para aquel trabajo: la Barbie de la PES. El sexismo era el pan de cada día en la Jefatura de la PES. Se rumoreaba que habían inflado las calificaciones de Fronda en los exámenes de la PES porque era descendiente del rey elfo.

–Has seleccionado la mansión Fowl –dijo la imagen de Fronda al tiempo que agitaba las pestañas con coquetería–. Este edificio está clasificado como muy peligroso. El acceso al mismo sin autorización está estrictamente prohibido. Ni siquiera intentes sobrevolarlo. Artemis Fowl se considera una amenaza activa para las Criaturas. –Junto a Fronda apareció una fotografía digitalizada de Fowl con el ceño fruncido–. Su cómplice, conocido simplemente con el nombre de Mayordomo, es un individuo muy peligroso y no conviene acercarse a él bajo ninguna circunstancia, ya que suele ir siempre armado.

La colosal cabeza de Mayordomo apareció junto a las otras dos imágenes. La descripción de «armado y peligroso» no le hacía demasiada justicia. Era el único humano de la historia que se había enfrentado a un trol y lo había vencido.

Holly envió las coordenadas al ordenador de vuelo y dejó que las alas se encargasen de la dirección en lugar de hacerlo ella. El paisaje pasaba deprisa por debajo de sus pies. Desde su última visita, la plaga de los Fangosos parecía haberse extendido aún más; apenas quedaba una sola hectárea de tierra sin que sus casas hundiesen sus cimientos en el terreno, y apenas un kilómetro de río sin que una de sus fábricas vertiese su veneno a las aguas.

Al final, el sol se sumergió en la línea del horizonte y

Holly activó los filtros de su visor. Ahora el tiempo estaba de su parte. Tenía toda la noche para urdir un plan. Holly descubrió que echaba de menos los comentarios sarcásticos de Potrillo en su oído. Por irritantes que pudiesen resultar las palabras del centauro, por lo general siempre daba en el clavo y le había salvado el pellejo en más de una ocasión. Trató de establecer comunicación con él, pero las explosiones de magma seguían sucediéndose y no había recepción. Solo se oían interferencias.

La mansión Fowl apareció imponente a lo lejos, dominando por completo el paisaje que la rodeaba. Holly escaneó el edificio con su dispositivo térmico y solo detectó las formas de insectos y roedores. Arañas y ratones. No había nadie en casa. Aquello ya le parecía bien. Aterrizó en la cabeza de una gárgola especialmente horripilante y se dispuso a esperar.

Mansión Fowl, Dublín, Irlanda

El castillo Fowl original había sido construido por lord Hugh Fowl en el siglo XV, con vistas a unos campos de escasa elevación por los cuatro costados, una táctica que habían tomado prestada de los normandos: no dejar nunca que los enemigos te espíen. Con los siglos, el castillo había sido remodelado de forma extensiva hasta convertirse en una mansión, pero la atención a la seguridad había permanecido intacta. La mansión estaba rodeada de muros de un metro de grosor y disponía del último modelo en sistemas de seguridad.

Mayordomo se desvió de la carretera y abrió las puertas de la finca con un mando a distancia. Contempló por el espejo el rostro taciturno de su joven amo. A veces pensaba que, pese a todos sus contactos, confidentes y empleados, Artemis Fowl era el chico más solitario que había conocido en su vida.

–Podríamos llevarnos un par de esas armas mágicas –dijo.

Mayordomo había confiscado al equipo Uno de Recuperación de la PES todas sus armas durante el asedio del año anterior.

Artemis asintió con la cabeza.

–Buena idea, pero quítales las baterías nucleares y ponlas en una bolsa con unos juegos viejos y libros. Podemos fingir que son juguetes si nos capturan.

–Sí, señor. Muy bien pensado.

El Bentley Red Label avanzó por el camino de entrada, activando las luces de seguridad del suelo. Había varias lámparas encendidas en la casa principal, que funcionaban con temporizadores alternos.

Mayordomo se desabrochó el cinturón de seguridad y se bajó con agilidad del Bentley.

–¿Necesitas algo en especial, Artemis?

El chico asintió.

–Trae un poco de caviar de la cocina. Ni te imaginas la bazofia que nos dan de comer en Saint Bartleby's por diez mil el trimestre.

Mayordomo sonrió de nuevo. Un adolescente pidiendo caviar. Nunca se acostumbraría a aquello.

La sonrisa se desvaneció de sus labios a medio camino de la

entrada, reformada recientemente. Sintió una punzada en el corazón. Conocía muy bien aquella sensación; su madre solía decir que alguien acababa de pasar por encima de su tumba. Un sexto sentido. Una percepción instintiva. Había peligro en alguna parte, invisible, pero allí estaba de todos modos.

Holly vio las luces de los faros arañando el cielo desde más de un kilómetro y medio de distancia. La visión no era buena desde aquella posición estratégica. Incluso cuando el parabrisas del automóvil apareció ante sus ojos, los cristales estaban tintados y las sombras tras ellos eran impenetrables. Sintió cómo se le aceleraba el corazón al ver el coche de Fowl.

El Bentley recorrió la avenida y pasó entre las hileras de sauces y castaños de Indias. Holly se agachó instintivamente, a pesar de ir protegida con su escudo y ser del todo invisible para los ojos humanos. Sin embargo, con el sirviente de Artemis Fowl, nunca se sabía. El año anterior, Artemis había destrozado un casco mágico y había construido con él unas gafas que permitieron a Mayordomo ver y neutralizar a un comando entero de Recuperación de la PES. Era poco probable que llevase puestas las gafas en esos momentos, pero tal como habían aprendido Camorra Kelp y sus chicos, no había que subestimar a Artemis ni a su criado.

Holly colocó el disparador del Neutrino un poco por encima de la posición de inmovilización recomendada. Puede que de este modo se achicharrasen un par de las neuronas cerebrales de Mayordomo, pero eso no le iba a quitar el sueño a la capitana.

El coche avanzó por el camino de entrada, aplastando la gravilla a su paso. Mayordomo salió del vehículo. Holly sintió cómo le rechinaban los dientes; en cierta ocasión, mucho tiempo atrás, le había salvado la vida a aquel hombre, curándole tras un enfrentamiento mortal con un trol. Ahora no estaba segura de si volvería hacerlo.

Aguantando la respiración, la capitana Holly Canija del equipo de Reconocimiento de la PES colocó el DobleSet en posición de descenso lento. Bajó sin hacer ruido, rozando las plantas del edificio, y apuntó con su arma al pecho de Mayordomo, un blanco que ni siquiera un enano cegado por el sol podía errar.

El humano no podía haber detectado su presencia, era del todo imposible, y sin embargo, algo le hizo detenerse. Se paró y olisqueó el aire. Aquel Fangoso era como un perro. No, mejor dicho: no era como un perro, sino como un lobo. Un lobo con una pistola enorme en la mano.

Holly enfocó el arma con el objetivo de su casco y envió una fotografía a su base de datos informatizada. Al cabo de unos momentos, una imagen del arma de alta resolución apareció en tres dimensiones en la esquina de su visor.

–Una Sig Sauer –explicó un byte grabado de la voz de Potrillo–. Nueve milímetros. Trece en la recámara. Balas grandes. Si te alcanza una de esas, podría volarte la cabeza, algo que ni siquiera la magia podría arreglar. Aparte de eso, no te pasará nada, suponiendo que te hayas acordado de ponerte el mono de microfibra reglamentario para las misiones en la superficie, recientemente patentado por mí, aunque siendo de la panda de los de Reconocimiento, dudo que te hayas acordado.

Holly frunció el ceño. Potrillo era aún más insoportable cuando tenía razón. La elfa se había subido a la primera lanzadera disponible sin molestarse siquiera en cambiarse de ropa y ponerse el traje para las misiones en superficie.

Los ojos de Holly estaban ahora a la misma altura que los de Mayordomo, a pesar de que seguía suspendida en el aire a más de un metro del suelo. Liberó los cierres herméticos de su visor e hizo una mueca de dolor al oír el silbido neumático.

Mayordomo oyó el sonido del gas liberado y blandió la Sig Sauer en la dirección de donde procedía el ruido.

–Duende –dijo–. Sé que estás ahí. Hazte visible ahora mismo, o empiezo a disparar.

Aquella no era exactamente la clase de táctica sorpresa que Holly tenía en mente. Tenía el visor levantado y el dedo del sirviente acariciaba el gatillo de su pistola. La elfa inspiró hondo y desactivó su escudo de invisibilidad.

–Hola, Mayordomo –le saludó con total naturalidad.

Mayordomo ladeó la Sig Sauer.

–Hola, capitana. Baja despacio y no intentes poner en práctica ninguno de tus...

–Suelta el arma –dijo Holly con la voz impregnada con el hipnótico *encanta.*

Mayordomo luchó contra el hechizo mientras el cañón del arma temblaba vigorosamente.

–Suéltala, Mayordomo. No hagas que te fría los sesos.

Una vena empezó a latir en el párpado de Mayordomo.

¡Qué raro!, pensó Holly. Nunca había visto eso antes.

–No intentes resistirte, Fangoso. Ríndete.

Mayordomo abrió la boca para hablar, para avisar a Artemis. La capitana hizo más fuerza aún, mientras la magia caía en cascada alrededor de la cabeza del humano.

–¡He dicho que la sueltes!

Una perla de sudor resbaló por la mejilla del guardaespaldas.

–¡SUÉLTALA!

Y Mayordomo obedeció, despacio y a regañadientes.

Holly sonrió.

–Muy bien, Fangoso. Y ahora, vuelve al coche y actúa como si no pasase nada.

Las piernas del sirviente la obedecieron, haciendo caso omiso de las señales de su propio cerebro.

Holly volvió a activar su escudo protector. Iba a pasárselo en grande con aquello.

Artemis estaba redactando un mensaje de correo electrónico, que rezaba así:

Querido director Guiney:

A causa del insensible interrogatorio al que su psicólogo sometió a mi pequeño Arty, lo he dispensado de acudir a la escuela para que asista a un curso de sesiones terapéuticas con verdaderos profesionales en la Clínica Mont Gaspard de Suiza. Estoy pensando seriamente en llevarlos a juicio. No trate de ponerse en contacto conmigo puesto que eso solo serviría para irritarme aún más, y cuando me irrito, por lo general suelo llamar a mis abogados.

Atentamente,

Angeline Fowl

Artemis envió el mensaje y se permitió el lujo de esbozar una pequeña sonrisa. Habría estado bien ver la cara que ponía el director Guiney al leer la carta electrónica, pero, por desgracia, a la cámara en miniatura que había instalado en el despacho del director solo se podía tener acceso dentro de un radio de un kilómetro y medio.

Mayordomo abrió la puerta del conductor y, al cabo de un momento, se acomodó en el asiento.

Artemis se guardó el teléfono en la cartera.

–La capitana Canija, supongo. ¿Por qué no dejas de vibrar y te materializas en el espectro visible?

Holly se fue haciendo visible ante sus ojos. Llevaba un arma reluciente en la mano, y no es difícil adivinar a quién apuntaba con ella.

–De verdad, Holly, ¿es eso necesario?

Holly dio un resoplido.

–Vamos a ver... Secuestro, lesiones físicas, extorsión, conspiración para cometer un homicidio... Yo diría que sí es necesario.

–Por favor, capitana Canija –dijo Artemis con una sonrisa–. Era joven y egoísta. Lo creas o no, todavía tengo mis dudas con respecto a aquella operación en concreto.

–Pero no las suficientes como para devolvernos el oro, ¿verdad?

–No –admitió Artemis–. No las suficientes.

–¿Cómo has sabido que estaba aquí?

Artemis desplegó los dedos.

–Había varias pistas. En primer lugar, Mayordomo no ha llevado a cabo su habitual inspección en busca de bombas debajo de la carrocería del coche. En segundo lugar, ha vuelto sin los objetos que había entrado a buscar. En tercer lugar, ha dejado la puerta abierta varios segundos, algo que ningún guardia de seguridad que se precie haría jamás. Y por último, he detectado una ligera neblina cuando has entrado en el vehículo. Era elemental, la verdad.

Holly frunció el entrecejo.

–Eres un Fangosillo muy observador, ¿no?

–Procuro serlo. Y ahora, capitana Canija, ¿serías tan amable de decirme por qué estás aquí?

–Como si no lo supieras...

Artemis se quedó pensativo un momento.

–Interesante. Yo diría que ha pasado algo. Evidentemente, algo de lo que se me hace responsable a mí. –Levantó una ceja de forma casi imperceptible, una intensa expresión de emoción para Artemis Fowl–. Unos humanos están haciendo negocios con las Criaturas.

–Muy impresionante –soltó Holly–. O lo sería si no supiéramos ambos que eres tú quien está detrás de todo eso. Y si no podemos hacer que nos confieses la verdad, estoy segura de que los archivos de tu ordenador nos resultarán la mar de útiles y reveladores.

Artemis cerró la tapa del portátil.

–Capitana, ya sé que no puede decirse que seamos grandes amigos, precisamente, pero ahora no tengo tiempo para esto. Es fundamental que me des unos días para solucionar mis asuntos.

–No puedo hacer eso, Fowl. Hay unos seres bajo el suelo que quieren tener unas palabras contigo.

Artemis se encogió de hombros.

–Supongo que después de lo que hice, no puedo esperar ningún tipo de consideración.

–Supones bien. No puedes.

–En ese caso –continuó Artemis lanzando un suspiro–, me parece que no tengo elección.

Holly sonrió.

–Efectivamente, Fowl, no tienes elección.

El tono de Artemis era dócil, pero su cerebro estaba maquinando mil ideas a la vez. Tal vez cooperar con los Seres Mágicos no fuese tan mala idea; a fin de cuentas, tenían ciertas habilidades...

–¿Por qué no? –Holly se dirigió a Mayordomo–. *Conduce en dirección sur. Permanece en las carreteras secundarias.*

–Vamos a Tara, deduzco. Me he preguntado muchas veces dónde estaba exactamente la entrada de E1.

–Pues sigue preguntándotelo, Fangosillo –masculló Holly–. *Y ahora, duérmete.* Ya me tienes harta con todas esas deducciones.

CAPÍTULO IV: FOWL ES JUSTO

CELDA DE DETENCIÓN 4, JEFATURA DE POLICÍA, CIUDAD REFUGIO, LOS ELEMENTOS DEL SUBSUELO

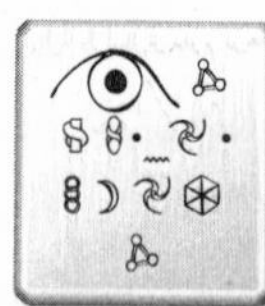

ARTEMIS se despertó en la sala de interrogatorios de la PES. Podría haber estado en cualquier sala de interrogatorios del mundo: los mismos muebles incómodos, las mismas viejas rutinas... Remo apareció de repente.

–Muy bien, Fowl, empieza a hablar.

Artemis necesitó un momento para orientarse. Holly y Remo estaban sentados frente a él al otro lado de una mesa baja con la superficie de plástico. Una bombilla de muchos vatios le enfocaba directamente a la cara.

–De verdad, comandante. ¿Eso es todo? Esperaba mucho más.

–Oh, hay mucho más. Pero no para los criminales como tú.

Artemis advirtió entonces que tenía las manos esposadas a la silla.

–No estará enfadado todavía por lo del año pasado, ¿verdad? Al fin y al cabo, gané yo, ¿no? Así es como se supone que son las cosas, de acuerdo con su propio Libro.

Remo inclinó el cuerpo hacia delante hasta que la punta de su habano quedó a escasos centímetros de la nariz de Artemis.

–Este es un caso completamente distinto, Fangosillo, así que no te hagas el tonto conmigo.

Artemis permaneció impasible.

–¿Cuál de los dos es usted? ¿El poli bueno o el poli malo?

Remo se echó a reír a mandíbula batiente, mientras el extremo del puro hacía dibujos en el aire.

–¡El poli bueno y el poli malo! Detesto tener que decirte esto, Dorothy, pero ya no estás en Kansas, ¿sabes? –Al comandante le encantaba citar frases sacadas de *El mago de Oz*. Tres de sus primos actuaban en la película.

Una figura surgió de entre las sombras. Tenía una cola, cuatro patas, dos brazos y sostenía lo que parecían un par de desatascadores normales y corrientes.

–Muy bien, Fangoso –dijo la figura–. Relájate y entonces tal vez esto no te dolerá demasiado.

Potrillo colocó los conos de succión encima de los ojos de Artemis y el chico se quedó inconsciente de inmediato.

–El sedante está en los aros de goma de los desatascadores –explicó el centauro–. Penetra a través de los poros. Nunca llegan a imaginárselo. ¿Soy o no soy el individuo más listo de todo el universo? ¿A que sí?

–Oh, no lo sé –contestó Remo con aire inocente–. Esa duendecilla Koboi es bastante espabilada, la verdad.

Potrillo dio una patada en el suelo con sus pezuñas.

–¿Koboi? ¿Koboi? Esas alas suyas son ridículas. Si quiere saber mi opinión, creo que estamos utilizando demasiada tecnología Koboi estos días. No es bueno dejar que una sola empresa se encargue de todo el equipo de la PES.

–A menos que sea tu empresa, por supuesto.

–Hablo en serio, Julius. Conozco a Opal Koboi desde que íbamos a la universidad. No es estable. Todas las Neutrino nuevas llevan chips Koboi. Si esos laboratorios se van a pique, lo único que quedará en la Jefatura de Policía serán los cañones de ADN y unas cuantas pistolas de inmovilización eléctrica.

Remo dio un resoplido de impaciencia.

–Koboi ha perfeccionado y mejorado todas las armas y vehículos de nuestras fuerzas de seguridad. Ha triplicado la potencia y ha reducido la emisión de calor a la mitad. Mejor que las últimas estadísticas de tu laboratorio, Potrillo.

Potrillo volvió a ensartar una serie de cables de fibra óptica en el ordenador.

–Sí, bueno... A lo mejor si el Consejo me concediese un presupuesto decente...

–Deja ya de quejarte, Potrillo. He visto el presupuesto para esta máquina. Será mejor que haga algo más que desatascar los desagües.

Potrillo meneó la cola, muy ofendido.

–Esto es un Retimagen, y estoy pensando muy seriamente en vender esta maravilla al sector privado.

–¿Y se puede saber qué es lo que hace exactamente?

Potrillo encendió una pantalla de plasma sobre la pared de la celda de detención.

–¿Ve esos círculos oscuros? Son las retinas humanas. Cada imagen deja un minúsculo grabado, como el negativo de una foto. Podemos darle las fotos que queramos al ordenador, y este se encargará de encontrar las coincidencias.

Remo no empezó a dar alaridos de admiración, exactamente.

–Oooh, qué útil –ironizó.

–Bueno, pues la verdad es que sí lo es. Mire.

Potrillo extrajo la imagen de un goblin y luego la introdujo en la base de datos del Retimagen para encontrar referencias cruzadas.

–Por cada punto coincidente obtenemos un acierto. Alrededor de doscientos aciertos es normal. La forma de la cabeza en general, los rasgos, etcétera. Cualquier coincidencia significativa por encima de los doscientos aciertos, y podremos estar seguros de que ha visto a ese goblin alguna vez.

El número ciento ochenta y seis apareció parpadeando en la pantalla.

–Negativo con respecto al goblin. Vamos a intentarlo con un láser Softnose.

Una vez más, el recuento estuvo por debajo de los doscientos.

–Otra vez negativo. Lo siento, capitana, pero al parecer el señor Fowl es inocente. No ha visto un goblin en su vida y mucho menos ha hecho negocios con los B'wa Kell.

–Podrían haberle hecho una limpieza de memoria.

Potrillo retiró los desatascadores de los ojos de Artemis.

–Esa es la maravilla de esta preciosidad, que las limpiezas de memoria no cuentan. El Retimagen funciona con prue-

bas físicas reales. Tendrías que limpiar las retinas, no la memoria, para que no funcionase.

–¿Habéis encontrado algo en el portátil del humano?

–Un montón de cosas –respondió Potrillo–, pero nada que le incrimine. Ni siquiera una simple alusión a los goblins ni a las pilas.

Remo se rascó la mandíbula cuadrada.

–¿Y qué me dices del grandullón? Podría haber sido el intermediario.

–Ya lo he sometido al Retimagen. Nada. Afrontémoslo: la PES ha detenido a los Fangosos equivocados. Hagámosles una limpieza de memoria y devolvámoslos a casa.

Holly asintió, pero el comandante no.

–Esperad un momento. Estoy pensando.

–¿En qué? –preguntó Holly–. Cuanto antes saquemos las narices de Artemis Fowl de nuestros asuntos, mucho mejor.

–Tal vez no. Ya que están aquí...

Holly abrió la boca, pasmada de asombro.

–Comandante, usted no conoce a Fowl como yo. Dele media oportunidad y será un problema peor que los goblins.

–A lo mejor podría ayudarnos con nuestro problema con los Fangosos.

–Me opongo enérgicamente, comandante. Estos humanos no son de fiar.

La cara de Remo habría brillado hasta en la oscuridad.

–¿Y crees que a mí me gusta esto, capitana? ¿Crees que me entusiasma la idea de tener que recurrir a este Fangosillo? Pues no. Antes preferiría tragarme gusanos apestosos vivos que pedirle ayuda a Artemis Fowl, pero alguien está suministrando armas a los B'wa Kell, y necesito averiguar quién es. Así que limítate a obedecer, Holly. Aquí hay algo más en juego que tu pequeña *vendetta*.

Holly se mordió la lengua. No podía enfrentarse al comandante, no después de todo lo que este había hecho por ella; pero pedir ayuda a Artemis Fowl era una maniobra equivocada fueran cuales fuesen las circunstancias. No dudó ni por un instante que el humano encontraría una solución a su problema, pero ¿a qué precio?

Remo inspiró muy hondo.

–Está bien, Potrillo. Que se despierte. Y ponle un traductor. Hablar en fangoso me da dolor de cabeza.

Artemis se masajeó la piel hinchada de debajo de los ojos.

–¿Sedante en los aros de goma? –inquirió, mirando a Potrillo–. ¿Microagujas?

El centauro estaba impresionado.

–Eres bastante sagaz para ser un Fangosillo.

Artemis se llevó la mano al nódulo en forma de media luna que llevaba encima de la oreja.

–¿Es un traductor?

Potrillo señaló al comandante con la cabeza.

–Hablar otras lenguas les da dolor de cabeza a algunos seres.

Artemis se arregló la corbata del colegio.

–Ya. Bueno, ¿y en qué puedo ayudarlos, señores?

–¿Qué te hace pensar que necesitamos tu ayuda, humano? –rezongó Remo desde el extremo de su habano.

El chico le lanzó una sonrisita de suficiencia.

–Tengo la impresión, comandante, de que si no necesitasen nada de mí, estaría recobrando el conocimiento en mi propia cama sin ningún recuerdo en absoluto de nuestro encuentro.

Potrillo escondió su sonrisa detrás de una mano peluda.

–Tienes mucha suerte de no estar despertándote en una celda –intervino Holly.

–¿Aún me guardas rencor, capitana Canija? ¿No podemos hacer borrón y cuenta nueva? –La mirada de Holly fue la única respuesta que necesitó. Artemis lanzó un suspiro–. Muy bien. Tendré que adivinarlo. Unos humanos están haciendo negocios con los Elementos del Subsuelo y necesitáis a Mayordomo para que siga la pista a esos comerciantes y los encuentre. ¿Es eso más o menos?

Los Seres Mágicos se quedaron en silencio un momento. Escuchar aquellas palabras de labios de Fowl los había traído de vuelta a la realidad.

–Más o menos –admitió Remo–. Está bien, Potrillo, pon al Fangosillo en antecedentes.

El ayudante cargó un archivo del servidor central de la PES. Una serie de imágenes de la Network News parpadearon en la pantalla de plasma. El reportero era un elfo de mediana edad con un tupé del tamaño de una ola de Honolulú.

–Centro de Refugio –entonó el reportero–. Una nueva incautación de material de contrabando por parte de la PES. Esta vez se trata de *laser discs* de Hollywood con un valor aproximado en la calle de quinientos gramos de oro. La organización secreta B'wa Kell, formada por goblins, es la sospechosa.

–Luego empeora –explicó Remo en tono grave.

Artemis sonrió.

–¿De verdad?

El reportero reapareció. Esta vez, unas llamas salían de las ventanas de un almacén que tenía a sus espaldas. El tupé parecía un poco chamuscado.

–Esta noche los B'wa Kell han reanudado sus fechorías en el este de la ciudad prendiendo fuego a un almacén utilizado por los Laboratorios Koboi. Al parecer, la «duendecilla de oro» se había negado a pagar el impuesto de protección de la organización.

Las llamas se vieron reemplazadas por las imágenes de otro informativo, esta vez protagonizado por una muchedumbre furiosa.

–Controversia hoy en el exterior de la Jefatura Central de Policía con la protesta pública por la ineficacia de la PES para combatir el problema de los goblins. Las actividades delictivas de los B'wa Kell han dejado fuera de funcionamiento a muchas empresas comerciales de toda la vida. La más castigada de todas ha sido Laboratorios Koboi, que ha sufrido seis episodios de sabotaje solo en el último mes.

Potrillo congeló la imagen. El público no parecía feliz.

–Lo que debes saber, Fowl, es que los goblins son estúpidos. No los estoy insultando, está comprobado científicamente. Tienen el cerebro más pequeño que el de las ratas.

Artemis asintió con la cabeza.

–Entonces, ¿quién los está organizando?

Remo aplastó su habano.

–No lo sabemos, pero la cosa se está poniendo cada vez

peor. Los B'wa Kell han pasado de ser delincuentes comunes a librar una guerra abierta con la policía. Anoche interceptamos una entrega de pilas procedente de la superficie. Están utilizando esas pilas para hacer funcionar unas armas láser Softnose prohibidas.

–Y la capitana Canija pensó que yo podía ser el Fangoso que estaba al otro lado de la red de contrabando.

–¿Y te extraña? –replicó Holly.

Artemis hizo caso omiso del comentario.

–¿Cómo saben que los goblins no las están robando de los almacenes? Al fin y al cabo, las pilas no suelen estar bajo vigilancia.

Potrillo chascó la lengua.

–No, me parece que no entiendes hasta qué punto son tontos los goblins. Deja que te dé un ejemplo. Uno de los generales de los B'wa Kell, y este es su máximo dirigente, fue atrapado intentando pasar recibos falsos de tarjetas de crédito firmando con su propio nombre, ni siquiera con el del titular de la tarjeta. No, quienquiera que esté detrás de esto necesita un contacto humano para asegurarse de que nadie va a meter la pata.

–Y quieren que averigüe quién es ese contacto humano –dijo Artemis–. Y lo que es más importante: cuánto sabe.

Mientras hablaba, el cerebro de Artemis trabajaba a una velocidad infernal. Podía hacer que aquella situación jugase completamente a su favor. Los poderes de las Criaturas serían unos ases de valor incalculable para jugarlos en las negociaciones con los mafiosos. Las semillas de un plan empezaron a germinar en su mente.

Remo asintió de mala gana.

–Eso es. No puedo arriesgarme a colocar a los agentes de Reconocimiento de la PES en la superficie. Quién sabe con qué clase de tecnología han traficado los goblins. Podría enviar a mis hombres derechitos a una trampa. Como humanos, los dos podríais pasar desapercibidos muy fácilmente.

–¿Mayordomo pasar desapercibido? –replicó Artemis, sonriendo–. Lo dudo.

–Al menos no tiene cuatro patas y una cola –señaló Potrillo.

–Vale, es cierto. Y no hay duda de que si hay un hombre vivo capaz de encontrar el rastro de vuestro traficante bribón, ese es Mayordomo. Pero...

Ya estamos, pensó Holly... Artemis Fowl no hace nada por nada.

–¿Pero? –repitió Remo.

–Pero si queréis mi ayuda, yo querré algo a cambio.

–¿Qué, exactamente? –preguntó Remo en tono cansino.

–Necesito transporte hasta Rusia –contestó Artemis–. Al Círculo Polar Ártico, para ser exactos. Y necesito ayuda con un intento de rescate.

Remo frunció el ceño.

–El norte de Rusia no es bueno para nosotros. Allí no podemos protegernos a causa de la radiación.

–Esas son mis condiciones –dijo Artemis–. El hombre a quien pretendo rescatar es mi padre. Por lo que he podido averiguar, ya es demasiado tarde, así que la verdad es que no tengo tiempo para negociar.

El Fangoso parecía sincero. Hasta el corazón de Holly se

ablandó por un momento, pero nunca se sabía con Artemis Fowl: aquello podía formar parte de otro plan maquiavélico. Remo tomó un decisión suprema.

–Trato hecho –dijo, tendiéndole la mano.

Ambos se estrecharon la mano. El duende y el humano. Un momento histórico.

–Bien –prosiguió Remo–; y ahora, Potrillo, despierta al grandullón y hazle a esa lanzadera de los goblins una revisión rápida.

–¿Y yo qué? –preguntó Holly–. ¿Tengo que volver a las tareas de vigilancia?

Si Remo no hubiese sido comandante, probablemente habría soltado una carcajada socarrona.

–Oh, no, capitana. Tú eres la mejor piloto de lanzadera que tenemos. Tú te vas a París.

CAPÍTULO V: LA NIÑA DE PAPÁ

Laboratorios Koboi, East Bank, Ciudad Refugio, los Elementos del Subsuelo

LOS Laboratorios Koboi estaban hechos con roca del East Bank de Refugio. Tenían ocho pisos de altura y estaban rodeados por casi un kilómetro de granito en los cinco costados, con acceso solo desde la parte delantera. La dirección había decidido incrementar aún más la seguridad, y ¿quién podía culparlos? Al fin y al cabo, los B'wa Kell habían escogido específicamente los Laboratorios Koboi para sus ataques incendiarios. El Consejo había llegado hasta el extremo de otorgar a la empresa permisos especiales de armas: si Koboi se iba a pique, la totalidad de la red de defensa de Ciudad Refugio se iría a pique con ella.

Si los goblins de B'wa Kell trataban de irrumpir en los Laboratorios Koboi, se encontrarían con los cañones de inmovilización codificados mediante ADN, que escaneaban al intruso antes de dejarlo sin sentido. No había puntos ciegos en el edificio, ningún lugar donde esconderse. El sistema de seguridad era infalible.

Sin embargo, los goblins no tenían que preocuparse por eso. En realidad, las defensas de los laboratorios estaban diseñadas para mantener alejados a los agentes de la PES que apareciesen para husmear en el momento menos oportuno. Era la propia Opal Koboi quien estaba financiando a la organización secreta de los goblins. La verdad era que los ataques a los laboratorios no eran más que una cortina de humo para apartar las sospechas de sus negocios personales: la diminuta duendecilla era el cerebro que había tras la operación de las pilas y tras la actividad creciente de los B'wa Kell. Bueno, uno de los cerebros. Ahora bien, ¿por qué iba a querer una duendecilla con recursos económicos casi ilimitados asociarse con una panda de goblins malhechores de los túneles?

Desde el día de su nacimiento, nadie había esperado demasiado de Opal Koboi. Nacida en el seno de una familia de duendecillos pudientes que vivía en Colina Principado, sus padres se habrían dado por satisfechos si la joven Opal no hubiese hecho otra cosa más que asistir a la escuela privada, acabar un título más o menos universitario de Bellas Artes y casarse con un vicepresidente apropiado.

De hecho, por lo que a su padre, Ferall Koboi, hacía referencia, una hija de ensueño habría sido moderadamente inteligente, bastante guapa y, por supuesto, complaciente. Sin embargo, Opal no dio muestras de contar con los rasgos de personalidad que habría deseado su padre. Cuando cumplió diez meses ya caminaba sin ayuda; al año y medio ya poseía un vocabulario de más de quinientas palabras, y antes de cumplir los dos años, ya había desmontado su primer disco duro.

A medida que fue creciendo, Opal se fue haciendo precoz, testaruda y guapa. Una combinación peligrosa. Ferall perdió la cuenta de las veces que había rechazado los consejos empresariales de su hija, diciéndole que aquel era un mundo de duendecillos y que la empresa no era asunto de chicas. Al final, Opal se negó a ver a su padre y su hostilidad patente se hizo preocupante.

Ferall tenía motivos para preocuparse. La primera acción de Opal en la universidad fue enterrar su título de historia del arte para meterse de lleno en la Hermandad de Maestros Ingenieros, exclusivamente masculina. En cuanto tuvo el título en la mano, Opal abrió una tienda en competencia directa con el negocio de su padre. Las patentes se sucedieron rápidamente: un silenciador de motor que servía además como aerodinamizador de energía, un sistema de entretenimiento en tres dimensiones y, por supuesto, su especialidad: la serie de alas DobleSet.

Una vez que Opal hubo destruido la empresa de su padre, empezó a comprar acciones de la misma a unos precios irrisorios, y luego la incorporó a la suya bajo el estandarte de Laboratorios Koboi. Cinco años después, los Laboratorios Koboi tenían firmados más contratos de defensa que cualquier otra empresa. Diez años después, Opal Koboi había registrado personalmente más patentes que cualquier otro ser mágico vivo. Excepto el centauro Potrillo.

Pero no era suficiente. Opal Koboi soñaba con la clase de poder que ningún otro ser mágico había ostentado desde los tiempos de la monarquía. Por fortuna, conocía a alguien que tal vez podría ayudarla con esa ambición en concreto, un agente desilusionado del cuerpo de la PES y un compañero de clase de sus días en la universidad, un tal Brezo Cudgeon...

Brezo tenía buenas razones para despreciar a la PES; a fin de cuentas, habían pasado por alto su humillación pública a manos de Julius Remo, sin tomar cartas en el asunto y sin castigar a este. No solo eso, sino que además le habían quitado sus bellotas de comandante después de su desastrosa participación en el asunto Artemis Fowl...

Para Opal había sido coser y cantar echar una píldora de la verdad en la bebida de Cudgeon en uno de los restaurantes más chic de Refugio. Para su regocijo, descubrió que el deliciosamente retorcido Cudgeon ya estaba tramando un plan para acabar con la PES. Y un plan muy ingenioso, por cierto. Lo único que necesitaba era un socio, alguien con grandes reservas de oro y una instalación segura a su disposición. Opal estuvo encantada de suministrarle ambas.

Opal estaba agazapada como un gato en su aerosilla, escuchando a escondidas lo que sucedía en la Jefatura de la PES, cuando Cudgeon entró en las instalaciones. Había colocado cámaras espía en la red de la PES cuando sus ingenieros estaban actualizando el sistema de esta. Las unidades funcionaban exactamente en la misma frecuencia que las propias cámaras de vigilancia de la PES, y además se alimentaban con la ener-

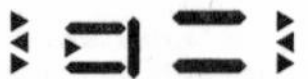

gía del calor que desprendía la transmisión por fibra óptica de la PES. Imposibles de detectar.

–¿Y bien? –preguntó Cudgeon, con su habitual brusquedad.

Koboi no se molestó en volverse. Tenía que ser Brezo; solo él tenía el chip de acceso al sanctasanctórum, que llevaba implantado en el nudillo.

–Hemos perdido el último envío de pilas. Una operación de vigilancia rutinaria de la PES. Mala suerte.

–¡*D'Arvit!* –imprecó Cudgeon–. Pero no importa. Ya tenemos suficientes en el almacén. Y para la PES, solo son simples pilas después de todo.

Opal inspiró hondo.

–Los goblins iban armados...

–No me lo digas.

–Con Softnoses.

Cudgeon golpeó la superficie de una mesa.

–¡Esos idiotas! Ya les advertí que no usaran esas armas. Ahora Julius sabrá que pasa algo raro.

–Puede que lo sepa –dijo Opal con aire tranquilizador–, pero no puede hacer nada para detenernos. Para cuando lo averigüen, ya será demasiado tarde.

Cudgeon no sonrió. No lo había hecho en más de un año. En su lugar, su ceño fruncido se acentuó aún más.

–Bien. Se acerca el gran día... Tal vez deberíamos haber fabricado esas pilas nosotros mismos –reflexionó en voz alta.

–No. El simple hecho de construir una fábrica nos habría retrasado dos años, y no hay ninguna garantía de que Potrillo no la hubiese descubierto. No teníamos elección.

Koboi se volvió en la silla para mirar de frente a su socio.

–Tienes muy mal aspecto. ¿Te has estado poniendo la pomada que te di?

Cudgeon se frotó la cabeza con ternura; la tenía llena de unos horribles bultos en forma de burbuja.

–No sirve de nada. Lleva cortisona y soy alérgico.

La enfermedad de Cudgeon era poco corriente, tal vez única. El año anterior, el comandante Remo lo había sedado durante el asedio a la mansión Fowl. Por desgracia, el tranquilizante había reaccionado mal al mezclarse con ciertas sustancias prohibidas para mejorar la agilidad cerebral con las que había estado experimentando el antiguo comandante en jefe. Cudgeon se despertó con la frente convertida en alquitrán derretido y además un ojo caído. Horroroso y degradado a un rango inferior, una combinación poco favorecedora.

–Deberías hacer que te arrancasen esos forúnculos. Apenas puedo soportar mirarte.

A veces, a Opal Koboi se le olvidaba con quién estaba hablando. Brezo Cudgeon no era el típico lacayo de empresa al que estaba acostumbrada. Con total calma, el antiguo comandante extrajo un disparador Redboy de diseño especial y descerrajó dos disparos sobre el brazo de la aerosilla. El artilugio empezó a dar vueltas a toda velocidad por las baldosas moteadas de caucho y se detuvo, no sin antes arrojar a Opal sobre una pila de discos duros.

El deshonrado elfo de la PES agarró a Opal por la barbilla puntiaguda.

–Será mejor que te acostumbres a mirarme, mi querida Opal, porque dentro de nada esta cara aparecerá en todas las pantallas que hay bajo este planeta, y también en las de encima.

La minúscula duendecilla apretó el puño con fuerza. No estaba acostumbrada a la insubordinación, y no digamos a la violencia, pero en momentos como aquel, veía la locura en los ojos de Cudgeon. Las drogas le habían costado un precio mucho más alto que su magia y su aspecto: le habían costado su mente.

Y de repente volvió a ser él mismo de nuevo, ayudándola galantemente a levantarse como si no hubiera pasado nada.

–Y ahora, querida, el informe de la evolución del plan. La organización B'wa Kell está ávida de sangre.

Opal se alisó la parte delantera de sus mallas.

–La capitana Canija está escoltando al humano, Artemis Fowl, al conducto E37.

–¿Fowl está aquí? –exclamó Cudgeon–. ¡Pues claro! Tendría que haber adivinado que él sería el primer sospechoso. ¡Eso es perfecto! Nuestro esclavo humano se ocupará de él: Carrère ha sido encantado, todavía conservo ese poder.

Koboi se aplicó una capa de pintalabios color rojo fuego.

–Podríamos tener problemas si capturan a Carrère.

–No te preocupes –le aseguró Cudgeon–. Hemos sometido tantas veces a monsieur Carrère al *encanta* que tiene la mente más vacía que un disquete recién formateado. No podría contar ninguna historia aunque quisiese. Y luego, una vez que nos haya hecho todo el trabajo sucio, la policía francesa se encargará de encerrarlo en una bonita celda de paredes acolchadas.

Opal se echó a reír. Para ser alguien que no sonreía jamás, Cudgeon tenía un delicioso sentido del humor.

CAPÍTULO VI:
SONRÍA AL PAJARITO

Conducto de lanzamiento E37, Ciudad Refugio, los elementos del subsuelo

EL trío de extraños aliados avanzó con la lanzadera de los goblins hacia el conducto E37. Holly no estaba demasiado contenta, que digamos. En primer lugar, le habían ordenado trabajar con el enemigo público número uno, Artemis Fowl, y en segundo lugar, estaba segura de que, para que no se descuajaringase, los goblins habían pegado las piezas de aquella lanzadera a base de saliva y rezos a los dioses.

Holly se colgó una anilla de comunicación en la oreja puntiaguda.

–¿Hola, Potrillo? ¿Estás ahí?

–Aquí estoy, capitana.

–Recuérdame otra vez por qué estoy pilotando esta vieja cafetera, anda.

Los pilotos de Reconocimiento de la PES se referían a las lanzaderas sospechosas con el nombre de *cafeteras* por su alarmante tendencia a echar humo por todas partes cuando remontaban las paredes del conducto.

–La razón por la que estás pilotando esa vieja cafetera, capitana, es porque los goblins construyeron esa lanzadera dentro del hangar, y las tres rampas de acceso originales fueron retiradas hace años. Tardaríamos días en llevar ahí dentro otra nave, así que me temo que no nos queda otro remedio que conformarnos con el barco pirata de los goblins.

Holly se ajustó el cinturón en el asiento del copiloto. Las palancas de propulsión parecieron saltarle a las manos, prácticamente. Durante una fracción de segundo, el buen humor propio de la capitana Canija regresó a su semblante. Era una piloto de primera, la número uno de su clase en la Academia. En su examen final, la comandante de vuelo Vinyáya había escrito: «La cadete Canija sería capaz de pilotar un tanque lanzadera por entre los huecos de los dientes». Era un cumplido con segundas: en su primera prueba con un tanque lanzadera, Holly había perdido el control y había aterrizado la nave, a punto de estrellarse, a dos metros de la nariz de Vinyáya.

Y así, durante cinco segundos, Holly se sintió feliz. Luego recordó quiénes eran sus pasajeros.

–Me pregunto si sabrías decirme –dijo Artemis al tiempo que se acomodaba en el asiento del copiloto– a cuánta distancia queda la terminal rusa de Murmansk.

–Los civiles tienen que sentarse detrás de la raya amarilla –gruñó Holly, haciendo caso omiso de la pregunta.

Artemis insistió.

–Esto es importante para mí. Estoy tratando de planear un rescate.

Holly esbozó una sonrisa tensa.

–Todo esto es tan irónico que podría escribir un poema. El secuestrador pidiendo ayuda con un secuestro.

Artemis se frotó las sienes.

–Holly, soy un criminal. Es lo que mejor sé hacer. Cuando te secuestré, solo estaba pensando en el rescate. Se suponía que no ibas a correr peligro en ningún momento.

–Ah, ¿de veras? –exclamó Holly–. Aparte de biobombas y troles...

–Es cierto –admitió Artemis–. A veces los planes no pasan fácilmente del papel a la vida real. –Hizo una pausa para limpiarse una suciedad inexistente de sus uñas impecables–. He madurado, capitana. Es mi padre. Necesito toda la información que pueda obtener antes de enfrentarme a la *mafiya*.

Holly se ablandó un poco. No era fácil crecer sin un padre. Ella lo sabía; su propio padre había muerto cuando ella apenas tenía sesenta años. Ahora ya hacía más de veinte años de aquello.

–Está bien, Fangosillo, escúchame, porque solo lo voy a decir una vez. –Artemis se incorporó en el asiento. Mayordomo se agachó al entrar en la cabina. Era capaz de oler una historia de batallitas–. En los últimos dos siglos, con los avances en la tecnología humana, la PES se ha visto obligada a cerrar más de sesenta terminales. Nos fuimos del norte de Rusia en los sesenta. La totalidad de la península de Kola es un desastre nuclear. Las Criaturas no toleran las radiaciones, nunca desarrollamos ningún tipo de inmunidad. Aunque la verdad, no había mucho que cerrar, solo una terminal grado tres y un par de proyectores de simulación. A las Criaturas no

les gusta demasiado el Ártico, hace un poco de frío. Todos se alegraron de poder marcharse, así que, respondiendo a tu pregunta, hay una terminal abandonada, sin demasiadas o ninguna instalación en la superficie, y situada a unos veinte *clics* al norte de Murmansk...

La voz de Potrillo irrumpió a través del intercomunicador e interrumpió lo que se estaba acercando peligrosamente a una conversación de civiles.

–De acuerdo, capitana. Pista despejada hasta el túnel. Todavía quedan unas cuantas señales del último estallido, de modo que rapidito.

Holly activó el micrófono que llevaba en la boca.

–Recibido, Potrillo. Ten los trajes antirradiación preparados para cuando vuelva. Andamos un poco justos de tiempo.

Potrillo se echo a reír.

–Ten cuidado con los propulsores, Holly. Técnicamente, esta es la primera vez que Artemis viaja por los conductos de lanzamiento, teniendo en cuenta que en el camino hasta aquí abajo él y Mayordomo estaban bajo el influjo del *encanta*. No queremos que se lleve un susto, ¿no?

Holly empujó la palanca de propulsión con un poquito más de fuerza de la necesaria.

–No –respondió con un aullido–. No queremos que se lleve un susto.

Artemis decidió abrocharse el cinturón de seguridad. Una buena idea, como comprobaría más tarde.

La capitana Canija hizo avanzar la lanzadera improvisada por los raíles magnéticos de aproximación. Las aletas empezaron a temblar e hicieron que unas oleadas gemelas de chispazos se derramaran por las ventanillas. Holly ajustó los giroscopios externos porque, de lo contrario, habría un par de Fangosos vomitando por toda la cabina.

Holly dejó los dedos suspendidos encima de los botones del turbo.

–Vale. Vamos a ver lo que sabe hacer este trasto.

–No intentes batir ningún récord, Holly –le aconsejó Potrillo por los altavoces–. Esa nave no ha sido construida para ir a grandes velocidades. He visto enanos más aerodinámicos.

Holly lanzó un gruñido. A fin de cuentas, ¿qué gracia tenía volar despacio? Ninguna en absoluto. Y si además resultaba que de paso aterrorizabas a un par de Fangosos... bueno, eran gajes del oficio.

El túnel de servicio se abrió ante el conducto de lanzamiento principal. Artemis dio un grito ahogado. Era un espectáculo digno de admiración: se podía tirar el Everest por aquel conducto inmenso y ni siquiera rozaría los costados. Un brillo de color rojo intenso palpitaba en el corazón de la Tierra como las llamas del infierno, y los crujidos constantes de la roca al contraerse zarandeaban el casco como si fueran golpes físicos.

Holly encendió los cuatro motores de vuelo y dejó caer la nave en el abismo. Sus preocupaciones se evaporaron como los torbellinos de niebla que rodeaban la cabina. Aquello era cosa de auténticos pilotos: cuanto más abajo llegases sin salir del descenso en picado, más duro eras. Ni siquiera la incendiaria desaparición del Agente de Recuperación *Canicas* Bo impidió que los pilotos de la PES siguieran practicando el descenso en picado al corazón de la Tierra. Holly ostentaba el récord del momento. Quinientos metros desde el núcleo terrestre antes de desplegar los alerones. Aquello le había costado dos semanas de suspensión, además de una multa tremenda.

Pero no ese día. No habría récords con una cafetera. Mientras la fuerza de gravedad le tensaba la carne de las mejillas, Holly tiró de las palancas hacia atrás, apartando el morro de la posición vertical. Sintió no poca satisfacción al oír suspirar de alivio a los dos humanos.

–Está bien, Potrillo, estamos subiendo. ¿Cuál es la situación en la superficie?

Oyó al centauro aporreando un teclado.

–Lo siento, Holly, no logro obtener información de ninguno de nuestros equipos en la superficie. Hay demasiada radiación desde el último estallido. Ahora tendrás que apañártelas tú solita.

Holly observó a los dos humanos que la acompañaban en la cabina.

Yo solita, pensó. Ojalá.

París, Francia

Bien, pues si Artemis no era el humano que estaba ayudando a Cudgeon en su intento de armar a los B'wa Kell, ¿quién era? ¿Algún tirano o dictador? ¿Acaso un general insatisfecho con acceso a un suministro ilimitado de pilas? Bueno, pues no. No exactamente.

Luc Carrère era el responsable de la venta de pilas a los B'wa Kell. Aunque no es que fuese algo que se supiese con solo mirarlo. De hecho, ni siquiera él mismo lo sabía. Luc era un detective privado francés de medio pelo, famoso por su ineptitud. En los círculos de los sabuesos, se decía de él que era incapaz de encontrar una pelota de golf en un barril de mozzarella.

Cudgeon decidió utilizar a Luc por tres razones: en primer lugar, los archivos de Potrillo mostraban que tenía cierta reputación como trapichero. A pesar de su incompetencia como investigador, Luc tenía un don especial para hacerse con cualquier cosa que quisiese comprar el cliente. En segundo lugar, el tipo era avaricioso y nunca había sido capaz de resistirse a los alicientes del dinero fácil. Y en tercer lugar, Luc era idiota, y como saben todos los seres mágicos, las mentes débiles son más fáciles de encantar.

El hecho de que hubiese localizado a Carrère en la base de datos de Potrillo ya era motivo suficiente para hacer sonreír a Cudgeon. Por supuesto, Brezo habría preferido no contar con ningún eslabón humano en la cadena, pero una cadena formada únicamente por eslabones de goblins es una cadena estúpida.

Establecer contacto con un Fangoso no era algo que Cudgeon se tomara a la ligera. Por loco que estuviese, Brezo era muy consciente de lo que podía suceder si la existencia de un nuevo mercado bajo la superficie llegaba a oídos de los humanos: acudirían en tropel al centro de la Tierra como un ejército de hormigas rojas caníbales. Cudgeon no estaba preparado para conocer a los humanos personalmente. Todavía no. No hasta que tuviese el poder de la PES para respaldarle.

Así pues, Cudgeon envió a Luc Carrère un paquetito a través del correo prioritario, correo goblin protegido con escudo...

Luc Carrère había entrado en su oficina una tarde de julio y se había encontrado un pequeño paquete encima del escritorio. El paquete no era más que una entrega de UPS. O algo que se parecía muchísimo a una entrega de UPS.

Luc cortó la cinta aislante. En el interior de la caja, protegido por un nido de billetes de cien euros, había una especie de aparatito plano, como un lector de cedé portátil, pero hecho de un extraño metal negro que parecía absorber la luz. Luc habría llamado a la recepción y habría dado instrucciones a su secretaria para que no le pasase ninguna llamada. De haber tenido una recepción, claro está. De haber tenido una secretaria. En su lugar, el detective empezó a meterse el dinero en el interior de la camisa manchada de grasa como si los billetes fuesen a desaparecer en cualquier momento.

De repente, el aparato se abrió por sorpresa como una almeja y dejó al descubierto una micropantalla y unos altavoces. Un rostro envuelto en sombras apareció en el monitor. A pesar de que Luc no veía más que un par de ojos de color rojo, aquello bastó para que un escalofrío le recorriese la espalda.

Sin embargo, fue muy curioso, porque cuando el rostro empezó a hablar, toda la inquietud de Luc desapareció como si fuese una serpiente que acabase de mudar de piel. ¿Por qué se había asustado tanto? Era obvio que aquella persona era amiga. Qué voz tan maravillosa..., como un coro de ángeles cantando *a cappella*...

—*¿Luc Carrère?*

Luc estuvo a punto de echarse a llorar de emoción. Poesía.

–*Oui*. Soy yo.

–*Bon soir. ¿Ves el dinero, Luc? Es todo tuyo.* –Cien kilómetros bajo tierra, Cudgeon casi esbozó una sonrisa. Aquello iba a ser más fácil de lo que esperaba. Le preocupaba que la gota de energía que le quedaba en el cerebro no bastase para hechizar al humano, pero aquel Fangoso en particular parecía tener la fuerza de voluntad de un cerdo hambriento frente a un comedero repleto de nabos.

Luc cogió dos fajos de billetes con las manos.

–Este dinero... ¿es mío? ¿Qué tengo que hacer?

–*Nada. El dinero es tuyo. Haz lo que quieras.*

Luc sabía que no existía el dinero gratis, pero esa voz... Esa voz era la verdad hablando a través de un microaltavoz.

–*Pero hay más, mucho más...*

Luc dejó de hacer lo que estaba haciendo, que era besar un billete de cien euros.

–¿Más? ¿Cuánto más?

Los ojos brillaron con un rojo aún más intenso.

–*Todo cuanto tú quieras, Luc. Pero para conseguirlo, necesito que me hagas un favor.*

Luc estaba completamente embrujado.

–Claro, claro. ¿Qué clase de favor?

La voz que brotaba del altavoz sonó más clara que el agua.

–*Es muy sencillo, ni siquiera es ilegal. Necesito pilas, Luc. Miles de pilas, tal vez millones. ¿Crees que podrías conseguírmelas?*

Luc lo pensó aproximadamente dos segundos. Los billetes le hacían cosquillas en la barbilla. El caso es que tenía un contacto en el río que enviaba de forma regular barcos cargados de hardware a Oriente Próximo, incluyendo pilas. Luc tenía la seguridad de que podría desviar el rumbo de alguno de aquellos barcos.

–Pilas. *Oui, certainment*, claro que puedo.

Y así siguió todo durante varios meses. Luc Carrère utilizó a su contacto para hacerse con el máximo número de pilas posible. Era un trato cómodo: Luc dejaba las pilas en montones en su apartamento y a la mañana siguiente desaparecían; en su lugar había un pilar de billetes de banco nuevecitos. Por supuesto, los euros eran falsos, producto de una vieja impresora Koboi, pero Luc no sabía distinguir la diferencia. Nadie que no fuese del Tesoro sabría distinguirla.

A veces, la voz de la pantalla hacía una petición especial, como los trajes antiincendio, por ejemplo, pero Luc era ahora todo un profesional y no había nada que no pudiese conseguir con solo hacer una llamada de teléfono. En seis meses, Luc Carrère pasó de vivir en un estudio de una sola habitación a un lujosísimo *loft* en pleno Saint-Germain, de modo que el servicio de Sûreté y la Interpol estaban abriendo expedientes por separado contra él. Sin embargo, eso Luc no lo sabía; lo único que sabía era que, por primera vez en su vida corrupta, estaba sacando verdadero provecho de sus chanchullos.

Una mañana encontró otro paquete encima de su nuevo escritorio de mármol. Esta vez era más grande, abultaba mucho más, pero Luc no estaba preocupado: seguramente era más dinero.

Luc abrió la parte superior y vio una caja de aluminio y un segundo comunicador. Los ojos le estaban esperando.

–*Bon jour, Luc. Ça va?*

–*Bien* –respondió Luc, bajo el influjo del *encanta* desde la primera sílaba.

–*Hoy tengo una misión especial para ti. Si lo haces bien, no tendrás que preocuparte por el dinero nunca más. Tu herramienta está en la caja.*

–¿Qué es? –preguntó el detective con nerviosismo. El instrumento parecía un arma y, a pesar de que Luc se hallaba bajo los efectos del *encanta*, Cudgeon no poseía magia suficiente para alterar por completo la naturaleza del parisino: puede que el detective fuese artero y malicioso, pero no era ningún asesino.

–*Es una cámara especial, Luc, eso es todo. Si aprietas esa cosa que parece un gatillo, el aparato saca una foto* –le explicó Cudgeon.

–Ah –repuso Luc Carrère con aire bobalicón.

–*Unos amigos míos van a ir a visitarte y quiero que les saques una foto. Solo es una pequeña broma que nos gastamos entre nosotros.*

–¿Y cómo reconoceré a tus amigos? –preguntó Luc–. Viene a verme mucha gente.

–*Te preguntarán por las pilas. Si te preguntan por las pilas, entonces les sacas una foto.*

–Vale, estupendo. –Y era estupendo, porque la voz nunca le haría hacer nada malo. La voz era su amiga.

Conducto de lanzamiento E37

Holly hizo avanzar la cafetera por la última sección del conducto. Un sensor de proximidad que había en el morro de la lanzadera activó las luces de aterrizaje.

–Hum –murmuró Holly.

Artemis entrecerró los ojos para mirar por el parabrisas de cuarzo.

–¿Algún problema?

–No. Es solo que esas luces no deberían funcionar: no ha habido ninguna fuente de energía en esta terminal desde el siglo pasado.

–Nuestros amigos los goblins, supongo.

Holly frunció el ceño.

–Lo dudo. Hace falta media docena de goblins para encender una lámpara sencilla. Para poner en funcionamiento una terminal de aterrizaje de lanzaderas se necesitan auténticos conocimientos. Conocimientos propios de un elfo.

–La cosa se pone interesante... –dijo Artemis. Si hubiese llevado barba, se la habría acariciado–. Esto huele a traidor. Bueno, ¿y quién tendría acceso a toda esta tecnología y un motivo para venderla?

Holly dirigió el cono de la lanzadera hacia los nódulos de aterrizaje.

–Pronto lo averiguaremos. Tú dame al traficante humano, y yo, con mi *encanta*, lo haré hablar hasta que se quede afónico.

La lanzadera atracó emitiendo un silbido neumático, mientras el aro de goma de la plataforma se cerraba herméticamente alrededor del casco externo de la nave.

Mayordomo ya se había levantado de su asiento antes de que se apagasen las luces del cinturón de seguridad, listo para entrar en acción.

–Una cosa más: no matéis a nadie –les advirtió Holly–.

No es así como le gusta trabajar a la PES. Además, los Fangosos muertos no confiesan quiénes son sus socios.

La capitana iluminó un esquema en la pantalla mural, un mapa que describía la parte vieja de París.

–Muy bien –dijo, señalando un puente que cruzaba el Sena–. Estamos aquí, debajo de este puente, a sesenta metros de Notre Dame. La catedral, no el equipo de fútbol. La terminal está camuflada como soporte del puente. Quedaos en la puerta hasta que os dé luz verde. Tenemos que ir con mucho cuidado; lo último que necesitamos es que algún parisino os vea salir de una pared de ladrillo.

–¿Es que no vienes con nosotros? –le preguntó Artemis.

–Órdenes –contestó Holly, con el ceño fruncido–. Podría tratarse de una trampa. ¿Quién sabe qué clase de hardware apunta a la puerta de la terminal? Por suerte para vosotros, no sois imprescindibles. Un par de turistas irlandeses de vacaciones..., no tendréis problemas para pasar desapercibidos.

–Qué suerte la nuestra... ¿Qué pistas tenemos?

Holly introdujo un disquete en la consola.

–Potrillo sometió al prisionero goblin a su Retimagen. Al parecer, ha visto a este humano. –La capitana hizo aparecer una foto en la pantalla–. Potrillo obtuvo una coincidencia con sus archivos de la Interpol. Se trata de Luc Carrère, un antiguo abogado inhabilitado; hace trabajillos como detective privado. –A continuación, imprimió una tarjeta–. Aquí está su dirección. Se acaba de mudar a un apartamento nuevo y de alto *standing*. Puede que no sea nada, pero al menos tenemos algo por donde empezar. Necesito que lo inmovilicéis y que le enseñéis esto. –Holly les dio lo que parecía un cronómetro de submarinista.

–¿Qué es eso? –preguntó el sirviente.

–Solo un intercomunicador de pantalla. Se lo ponéis a Carrère delante de la cara y yo le podré arrancar la verdad mediante un *encanta* desde aquí mismo. También contiene uno de los inventos de Potrillo: un escudo personal. El Segurescudo. Os gustará saber que se trata de un prototipo, de modo que tendréis el honor de ser los primeros en probarlo. Al tocar la pantalla, el microrreactor genera una esfera de dos metros de diámetro de luz trifásica. No funciona para los sólidos, pero va de perlas para los láseres y los choques.

–Hum –murmuró Mayordomo en tono vacilante–. En la superficie no solemos disparar demasiado con láseres.

–Eh, pues no lo uses. A mí me da lo mismo, ¿sabes?

Mayordomo examinó el minúsculo instrumento.

–¿Un radio de un metro? ¿Y qué pasa con los trozos del cuerpo que sobresalen, los que no quedan protegidos?

Holly le dio unos golpecitos al sirviente en el estómago y soltó en tono desenfadado:

–Mi consejo, grandullón, es que te hagas un ovillo.

–Trataré de recordarlo –repuso Mayordomo, al tiempo que se ceñía el cinturón que le rodeaba la barriga–. Vosotros dos, tratad de no mataros mientras yo estoy fuera.

Artemis estaba perplejo, cosa que no ocurría con demasiada frecuencia.

–¿Mientras tú estás fuera, dices? No esperarás que me quede aquí dentro...

Mayordomo se dio unos toquecitos en la frente.

–No te preocupes, lo verás todo a través de la iriscam.

Artemis empezó a echar chispas por un momento, hasta que volvió a acomodarse en el asiento del copiloto.

–Ya lo sé. Solo conseguiría retrasarte y eso, a su vez, no haría más que retrasar la búsqueda de mi padre.

–Aunque, claro, si insistes...

–No. No es momento de chiquilladas.

Mayordomo esbozó una leve sonrisa. Las chiquilladas eran algo de lo que no se podía acusar al joven amo Artemis.

–¿Cuánto tiempo tengo?

Holly se encogió de hombros.

–El que haga falta. Evidentemente, cuanto antes, mejor para todos. –Lanzó una mirada a Artemis–. Sobre todo para su padre.

Pese a todo, Mayordomo se sentía bien. Era la vida en su expresión más básica: la caza. No era exactamente la Edad de Piedra, no con un arma semiautomática bajo el brazo, pero el principio era el mismo: la supervivencia del más fuerte, y a Mayordomo no le cabía ni la más mínima duda de que él era el más fuerte.

Siguió las instrucciones de Holly hasta una escalera de servicio y trepó por ella rápidamente hasta la salida que había encima. Esperó junto a la puerta metálica hasta que la bombilla de arriba pasó del rojo al verde y la entrada camuflada se deslizó sin hacer ruido hacia un lado. El guardaespaldas salió con mucho sigilo; aunque era probable que el puente estuviese desierto, no podría poner la excusa de ser un vagabundo sin techo, vestido como iba con un elegante traje de diseño de color oscuro.

Mayordomo sintió la caricia de la brisa en la bóveda afeitada de su cabeza. El aire de la mañana le sentó bien, después de permanecer tantas horas bajo el suelo. Se imaginaba perfectamente cómo debían de sentirse los Seres Mágicos, expulsados de su entorno natural por los humanos. Por lo que Mayordomo había visto, si algún día las Criaturas decidían reclamar lo que era suyo, la batalla no duraría demasiado, pero por suerte para el género humano, los Seres Mágicos eran un pueblo amante de la paz y no estaban preparados para ir a la guerra por las propiedades inmobiliarias.

No había moros en la costa. Mayordomo avanzó con naturalidad por la ribera del río y se dirigió hacia el oeste en dirección al barrio de Saint-Germain.

Un barco se deslizó por el agua a su derecha, transportando a bordo a un centenar de turistas. Automáticamente, Mayordomo se tapó la cara con una manaza gigantesca, solo por si acaso algunos de los turistas estaban apuntando con la cámara en su dirección.

El guardaespaldas salvó una serie de escalones de piedra que conducían a la carretera, arriba. Tras él, la aguja puntiaguda de Notre Dame se remontaba en el aire y, a su izquierda, el famoso perfil de la torre Eiffel agujereaba las nubes. Mayordomo echó a andar con aire decidido por la calle principal, saludando con una inclinación de cabeza a varias damas francesas que se paraban para mirarle. Conocía aquella parte de París, pues había pasado allí un mes recuperándose de una misión especialmente peligrosa para el servicio secreto francés.

Mayordomo recorrió la rue Jacob. Pese a aquella temprana hora, los coches y las camionetas abarrotaban la estrecha calle. Los conductores apoyaban el peso de su cuerpo en los cláxones y se colgaban de las ventanillas, con sus temperamentos galos al rojo vivo. Los ciclomotores esquivaban los parachoques y varias chicas guapas paseaban por las aceras. Mayordomo sonrió. París. Ya no se acordaba.

El apartamento de Carrère estaba en la rue Bonaparte, frente a la iglesia. El alquiler de los pisos en Saint-Germain costaba más dinero al mes que lo que la mayoría de los parisinos ganaban en un año. Mayordomo pidió un café y un cruasán en la cafetería Bonaparte y se sentó en una mesa de la terraza. Según sus cálculos, aquella mesa le ofrecería una vista perfecta del balcón de monsieur Carrère.

Mayordomo no tuvo que esperar demasiado. En menos de una hora, el fornido parisino apareció en el balcón y se apoyó en la elaborada barandilla durante unos minutos. Muy amablemente, tuvo la delicadeza de exhibirse de frente y también de perfil.

La voz de Holly retumbó en el oído de Mayordomo.

–Ese es nuestro hombre. ¿Está solo?

–No lo sé –murmuró el guardaespaldas, hablándose a la mano. El micrófono de color carne que llevaba adherido al cuello captaría las vibraciones de sus cuerdas vocales y se las traduciría a la capitana.

–Espera un segundo.

Mayordomo oyó aporrear un teclado y, de repente, la iris-cam que llevaba en el ojo empezó a emitir chispas. La visión de un ojo pasó a un espectro completamente distinto.

–Sensibilidad térmica –le informó Holly–. El calor está representado con el rojo, y el frío, con el azul. No es un sistema demasiado potente, pero la lente debería poder penetrar un muro externo.

Mayordomo recorrió el apartamento con su nueva mirada. Había tres objetos rojos en la habitación: uno era el corazón de Carrère, que palpitaba de color carmesí en el centro de su cuerpo rosado. El segundo parecía una tetera o posiblemente una cafetera, y el tercero era un televisor.

–Muy bien. Todo está despejado. Voy a entrar.

–Afirmativo. Ten cuidado. Todo esto está resultando demasiado fácil.

–De acuerdo.

Mayordomo cruzó la calle adoquinada en dirección al edificio de cuatro plantas. El inmueble contaba con un sistema de seguridad mediante interfono, pero la estructura del edificio era del siglo XIX, y un hombro sólido arrimado en el punto adecuado hizo saltar el pestillo de su lugar.

–Ya estoy dentro.

Se oía ruido en las escaleras, arriba. Alguien estaba bajando. Mayordomo no estaba demasiado preocupado, pero de todos modos se metió la mano dentro de la chaqueta, cerrando los dedos en torno a la empuñadura del arma, por si acaso. Había pocas probabilidades de que fuese a necesitarla; hasta los gallitos más duros intentaban rehuirlo cuando se cruzaban con él. Tenía algo que ver con esa mirada de hombre cruel y desalmado. Aunque el hecho de que midiese dos metros tampoco era un detalle despreciable.

Un grupo de adolescentes asomó por el rellano.

–*Excusez-moi* –se disculpó Mayordomo, al tiempo que se apartaba caballerosamente a un lado.

La chicas empezaron a soltar risitas nerviosas. Los chicos lo miraron fijamente. Uno de ellos, una especie de jugador de rugby cejijunto, pensó incluso en hacer algún comentario, pero entonces Mayordomo le guiñó un ojo. Fue un guiño peculiar, algo alegre y aterrador a la vez. No hubo ningún comentario.

Mayordomo subió al cuarto piso sin incidentes. El apartamento de Carrère estaba en la parte del tejado a dos aguas. Dos paredes de ventanas. Muy caro.

El guardaespaldas estaba sopesando sus opciones de irrumpir en el piso cuando advirtió que la puerta estaba abierta. Por regla general, las puertas abiertas solían querer decir una de dos: que no quedaba nadie con vida para cerrarla, o que lo estaban esperando. Ninguna de estas dos opciones le gustaba ni un pelo.

Mayordomo entró con cuidado. Las paredes del piso estaban tapadas por cajas abiertas; unos paquetes de pilas y trajes antiincendios asomaban por el embalaje de porexpán. El suelo estaba plagado de gruesos fajos de dinero.

–¿Eres amigo? –Era Carrère. Estaba arrellanado en una butaca gigantesca, sosteniendo en el regazo una especie de arma.

Mayordomo se aproximó muy despacio. Una regla de combate importante es que debe tomarse en serio a cualquier oponente.

–Tranquilo.

El parisino levantó el arma. La empuñadura estaba hecha para unos dedos más pequeños, para un niño o un duende.

–Te he preguntado si eres amigo.

Mayordomo empuñó su propia pistola.

–No hace falta que dispares.

–Quieto –le ordenó Carrère–. No voy a dispararte, solo voy a sacarte una foto tal vez. La voz me lo ha dicho.

La voz de Holly resonó en el auricular de Mayordomo.

–Acércate. Necesito verle los ojos.

Mayordomo enfundó el arma y dio un paso hacia delante.

–¿Ves? Nadie tiene por qué resultar herido.

–Voy a aumentar la imagen –dijo Holly–. Puede que esto te escueza un poco.

La diminuta cámara que llevaba en el ojo emitió un zumbido, y de repente, la capacidad de visión de Mayordomo se multiplicó por cuatro, cosa que habría estado bien si el aumento no hubiese ido acompañado de una aguda descarga de dolor. Mayordomo parpadeó para eliminar un reguero de lágrimas que le caían del ojo.

Abajo, en la lanzadera goblin, Holly examinó las pupilas de Luc.

–Lo han encantado –dictaminó–. Varias veces. De hecho, se ve que el iris se ha vuelto irregular. Si sometes demasiadas veces a un *encanta* a un humano, este se puede quedar ciego.

Artemis estudió la imagen.

–¿No es peligroso volver a encantarlo de nuevo?

Holly se encogió de hombros.

–No importa. Ya está bajo encantamiento. Este individuo en particular solo está siguiendo órdenes. Su cerebro no tiene ni idea de lo que está haciendo.

Artemis agarró el micrófono.

–¡Mayordomo! ¡Sal de ahí! ¡Ahora mismo!

En el apartamento, Mayordomo se mantuvo firme. Cualquier movimiento repentino podría ser el último.

–Mayordomo –dijo Holly–. Escúchame atentamente: el arma que te está apuntando es un disparador de grueso calibre y baja frecuencia, lo llamamos Rebotador. Fue diseñado para las refriegas en los túneles. Si aprieta ese gatillo, un láser de arco ancho va a rebotar en las paredes hasta que le dé a algo.

–Ya entiendo –murmuró Mayordomo.

–¿Qué has dicho? –preguntó Carrère.

–Nada. Es solo que no me gusta que me saquen fotos.

Una chispa de la personalidad avariciosa de Luc afloró a la superficie.

–Me gusta ese reloj que llevas en la muñeca. Parece caro. ¿Es un Rolex?

–No creo que lo quieras –respondió Mayordomo, completamente reacio a separarse de la pantalla-intercomunicador–. Es muy barato. Un trozo de chatarra.

–Dame el reloj.

Mayordomo retiró la correa del instrumento que iba sujeto a su muñeca.

–Si te doy este reloj, tal vez puedas hablarme de todas estas pilas.

–¡Eres tú! Di «patata» –exclamó Carrère al tiempo que empujaba con el rechoncho pulgar el diminuto gatillo y apretaba con todas sus fuerzas.

Para Mayordomo, el tiempo pareció detenerse de repente. Era casi como si estuviese en el interior de su parada de tiempo personal. Su cerebro de soldado asimiló todos los hechos y analizó sus opciones. El dedo de Carrère estaba demasiado hundido en el gatillo; al cabo de un momento, un láser de grueso calibre saldría disparado en su dirección y seguiría rebotando por la habitación hasta que ambos estuviesen muertos. Su arma no tenía ninguna utilidad en aquella situación. Lo único que le quedaba era el Segurescudo, pero una esfera de dos metros no iba a ser suficiente, no para dos humanos de aquel tamaño.

Y así, en la fracción de segundo que le quedaba, Mayordomo formuló una nueva estrategia: si la esfera podía detener ondas de choque que viniesen en su dirección, tal vez también podría impedir que saliesen del disparador. Mayordomo tocó la pantalla del Segurescudo y lanzó el aparato hacia donde estaba Carrère.

En el nanosegundo exacto antes de que fuese demasiado tarde, se desplegó un escudo esférico que envolvió el haz en expansión procedente del disparador de Carrère: 360 grados de protección. Era un espectáculo digno de ver: fuegos artificiales en el interior de una burbuja. El escudo permaneció suspendido en el aire mientras unos rayos de luz rebotaban contra los planos curvos de la esfera.

Carrère estaba hipnotizado por la imagen, y Mayordomo aprovechó su distracción para desarmarlo.

–Poned los motores en marcha –mascculló el guardaespaldas en el micro del cuello–. Los de Sûreté habrán acordonado toda esta zona en cuestión de minutos. El Segurescudo de Potrillo no ha conseguido sofocar el ruido.

–Recibido. ¿Qué me dices de monsieur Carrère?

Mayordomo dejó al perplejo parisino tendido sobre la moqueta.

–Luc y yo vamos a tener una pequeña charla.

Por primera vez, Carrère pareció ser consciente de lo que ocurría a su alrededor.

–¿Quién es usted? –farfulló–. ¿Qué pasa aquí?

Mayordomo rasgó la camisa del hombre de un tirón y puso la palma de la mano plana sobre el pecho del detective. Había llegado el momento de emplear un pequeño truco que había aprendido de madame Ko, su *sensei* japonesa.

–No se preocupe, monsieur Carrère. Soy médico. Ha habido un accidente, pero.usted está bien.

–¿Un accidente? No recuerdo ningún accidente.

–Trauma. Es muy normal. Solo voy a comprobar sus constantes vitales. –Mayordomo colocó el pulgar en el cuello de Luc para localizar la arteria–. Voy a hacerle unas preguntas, para ver si ha sufrido una conmoción cerebral.

Luc no discutió con él. Aunque, bien mirado, ¿quién iba a ponerse a discutir con un eurasiático de dos metros y con los músculos de una estatua de Miguel Ángel?

–¿Se llama usted Luc Carrère?

–Sí.

Mayordomo le tomó el pulso, tomando como primera referencia los latidos del corazón y, como segunda, la arteria carótida. Regular, a pesar del accidente.

–¿Es usted un sabueso?

–Prefiero referirme a mi trabajo como «detective privado».

No hubo incremento en el número de pulsaciones. El hombre estaba diciendo la verdad.

–¿Le ha vendido alguna vez pilas a un misterioso comprador?

–No, nunca –protestó Luc–. ¿Qué clase de médico es usted?

El pulso del hombre se disparó inmediatamente. Estaba mintiendo.

–Conteste a las preguntas, monsieur Carrère –le ordenó Mayordomo con voz férrea–. Solo una más. ¿Alguna vez ha tenido tratos con los goblins?

Una sensación de alivio invadió a Luc. La policía no hacía preguntas sobre duendecillos.

–¿Qué le pasa? ¿Está loco? ¿Goblins? No sé de qué me está hablando.

Mayordomo cerró los ojos, concentrándose en las palpitaciones que percibía entre el dedo pulgar y la palma de la mano. El pulso de Luc se había normalizado. Estaba diciendo la verdad. Nunca había tenido ningún trato directo con los goblins. Evidentemente, los B'wa Kell no eran tan tontos.

Mayordomo se levantó y se guardó el Rebotador en el bolsillo. Oyó el sonido de las sirenas abajo en la calle.

–Eh, doctor –lo llamó Luc–. No puede dejarme así, aquí.

Mayordomo le lanzó una mirada fría.

–Le llevaría conmigo, pero la policía querrá saber por qué tiene el piso lleno de lo que sospecho son billetes falsos.

Luc no pudo hacer otra cosa que contemplar con la boca abierta cómo aquella figura gigantesca desaparecía por el pasillo. Sabía que debía echar a correr, pero Luc Carrère no había corrido más de cincuenta metros seguidos desde sus clases de gimnasia a principios de los setenta y, de todos modos, las piernas se le habían vuelto de gelatina de repente. La idea de pasar una larga temporadita en la cárcel puede hacer que le pase eso a cualquiera.

CAPÍTULO VII: LA LÍNEA QUE UNE LOS PUNTOS

JEFATURA DE POLICÍA

REMO señaló con el dedo de la autoridad a Holly.

–Felicidades, capitana. Has conseguido perder parte de la tecnología de la PES.

Holly estaba preparada para aquella acusación.

–No ha sido exactamente culpa mía, señor. El humano estaba bajo los efectos de un *encanta* y usted me ordenó que no saliese de la lanzadera. No tuve ningún control sobre la situación.

–Eso se merece un diez –intervino Potrillo–. Buena respuesta. Además, el Segurescudo cuenta con un dispositivo de autodestrucción, como todo lo que envío al campo de batalla.

–Silencio, civil –soltó el comandante.

Sin embargo, en su voz no había indicios de que fuese a dar una reprimenda; se sentía aliviado, todos se sentían aliviados. La amenaza humana había sido sofocada a tiempo, y sin la pérdida de una sola vida.

Estaban reunidos en una sala de conferencias reservada

para los comités civiles. Por lo general, las reuniones de aquella magnitud se celebraban en la cabina de operaciones, pero la PES todavía no estaba preparada para enseñarle a Artemis Fowl el centro neurálgico de sus defensas.

Remo pulsó el botón de un intercomunicador que había encima de la mesa.

–Camorra, ¿estás ahí?

–Sí, señor.

–Bien. Ahora escucha, quiero que desactives la situación de alerta. Envía a los equipos a la parte más profunda de los túneles, a ver si apresamos a unos cuantos de esos goblins bandidos. Todavía quedan muchos cabos sueltos: uno, ¿quién está organizando a los B'wa Kell? Y dos, ¿por qué razón?

Artemis sabía que no debía decir nada; cuanto antes cumpliese con su parte del trato, antes estaría en el Ártico. Sin embargo, todo lo sucedido en París tenía una pinta muy sospechosa.

–¿Hay alguien más que piense que todo esto ha salido demasiado bien? Es justo lo que todos queríais que pasase, por no mencionar el hecho de que podría haber más humanos encantados ahí fuera.

A Remo no le hizo ninguna gracia que un Fangosillo le fuese dando lecciones, sobre todo viniendo de aquel Fangosillo en particular.

–Escucha, Fowl, has hecho lo que te pedimos. La conexión en París ha sido desmantelada, ya no habrá más envíos ilegales bajando por ese conducto, te lo aseguro. De hecho, hemos redoblado la seguridad en todos los conductos, estén operativos o no. Lo importante es que quienquiera que esté

manteniendo tratos con los humanos no les ha hablado de las Criaturas. Evidentemente, se llevará a cabo una investigación de primer orden, pero ese es un problema interno, así que no dejes que tu joven cerebrito se preocupe por eso. Concéntrate en conseguir que te crezca un poco de barba.

Potrillo interrumpió antes de que Artemis pudiese responder.

–En cuanto a lo de Rusia –dijo, interponiendo a toda prisa su torso entre Artemis y el comandante–, tengo una pista.

–¿Has localizado el origen del mensaje electrónico? –preguntó Artemis, desviando su atención hacia el centauro inmediatamente.

–Exacto –le confirmó Potrillo, pasando a su tono de conferenciante.

–Pero si lo habían pinchado. Era imposible detectar el origen.

Potrillo se echó a reír a carcajadas.

–¿Pinchado? No me hagas reír. Vosotros los Fangosos y vuestros sistemas de comunicación. ¡Pero si todavía utilizáis cables! ¿Dónde se ha visto nada igual? Si ha sido enviado, yo puedo averiguar desde dónde.

–Entonces, ¿desde dónde lo enviaron?

–Todos los ordenadores tienen una firma, igual que un individuo tiene una huella dactilar –continuó Potrillo–. Las redes también. Dejan microhuellas, dependiendo de la edad del cableado. Todo es molecular, y si empaquetas gigabytes de datos en un cable pequeño, parte de ese cable se va a gastar con el tiempo.

Mayordomo se estaba impacientando.

–Escucha, Potrillo. El tiempo es crucial. La vida del señor Fowl podría estar pendiente de un hilo, así que ve al grano antes de que empiece a romper cosas.

El primer impulso del centauro fue echarse a reír de nuevo. Aquel humano tenía que estar de guasa. Pero luego se acordó de lo que Mayordomo le había hecho al equipo de Recuperación de Camorra Kelp y decidió ir directamente al grano.

–Muy bien, Fangoso. No te sulfures. –Bueno, casi directamente al grano–. He pasado el archivo MPEG por mis filtros. Los residuos de uranio señalan al norte de Rusia.

–Vaya, menudo descubrimiento...

–No he terminado –añadió Potrillo–. Calla y aprende un poco.

El centauro hizo aparecer en la pantalla mural una fotografía por satélite del Círculo Polar Ártico. Cada vez que pulsaba una tecla, el área resaltada se empequeñecía.

–Uranio equivale a Severomorsk. O algún lugar en ochenta kilómetros a la redonda. El cableado de cobre es de una red muy vieja, de principios del siglo XX, con parches añadidos a lo largo de los años. La única opción posible es Murmansk. Es tan fácil como jugar a unir los puntos. –Artemis inclinó el cuerpo hacia delante en su silla–. Hay doscientas ochenta y cuatro mil líneas terrestres en esa red de comunicaciones. –Potrillo tuvo que hacer una pausa para reírse–. *Líneas terrestres*. ¡Qué bárbaros! –Mayordomo hizo crujir sus nudillos ruidosamente–. Ah, bueno, pues doscientas ochenta y cuatro mil líneas terrestres. Diseñé un programa para encontrar las coincidencias en nuestro MPEG. Solo hay dos aciertos posibles, uno es el Tribunal Superior de Justicia.

–No es probable. ¿Y el otro?

–La otra línea está registrada a nombre de un tal Mijael Vassikin, en Lenin Prospekt.

Artemis sintió cómo se le encogía el estómago.

–¿Y qué sabemos de ese Mijael Vassikin?

Potrillo meneó los dedos como un concertista de piano.

–Hice una búsqueda en mis propios archivos de inteligencia. Me gusta estar al día con las supuestas agencias de inteligencia de los Fangosos; por cierto, Mayordomo, hay unas cuantas referencias a tu persona.

El sirviente trató de esbozar una expresión de inocencia, pero sus músculos faciales no se lo permitieron del todo.

–Mijael Vassikin es un ex agente de la KGB que ahora trabaja para la *mafiya*. El término oficial es *juligany*, un miembro de la banda, no de alto nivel, pero tampoco un perro callejero. El jefe de Vassikin es un tipo de Murmansk al que se conoce con el nombre de Britva. La principal fuente de ingresos de la banda es el secuestro de hombres de negocios europeos. En los últimos cinco años han secuestrado a seis alemanes y a un sueco.

–¿Cuántos fueron liberados con vida? –preguntó Artemis con un hilo de voz.

Potrillo consultó sus datos estadísticos.

–Ninguno –contestó–. Y en dos casos, los negociadores desaparecieron. Ocho millones de dólares en rescates perdidos.

Mayordomo hizo un esfuerzo por levantarse de una diminuta silla de duende.

–Vale, basta ya de palabrería. Creo que ha llegado la hora de que el señor Vassikin conozca a mi amigo, el señor Puño.

Muy melodramático, pensó Artemis. Pero yo no lo habría podido expresar mejor.

–Sí, amigo mío. Eso será muy pronto, pero no tengo ningún deseo de añadir tu nombre a la lista de los negociadores desaparecidos. Esos hombres son muy listos, así que tenemos que ser más listos. Contamos con ventajas que no tenía ninguno de nuestros predecesores. Sabemos quién es el secuestrador, sabemos dónde vive y, lo que es más importante, contamos con la magia de los duendes. –Artemis miró al comandante Remo–. Porque contamos con la magia de los duendes, ¿no es así?

–Desde luego, cuentan con este duende, eso seguro –repuso el comandante–. No voy a obligar a ninguno de mis subordinados a ir a Rusia, pero no nos vendría mal un poco de refuerzo. –Lanzó una mirada a Holly–. ¿Tú qué opinas?

–Pues claro que voy –respondió la capitana–. Soy la mejor piloto de lanzadera que tenéis.

Laboratorios Koboi

En el sótano de los Laboratorios Koboi había un campo de tiro. Opal había ordenado que lo construyeran según sus especificaciones exactas. Incorporaba su sistema de proyección tridimensional, estaba completamente insonorizado y estaba montado sobre giroscopios, por lo que se podía arrojar a un elefante ahí dentro desde una altura de veinte metros, y ningún sismógrafo bajo el mundo detectaría ni la más mínima vibración.

El objetivo del campo de tiro consistía en proporcionar a los B'wa Kell algún lugar donde practicar con sus láseres

Softnose antes de que la operación comenzase de verdad. Sin embargo, era Brezo Cudgeon quien había pasado más horas en los simuladores que cualquiera, y parecía dedicar cada minuto de su tiempo libre a combatir en batallas virtuales contra su némesis, el comandante Julius Remo.

Cuando Opal lo encontró, Cudgeon estaba descargando cartuchos de su valiosísimo Softnose Redboy sobre una holopantalla en tres dimensiones que proyectaba una de las viejas películas de entrenamiento de Remo. La verdad es que era patético, un hecho que Opal no se molestó en señalar.

Cudgeon se quitó los tapones para los oídos.

–¿Qué? ¿Quién ha muerto?

Opal le pasó una cinta de vídeo.

–Esto acaba de aparecer por las cámaras-espía. Carrère ha demostrado ser un inepto como de costumbre. Todos han sobrevivido pero, tal como predijiste, Remo ha desactivado la alerta, y ahora el comandante ha aceptado acompañar personalmente a los humanos al norte de Rusia, dentro del Círculo Polar Ártico.

–Ya sé dónde está el norte de Rusia –le espetó Cudgeon. Luego hizo una pausa y se acarició un momento la frente abultada con aire pensativo–. Esto podría jugar en nuestro favor. Ahora disponemos de la ocasión perfecta para eliminar al comandante. Si quitamos a Julius de en medio, la PES será como un gusano apestoso sin cabeza. Sobre todo si destrozamos sus sistemas de comunicación de superficie. Porque hemos destrozado sus sistemas de comunicación de superficie, ¿no?

–Por supuesto –respondió Opal–. El obstructor está insertado en los sensores del conducto. Le echarán las culpas de todas las interferencias con los transmisores de superficie a los estallidos de magma.

–Perfecto –exclamó Cudgeon, con la boca torcida dibujando algo parecido a una expresión de regocijo–. Quiero que inutilices todo el armamento de la PES ahora. No hay por qué darle a Julius ninguna ventaja.

Cuando los Laboratorios Koboi actualizaron y perfeccionaron las armas y el sistema de transporte de la PES, incluyeron en cada aparato un punto diminuto de soldadura. En realidad, la soldadura era una solución de mercurio y glicerina que haría explosión cuando el satélite de comunicaciones de Koboi retransmitiese una señal en la frecuencia adecuada. Los disparadores de la PES quedarían inutilizados, mientras que los B'wa Kell irían armados hasta los dientes con láseres Softnose.

–Puedes darlo por hecho –le aseguró Opal–. ¿Estás seguro de que Remo no va a volver? Podría desbaratar todo nuestro plan.

Cudgeon sacó brillo al Redboy con el pantalón de su uniforme.

–No temas, querida. Julius no va a volver. Ahora que sé adónde va, voy a hacer que le preparen una pequeña fiesta de bienvenida. Estoy seguro de que nuestros amigos escamosos se alegrarán mucho de poder asistir.

Lo más gracioso es que a Brezo Cudgeon ni siquiera le caían bien los goblins, para nada. De hecho, los detestaba. Le daban repelús sus andares de reptil, su aliento a gas, sus ojos sin pestañas y sus lenguas en forma de tridente, que no dejaban de moverse dentro y fuera de la boca.

Pero lo cierto es que le proporcionaban algo que Cudgeon necesitaba: fuerza bruta.

Durante siglos, la organización secreta de los B'wa Kell había estado merodeando alrededor de los límites de Refugio, destrozando todo aquello que no podía robar y desplumando a los turistas suficientemente estúpidos como para alejarse del sendero marcado y perderse. Sin embargo, la verdad es que nunca llegó a representar ninguna amenaza para la sociedad. Cada vez que los de B'wa Kell se ponían demasiado chulitos, el comandante Remo enviaba un equipo a los túneles para castigar a los culpables.

Una noche, un Brezo Cudgeon disfrazado entró en La Segunda Piel, un conocido tugurio frecuentado por los B'wa Kell, depositó un maletín lleno de lingotes de oro sobre la barra y anunció:

–Quiero hablar con la organización.

Varios de los gorilas del club cachearon a Cudgeon y luego le vendaron los ojos. Cuando le quitaron la venda de la cara, estaba en un almacén húmedo, con las paredes recubiertas de capas de musgo que no dejaban de extenderse. Sentados al otro lado de la mesa había tres goblins mayores. Los reconoció por las fotografías de los archivos policiales: Escaleno, Esputo y Flemo; la vieja guardia de la organización secreta.

El obsequio del oro y la promesa de que habría más bastaron para despertar la curiosidad del trío. Había planeado su primera frase cuidadosamente.

–Ah, generales, es para mí un honor que vengan a recibirme en persona.

Los goblins sacaron sus pechos arrugados y avejentados con orgullo. ¿Generales?

El resto de la cháchara de Cudgeon fue igual de convincente. Él podía «ayudar» a organizar a los B'wa Kell, a hacerlos más eficientes y, lo más importante, a armarlos. Luego, cuando llegase el momento, se sublevarían y derrocarían al Consejo y a sus lacayos, la PES. Cudgeon les prometió que su primer acto como gobernador general sería liberar a todos los prisioneros goblins del Peñón del Mono. Tampoco estuvo de más que, sutilmente, adornase su discurso con pequeñas dosis del hipnótico *encanta*.

Era una oferta que los goblins no podían rechazar: oro, armas, libertad para sus hermanos y, por supuesto, una ocasión de acabar con la odiada PES. A los B'wa Kell nunca se les ocurrió que Cudgeon podía traicionarlos con la misma facilidad con la que había traicionado a la PES. Eran igual de tontos que los gusanos apestosos y dos veces más miopes.

Cudgeon se reunió con el general Escaleno en una cámara secreta que había bajo los Laboratorios Koboi. Estaba de un humor de perros después del fracaso de Luc en su intento de eliminar a alguno de sus enemigos, pero aún le quedaba el plan B... Los B'wa Kell siempre estaban dispuestos a matar a alguien, no importaba demasiado a quién.

El goblin estaba ansioso, sediento de sangre. Soltaba llamaradas azules como una estufa rota.

—¿Cuándo vamos a la guerra, Cudgeon? Dinos, ¿cuándo?

El elfo mantuvo una distancia prudente. Soñaba con el día

en que aquellas estúpidas criaturas ya no fuesen necesarias.

–Pronto, general Escaleno. Muy pronto, pero antes necesito un favor. Está relacionado con el comandante Remo.

El goblin entrecerró los ojos.

–¿Remo? El más odioso. ¿Podemos matarlo? ¿Podemos machacarle el cráneo y freírle los sesos?

Cudgeon esbozó una sonrisa magnánima.

–Por supuesto, general. Todas esas cosas. Una vez que Remo esté muerto, la ciudad caerá fácilmente.

Ahora el goblin estaba meneando la cabeza con entusiasmo, moviéndose con excitación.

–¿Dónde está? ¿Dónde está Remo?

–No lo sé –admitió Cudgeon–, pero sé dónde estará dentro de seis horas.

–¿Dónde? ¡Dímelo, elfo!

Cudgeon dejó una maleta enorme encima de la mesa. Contenía cuatro pares de Koboi DobleSet.

–Conducto 93. Llévate esto y a tu mejor equipo de ataque. Y diles que se abriguen bien.

Conducto de lanzamiento E93

Julius Remo siempre viajaba con estilo, por todo lo alto. En este caso, había requisado la lanzadera del embajador de Atlantis: todo cuero y chapado en oro, los asientos más mullidos que el trasero de un gnomo y amortiguadores capaces de soportar hasta las sacudidas más violentas. Huelga decir que el embajador atlante no había dado saltos de alegría ni mucho menos al tener que prestarle el potente aparato, pero era difícil decirle que no al comandante cuando este tamborileaba con los dedos sobre el disparador de tres cañones que llevaba enfundado en el cinto. Y así, ahora los humanos y sus dos acompañantes elfos estaban remontando el conducto E93 a bordo de una lujosa y confortable nave.

Artemis se sirvió un agua sin gas que extrajo del minibar.

–Esto tiene un sabor raro –comentó–. No es desagradable, pero es distinta.

–Limpia es la palabra que estás buscando –dijo Holly–. No te creerías cuántos filtros tenemos que ponerle para purgar los residuos de los Fangosos.

–Nada de discusiones, capitana Canija –le advirtió Remo–. Ahora estamos en el mismo bando. Quiero una misión tranquila y sin contratiempos. Y ahora, vestíos, los tres. No vamos a durar ni cinco minutos ahí fuera si no nos protegemos.

Holly abrió una taquilla que había en el techo.

–Fowl, un paso hacia delante y al centro.

Artemis hizo lo que le decía, con una sonrisa divertida asomándole a los labios.

Holly sacó varios paquetes voluminosos de la taquilla.

–¿Qué talla usas, una seis?

Artemis se encogió de hombros, pues no estaba familiarizado con el sistema de medidas de los Seres Mágicos.

–¿Qué? ¿Artemis Fowl no lo sabe? Creía que eras el experto mundial en Criaturas. Fuiste tú quien robó nuestro Libro el año pasado, ¿no?

Artemis desenvolvió el paquete. Era un traje hecho con un polímero de alguna clase de caucho ultraligero.

–Antirradiación –explicó Holly–. Tus células me lo agradecerán dentro de cincuenta años, si es que sigues con vida.

Artemis se puso el traje, que se encogió hasta adaptarse por completo a su cuerpo, como si fuera una segunda piel.

–Un material asombroso.

–Látex con memoria. Se amolda a tu forma, dentro de unos límites razonables. Por desgracia, solo se puede usar una vez. Se lleva y luego se recicla.

Mayordomo se acercó tintineando; llevaba tantas armas mágicas encima que Potrillo le había suministrado un Lunocinturón. El cinturón reducía el peso efectivo de los objetos que llevaba sujetos hasta un quinto de lo que pesaban en la Tierra.

–¿Y yo qué? –preguntó Mayordomo, señalando con la cabeza los trajes antirradiación.

Holly frunció el ceño.

–No tenemos nada tan grande. El látex no se estira tanto.

–Olvídalo. Ya he estado en Rusia y sigo con vida.

–De momento...

Mayordomo se encogió de hombros.

–¿Y qué otra cosa puedo hacer?

Holly sonrió, y en su sonrisa hubo cierto brillo malicioso.

–Oh, yo no he dicho que no tuvieras otra opción.

Rebuscó en la taquilla y extrajo una especie de aerosol en lata y, por alguna extraña razón, aquella latita asustó más a Mayordomo que un búnker lleno de misiles.

–Y ahora, estate quieto –dijo, apuntándole con una boquilla en forma de gramófono–. Es posible que esto apeste más que un enano ermitaño, pero al menos tu piel no brillará en la oscuridad.

CAPÍTULO VIII:
A RUSIA CON HELOR

LENIN PROSPEKT, MURMANSK

MIJAEL Vassikin estaba perdiendo la paciencia. Ya llevaba más de dos años haciendo tareas de niñera, a petición de Britva, aunque lo cierto es que no había sido una «petición» exactamente, pues esa palabra implicaba que tenías elección en el asunto en cuestión, pero con Britva no se discutía, ni siquiera se protestaba en silencio. El *menidzher*, o jefe, era de la vieja escuela, donde su palabra era la ley.

Las instrucciones de Britva habían sido bien sencillas: dale de comer, lávalo y, si no sale del estado de coma en un año, mátalo y arroja el cuerpo al mar.

Dos semanas antes de la fecha límite, el irlandés se había incorporado de repente en su cama; se había despertado gritando un nombre, y ese nombre era Angeline. Kamar se llevó tal susto que tiró la botella de vino que estaba abriendo. La botella se hizo añicos, que le agujerearon los mocasines Ferruci que llevaba puestos y le rompieron la uña del dedo gordo. Las uñas de los dedos vuelven a crecer, pero los mocasines Ferruci no son algo que abunde en el Círculo Polar Ártico. Mijael había tenido que sentarse encima de su compañero para evitar que este matase al rehén.

De modo que ahora estaban jugando al juego de la espera. El secuestro era un negocio con todas las de la ley y tenía sus reglas: primero se envía la nota anónima, o en este caso el mensaje electrónico; luego se espera unos días para que el pichón tenga oportunidad de reunir el dinero, y luego se le da el golpe de gracia con la petición de rescate.

Estaban encerrados en el apartamento de Mijael en Lenin Prospekt, esperando la llamada de Britva. Ni siquiera se atrevían a salir a respirar un poco de aire. No es que hubiese mucho que ver, ya que Murmansk era una de esas ciudades rusas que habían salido directamente de un molde de cemento. Las únicas fechas en las que Lenin Prospekt presentaba un espectáculo agradable era cuando estaba enterrada en la nieve.

Kamar salió del dormitorio, con el rostro desencajado por la incredulidad.

–Quiere caviar el tío, ¿no es increíble? Le doy un buen plato de *stroganina* y va y dice que quiere caviar... ¡*Irlanskii* desagradecido!

Mijael puso los ojos en blanco.

–Me caía mejor cuando se pasaba el día durmiendo.

Kamar asintió y lanzó un escupitajo a la chimenea.

–Dice que las sábanas rascan, que son demasiado ásperas. Tiene suerte de que no lo envuelva en un saco y lo tire a la bahía...

El timbre del teléfono interrumpió sus amenazas huecas.

–Ya está, amigo mío –dijo Vassikin al tiempo que le daba una palmadita a Kamar en el hombro–. Esto va a ir sobre ruedas.

Vassikin respondió al teléfono.

–¿Sí?

–Soy yo –dijo una voz, metálica por el efecto de los viejos cables.

–Señor Brit...

–¡Cállate, idiota! ¡No pronuncies mi nombre!

Mijael tragó saliva. Al *menidzher* no le gustaba que lo relacionasen con sus distintos negocios, lo cual significaba que no había papeleo de por medio y que nunca se mencionaba su nombre si podía quedar grabado. Tenía por costumbre llamar por teléfono mientras conducía por la ciudad para que nadie pudiera localizar las llamadas.

–Lo siento, jefe.

–Y más que lo vas a sentir como vuelvas a equivocarte –siguió diciendo el cerebro de la *mafiya*–. Ahora escucha, y no hables. No tienes nada interesante que aportar.

Vassikin tapó el auricular.

–Todo va bien –susurró, asintiendo con la cabeza a Kamar–. Estamos haciendo un gran trabajo.

–Los Fowl son un equipo muy listo –continuó Britva–, y no me cabe ninguna duda de que están intentando localizar la procedencia del último mensaje.

–Pero yo mismo pinché el último...

–¿Qué te he dicho?

–Me ha dicho que no hable, señor Brit... señor.

–Exactamente. Así que envía el mensaje exigiendo el rescate y luego lleva a Fowl al punto de recogida.

Mijael palideció.

–¿Al punto de recogida?

–Sí, al punto de recogida. Nadie os buscará allí, os lo aseguro.

–Pero...

–¡Ya estás hablando otra vez! Llévate una máscara antigás, si quieres. Solo será un par de días. A lo mejor pierdes un año de tu vida. ¿Y qué? Eso no te matará.

El cerebro de Vassikin empezó a trabajar a toda velocidad, tratando de encontrar una excusa, pero no se le ocurrió nada.

–Vale, jefe. Lo que usted diga.

–Así me gusta. Y ahora escúchame. Esta es tu gran oportunidad. Si haces esto bien, ascenderás dos escalafones en la organización.

Vassikin sonrió. Le esperaba una vida llena de champán y coches caros.

–Si este hombre realmente es el padre del joven Fowl, el chico pagará. Cuando tengas el dinero, tíralos a ambos al Kola. No quiero supervivientes que puedan empezar una *vendetta*. Llámame si hay problemas.

–Vale, jefe.

–Ah, una cosa más.

–¿Sí?

–Mejor no me llames.

La comunicación se cortó. Vassikin se quedó mirando el auricular como si estuviese plagado de virus.

–¿Y bien? –quiso saber Kamar.

–Tenemos que enviar el segundo mensaje.

Una enorme sonrisa se dibujó en el rostro de Kamar.

⁝ I.I ⊼ △ ⁝

–Fantástico. Esto está a punto de acabarse por fin.

–Y luego tenemos que llevar el paquete a la zona de recogida.

La enorme sonrisa desapareció como un zorro por una madriguera.

–¿Qué? ¿Ahora?

–Sí. Ahora.

Kamar echó a andar arriba y abajo por la diminuta sala de estar.

–Es una locura. Un auténtico disparate. Fowl no llegará aquí hasta dentro de un par de días como mínimo. No tenemos ninguna necesidad de pasarnos dos días respirando ese veneno. ¿Qué sentido tiene?

Mijael le ofreció el teléfono.

–Pregúntaselo tú. Estoy seguro de que al *menidzher* le encantará oír que está loco.

Kamar se desplomó sobre el raído sofá y enterró la cabeza en las manos.

–¿Es que esto no se acabará nunca?

Su compañero encendió su antiquísimo disco duro de dieciséis megabytes.

–No lo sé con seguridad –dijo, enviando el mensaje ya preparado–, pero sí sé lo que ocurrirá si no hacemos lo que dice Britva.

Kamar lanzó un suspiro.

–Creo que iré a gritarle al prisionero un rato.

–¿Eso servirá de ayuda?

–No –admitió Kamar–, pero hará que me sienta mejor.

E93, terminal de lanzaderas del Ártico

La Estación del Ártico nunca había gozado de mucha popularidad en la lista de destinos turísticos de los Seres Mágicos. Sí, claro que los osos polares y los icebergs eran bonitos, pero no lo suficiente como para empaparte los pulmones de aire radiactivo.

Holly atracó la lanzadera en el único muelle utilizable. La propia terminal no parecía más que un almacén desierto. Unas cintas transportadoras estáticas serpenteaban por el suelo y en los tubos de la calefacción se oía el traqueteo de los insectos.

Holly sacó unos abrigos y unos guantes humanos de un viejo armario.

–Tapaos, Fangosos. Hace frío ahí fuera.

A Artemis no hacía falta que se lo dijesen. Las baterías solares de la terminal hacía mucho tiempo que habían dejado de funcionar, y las dentelladas del hielo habían resquebrajado las paredes como si fueran la cáscara de una nuez dentro de un torno.

Holly le tiró a Mayordomo su abrigo desde lejos.

–¿Sabes una cosa, Mayordomo? ¡Apestas! –exclamó, riendo.

El sirviente soltó un gruñido.

–Tú y tu gel antirradiactivo. Creo que la piel me ha cambiado de color.

–No te preocupes. Al cabo de cincuenta años se va del todo.

Mayordomo se abrochó los botones de un abrigo de cosaco hasta el cuello.

–No sé por qué os tapáis tanto vosotros, si lleváis puestos los supertrajes.

–Los abrigos son para camuflarnos –le explicó Holly mientras se aplicaba gel antirradiactivo en la cara y el cuello–. Si nos escudamos, la vibración hace nuestros trajes inútiles; sería como meter los huesos en un reactor nuclear. Así que, solo por esta noche, somos todos humanos.

Artemis frunció el ceño. Si los duendes no podían escudarse, eso haría el rescate de su padre mucho más difícil. Tendría que volver a rediseñar el plan.

–Menos charla –gruñó Remo al tiempo que se tapaba las orejas puntiagudas con un gorro de piel de oso–. Salimos a la de cinco. Quiero a todo el mundo armado y peligroso, hasta tú, Fowl, si es que esas muñecas tuyas tan pequeñas pueden soportar el peso de un arma.

Artemis escogió una pistola del arsenal de la lanzadera. Insertó la batería en la ranura correspondiente y colocó el percutor en el nivel tres.

–No se preocupe por mí, comandante. He estado practicando. Tenemos un buen surtido de armas de la PES en la mansión.

Remo esbozó una media sonrisa.

–Ya, pero hay una gran diferencia entre dispararle a un muñeco de cartón o a una persona de verdad.

Artemis le dedicó su sonrisa de vampiro.

–Si todo se desarrolla según el plan, no habrá necesidad de usar armas. La primera fase es la simplicidad en sí misma: organizamos un puesto de vigilancia cerca del apartamento de Vassikin. Cuando llegue la oportunidad, Mayordomo apresará a nuestro amigo ruso y los cinco tendremos una pequeña charla con él. Estoy seguro de que nos contará todo cuanto necesitemos saber bajo el influjo de vuestro *encanta.* Luego, solo será cuestión de dejar sin sentido a los guardias y rescatar a mi padre.

Remo se puso una gruesa bufanda alrededor de la boca.

–¿Y qué pasa si las cosas no salen según el plan?

La mirada de Artemis estaba cargada de frialdad y determinación.

–Entonces, comandante, tendremos que improvisar.

Holly sintió que un escalofrío le revolvía el estómago. Y no tenía nada que ver con el clima.

La terminal estaba enterrada veinte metros bajo un témpano de hielo. Tomaron el ascensor de cortesía hasta la superficie y el grupo surgió de entre la noche ártica como un adulto acompañado de tres niños, pese a tratarse de tres niños con un arsenal de armas inhumanas que traqueteaban debajo de cada pliegue de la ropa.

Holly consultó el localizador GPS que llevaba en la muñeca.

–Estamos en el distrito de Rosta, comandante. Veinte *clics* al norte de Murmansk.

–¿Qué dice Potrillo de las condiciones meteorológicas? No quiero que nos sorprenda una ventisca a kilómetros de nuestro destino.

–No hay suerte. Sigo sin poder conseguir línea. Los estallidos de magma deben de seguir activos.

–¡*D'Arvit!* –exclamó Remo–. Bueno, supongo que tendremos que arriesgarnos a ir a pie. Mayordomo, tú eres el experto aquí, tú irás delante. Capitana Canija, cubre la retaguardia. No sufras si tienes que pegarle una patada en el trasero a algún humano si se queda rezagado.

Holly le guiñó un ojo a Artemis.

–No hace falta que me lo diga dos veces, señor.

–Seguro que no –contestó Remo con un gruñido y un amago de sonrisa en los labios.

La peculiar pandilla avanzó en dirección sureste bajo la luz de la luna hasta alcanzar la línea de ferrocarril. Caminaban siguiendo las traviesas porque era el único lugar donde podían guarecerse de las ventiscas y los remolinos. Avanzaban muy despacio. Un viento del norte reptaba por cada agujero de sus ropas, y el frío atacaba cualquier porción de piel que quedase al descubierto, como un millón de dardos eléctricos.

Apenas hubo conversación. El Ártico tenía ese efecto sobre la gente, aunque tres de ellos llevasen trajes especiales.

Holly rompió el silencio. Algo había estado rondándole por la cabeza todo ese tiempo.

–Dime una cosa, Fowl –se dirigió a él desde detrás–. Tu padre... ¿es como tú?

Las piernas de Artemis titubearon por un instante.

–Qué pregunta más rara. ¿Por qué lo dices?

–Bueno, tú no eres amigo de las Criaturas, precisamente. ¿Y si el hombre a quien tratamos de rescatar es el hombre que nos destruirá?

Se produjo un largo silencio, que solo se vio interrumpi-

do por el castañeteo de los dientes. Holly vio que Artemis bajaba la cabeza.

–No tienes por qué preocuparte, capitana. Mi padre, a pesar de que algunas de sus operaciones fueron sin duda ilegales, era... es... un hombre noble. La idea de hacerle daño a otra criatura le resultaría repugnante.

Holly desenterró su bota de veinte centímetros de nieve.

–Y entonces, ¿a ti qué te pasó?

El aliento de Artemis salió de su garganta semicongelado.

–Yo... cometí un error.

Holly miró la nuca del humano entrecerrando los ojos. ¿Estaba siendo Artemis Fowl sincero de verdad? Costaba trabajo creerlo, pero aún era más sorprendente el hecho de que la elfa no sabía cómo reaccionar, si extender la mano del perdón o la bota del castigo. Al final optó por reservarse el juicio. De momento.

Entraron en un barranco, erosionado por la acción del viento gélido. A Mayordomo no le gustaba aquello; su sexto sentido de soldado le estaba haciendo señales desde el interior del cráneo. Alzó un puño.

Remo avanzó a paso ligero hasta darle alcance.

–¿Algún problema?

Mayordomo entrecerró los ojos para inspeccionar el campo nevado, en busca de huellas.

–Tal vez. Es un buen lugar para una emboscada.

–Puede. Si alguien supiese que íbamos a venir.

–¿Es eso posible? ¿Podría saberlo alguien?

Remo dio un resoplido y su aliento formó vaharadas en el aire, frente a la cara.

–Es imposible. La lanzadera está completamente aislada y la seguridad de la PES es la más infalible del planeta.

Y fue en ese momento cuando el escuadrón de ataque goblin apareció por encima del montículo de nieve.

Mayordomo agarró a Artemis por el cuello y lo arrojó bruscamente a un ventisquero. Con la otra mano ya estaba blandiendo su arma.

–No asomes la cabeza, Artemis. Ha llegado la hora de que me gane mi sueldo.

Artemis le habría respondido con irritación si no hubiese tenido la cabeza bajo un metro de nieve.

Había cuatro goblins volando en formación libre, con sus siluetas oscuras recortadas en el cielo estrellado. Subieron con rapidez hasta trescientos metros, sin hacer ningún intento por ocultar su presencia. Ni los atacaron ni echaron a volar; simplemente se limitaron a quedarse suspendidos en el aire, revoloteando.

–Goblins –soltó Remo con un gruñido, mientras se echaba al hombro un rifle de neutrinos Farshoot de largo alcance–. Demasiado estúpidos para vivir. Lo único que tenían que hacer era eliminarnos.

Mayordomo escogió un punto concreto y separó las piernas para mantener el equilibrio.

–Entonces, ¿esperamos hasta verles el blanco de los ojos, comandante?

–Los goblins no tienen blanco de los ojos –respondió Remo–, pero enfunda tu arma de todos modos. La capitana

Canija y yo nos encargaremos de ellos, no hay ninguna necesidad de que muera nadie.

Mayordomo metió su Sig Sauer en la sobaquera. De todas formas, era prácticamente inútil desde aquella distancia. Sería interesante ver a Holly y a Remo en acción durante un tiroteo. En realidad, la vida de Artemis estaba en manos de aquellos dos duendes, por no hablar de la suya propia.

Mayordomo los miró de reojo: Holly y el comandante estaban apretando los gatillos de varias armas, sin obtener ningún resultado en absoluto. Sus armas estaban más muertas que unos ratones en un nido de serpientes.

–No lo entiendo –masculló Remo–, las he comprobado yo mismo.

Artemis, naturalmente, fue el primero en deducir qué había pasado. Se quitó la nieve del pelo.

–Sabotaje –anunció, apartando a un lado las armas inútiles de los duendes–. No hay otra posibilidad. Por eso los B'wa Kell necesitan armas Softnose, porque de algún modo han desactivado los láseres de la PES.

Sin embargo, el comandante no lo estaba escuchando, ni Mayordomo tampoco. No era el momento de hacer deducciones lógicas: era el momento de pasar a la acción. Ahí fuera eran presas fáciles, unos bultos oscuros en medio de la pálida blancura del Ártico. Aquella teoría se vio confirmada cuando varios disparos de los láseres Softnose cavaron unos agujeros sibilantes en la nieve, a sus pies.

Holly activó el sistema óptico de su casco e hizo un zum sobre el enemigo.

–Parece que uno de ellos lleva un láser Softnose, señor. Algo con un cañón largo.

–Necesitamos ponernos a cubierto. ¡Rápido!

Mayordomo asintió con la cabeza.

–Mirad, un saliente debajo de la montaña.

El sirviente agarró a su pupilo del cuello y lo levantó en volandas con la misma facilidad con que un chiquillo levantaría a un cachorro. Avanzaron con dificultad entre la nieve hasta el refugio que les proporcionaba el saliente. Puede que un millón de años antes el hielo se hubiese derretido lo bastante para que una capa bajase ligeramente y luego se congelase de nuevo. De algún modo, el pliegue resultante se había conservado a lo largo de los años y ahora tal vez les salvase la vida.

Se escurrieron bajo el techo de hielo y luego avanzaron de espaldas hacia la pared congelada. Aquella cubierta helada era lo bastante espesa para soportar los disparos de cualquier arma convencional.

Mayordomo protegió a Artemis con su cuerpo y se arriesgó a mirar arriba, al exterior.

–Están demasiado lejos, no los veo. ¿Holly?

La capitana Canija asomó la cabeza por debajo del pliegue sólido y el zum de su sistema de visión enfocó a los goblins.

–Dinos, ¿qué están haciendo?

Holly esperó un poco hasta que las figuras se hicieron más definidas.

–Qué raro... –comentó–. Están todos disparando, pero...

–¿Pero qué, capitana?

Holly se dio unos golpecitos en el casco para asegurarse de que los objetivos funcionaban correctamente.

–A lo mejor el sistema está distorsionando la imagen, señor, pero parece como si estuvieran errando el tiro a propósito, disparándonos muy por encima de la cabeza.

Mayordomo sintió que la sangre se le agolpaba en la cabeza.

–¡Es una trampa! –rugió al tiempo que extendía la mano hacia atrás para agarrar a Artemis–. ¡Todos fuera! ¡Todos fuera!

Y fue entonces cuando los disparos de los goblins hicieron que cincuenta toneladas de rocas, hielo y nieve se desplomasen sobre el suelo.

Se libraron por los pelos. Por supuesto, la expresión «por los pelos» nunca había sido muy popular en el mundo de los gnomos. De no haber sido por Mayordomo, ninguno de los componentes del grupo habría sobrevivido, pero le ocurrió algo especial: un arranque de fuerza inexplicable, similar a los arrebatos de energía que hacen a las madres apartar los árboles caídos de la cabeza de sus hijos. El sirviente agarró a Artemis y a Holly y los empujó rodando hacia delante como si fuesen piedras en la superficie de un estanque. No era un modo muy digno de desplazarse, pero desde luego era mucho mejor que dejar que una tonelada de hielo les machacase los huesos.

Por segunda vez en otros tantos minutos, Artemis aterrizó de bruces en un ventisquero. Detrás de él, Mayordomo y Remo estaban escarbando en la nieve para salir de debajo del saliente, con las botas resbalando sobre la superficie helada.

Un trueno propio de las avalanchas desgarró el aire y, acto seguido, el témpano de hielo que había debajo de ambos empezó a agitarse y se desgajó. Unos gruesos trozos de roca y hielo bloquearon la entrada de la cueva como barrotes. Mayordomo y Remo estaban atrapados.

Holly se había puesto de pie y estaba corriendo en dirección a su comandante. Pero... ¿qué podía hacer? ¿Tirarse y volverse a meter debajo del saliente?

–Quédate ahí, capitana, no te muevas –le gritó Remo a través del micrófono del casco–. ¡Es una orden!

–Comandante –repuso Holly entre jadeos–. Está vivo...

–Eso parece –fue la respuesta del elfo–. Mayordomo está inconsciente y estamos atrapados. El saliente está a punto de derrumbarse; lo único que lo mantiene en pie son los escombros. Si los apartamos a un lado para salir...

Entonces, al menos estaban vivos. Atrapados, pero vivos. Un plan, necesitaban un plan.

Holly se sorprendió a sí misma manteniendo la calma. Aquella era una de las cualidades que hacían de ella una agente de campaña tan excelente. En momentos de máxima tensión, la capitana Canija tenía la habilidad de elaborar un plan de acción; muchas veces, el único plan viable. En el simulador de combate para su examen de capitana, Holly había derrotado a enemigos virtuales insuperables haciendo saltar por los aires el proyector. Técnicamente, había vencido a todos sus enemigos, por lo que el tribunal tuvo que aprobarla.

Holly habló por el micrófono de su casco.

–Comandante, desabróchele el Lunocinturón a Mayordomo y áteselo alrededor de los dos. Voy a sacarlos de ahí.

–Recibido, Holly. ¿Necesitas un pitón?

–Si puede conseguirme uno...

–Espera un momento.

Un dardo pitón salió disparado a través de una rendija de los barrotes helados y aterrizó a un metro de las botas de Holly. El dardo dejó una estela de cuerda de buena calidad.

Holly insertó el pitón en el receptáculo para la cuerda que llevaba en su propio cinturón, asegurándose de que no hubiese vueltas en la cuerda. Mientras, Artemis había conseguido salir a rastras del ventisquero.

–Este plan es del todo ridículo –comentó al tiempo que se sacudía la nieve de las mangas–. No esperararás ser capaz de arrastrar el peso de ambos con la velocidad suficiente para romper los carámbanos de hielo y evitar que estos los aplasten.

–Yo no los voy a arrastrar –contestó Holly.

–¿Ah, no? ¿Y quién va a hacerlo?

La capitana Canija señaló a la vía. Un tren de color verde se dirigía a toda máquina hacia ellos.

–Eso de ahí –dijo.

Quedaban tres goblins. Se llamaban D'Nall, Aymon y Nyle y eran tres reclutas que competían por el puesto de teniente, que acababa de quedar vacante. El teniente Poll había presentado su dimisión por acercarse demasiado a la avalancha y porque una estalactita de hielo transparente de quinientos kilos de peso lo había atravesado de golpe.

Estaban suspendidos en el aire a una altura de trescientos metros, completamente fuera de alcance. Por supuesto, no estaban fuera del alcance de las armas mágicas, pero todo el armamento de la PES había quedado inutilizado en ese momento. Los Laboratorios Koboi se habían encargado de eso.

–¡Menudo agujero le ha hecho esa placa al teniente Poll! –exclamó Aymon, lanzando un silbido–. Se le veían hasta las ideas, y no quiero decir con eso que fuese un mal mentiroso.

Los goblins no estaban muy unidos, ni se profesaban mucho cariño. Teniendo en cuenta la cantidad de puñaladas por la espalda, de murmuraciones y de afán de venganza que tenía lugar en el seno de la B'wa Kell, no valía la pena hacer amigos íntimos.

–¿Qué os parece? –preguntó D'Nall, el guapo del trío, dentro de lo que cabe–. Chicos, a lo mejor uno de vosotros debería bajar ahí a echar un vistazo.

Aymon soltó un gruñido.

–Sí, claro. Bajamos y dejamos que el grandullón nos fría a tiros. ¿Tan tontos te crees que somos?

–El grandullón está fuera de combate. Lo he frito yo mismo con un disparo la mar de limpio.

–Fue mi disparo el que provocó la avalancha –objetó Nyle, el más joven del grupo–. Siempre te estás apuntando mis tantos.

–¿Qué tantos? El único tanto que te has apuntado en tu vida es haber matado a un gusano apestoso, y encima fue un accidente.

–Mentira –le espetó Nyle–. Yo quería matar a ese gusano. Me estaba molestando.

Aymon se interpuso entre ambos.

–Está bien, no perdáis las escamas, vosotros dos. Lo único

que tenemos que hacer es disparar unas cuantas ráfagas a los supervivientes desde aquí arriba.

–Un plan buenísimo, genio –dijo D'Nall con desdén–. Solo que no va a funcionar.

–¿Y por qué no?

D'Nall señaló hacia abajo con una uña a la que acababa de someter a una manicura.

–Porque se están subiendo a ese tren.

Cuatro vagones verdes se acercaban procedentes del norte, arrastrados por una vieja locomotora diésel, y dejaban a su paso un torbellino de partículas de nieve.

Nuestra salvación, pensó Holly. O tal vez no. Por alguna razón, el mero hecho de ver aquella locomotora destartalada a punto de descuajaringarse hacía que se le revolviera el estómago. Sin embargo, no estaba en posición de hacerse la quisquillosa.

–Es el tren químico de Mayak –dijo Artemis.

Holly miró hacia atrás. Artemis estaba aún más pálido que de costumbre.

–¿El qué?

–Los ecologistas de todo el mundo la llaman la Máquina Verde, una especie de ironía. Transporta unidades de uranio y plutonio ya usadas al complejo químico de Mayak para su reciclaje. Un conductor encerrado en la locomotora. Ningún guardia. Completamente cargado, esa cosa es más peligrosa que un submarino nuclear.

–Y tú sabes todo eso porque...

Artemis se encogió de hombros.

–Me gusta informarme sobre esa clase de cosas. Al fin y al cabo, la radiación es el problema del planeta.

Ahora, Holly ya lo percibía: las emisiones del uranio trepando por el gel antirradiación que se había aplicado en las mejillas. Ese tren era auténtico veneno, pero también era su única oportunidad de sacar al comandante con vida de aquel agujero de hielo.

–Esto se pone cada vez mejor –murmuró Holly.

El tren estaba cada vez más cerca. Evidentemente. Avanzando sin tregua a unos diez *clics* por hora. Aquello no habría supuesto ningún problema para Holly de haber estado ella sola, pero con dos hombres fuera de combate y un chiquillo Fangoso prácticamente inútil, iba a ser una auténtica proeza subirse a bordo de aquella locomotora.

Holly dedicó unos segundos a observar a los goblins, quienes permanecían inmóviles en el aire a unos trescientos metros de altura. A los goblins no se les daba demasiado bien la improvisación. Aquel tren era un elemento inesperado; tardarían al menos un minuto en elaborar una nueva estrategia. Además, tal vez el enorme agujero en el cuerpo de su camarada caído les daría otro motivo para recapacitar.

Holly notaba las radiaciones que emanaban de los vagones; le quemaban hasta el área más insignificante del cuerpo que no hubiese quedado cubierta por el gel y le irritaban los ojos. Solo era cuestión de tiempo el que se le agotase la magia y, después de ese instante, estaría viviendo una vida prestada.

Pero ahora no era el momento de pensar en eso. Su prioridad era el comandante, tenía que sacarlo de allí con vida. Si los B'wa Kell eran lo bastante audaces como para montar una operación contra la PES, era obvio que debajo de la superficie estaba sucediendo algo muy gordo. Fuera lo que fuese, Julius Remo sería necesario para encabezar el contraataque. Se volvió hacia Artemis.

–Vale, Fangosillo. Solo tenemos una oportunidad, no podemos fallar. Agárrate a lo que puedas. –Artemis fue incapaz de disimular un escalofrío de aprensión–. No tengas miedo, Artemis. Puedes hacerlo.

Artemis se enfureció.

–¡Hace frío, elfa! Los humanos tiemblan cuando hace frío.

–Eso ya me gusta más –dijo la capitana de la PES y, acto seguido, echó a correr. La cuerda del pitón salió disparada tras ella como si fuera el cable de un arpón. Aunque tenía el grosor aproximado de un sedal, la cuerda podía suspender en el aire a dos elefantes adultos con toda facilidad. Artemis echó a correr tras ella con la máxima velocidad que le permitieron sus pies y sus mocasines.

Corrieron en paralelo a la vía, aplastando la nieve crujiente a cada paso. Detrás de ellos el tren se acercaba cada vez más, desplazando una masa de aire a su paso.

Artemis hizo un esfuerzo sobrehumano por no quedarse atrás. Aquello no era para él: correr y sudar. ¡El combate, por el amor de Dios! Él no era ningún soldado; él era un planificador, un cerebro. Era mejor dejar todo el trajín de los conflictos en manos de Mayordomo y de gente como él, pero esta vez su sirviente no estaba allí para encargarse de los detalles físicos, y nunca volvería a estarlo si no lograban subirse a aquel tren.

Artemis estaba a punto de quedarse sin aliento, que se le estaba cristalizando delante de la cara, nublándole la visión. El tren ya les había dado alcance, y las ruedas de acero vomitaban esquirlas de hielo y chispas en el aire.

–El segundo vagón –ordenó Holly entre jadeos–. Hay una rampa. No pierdas el equilibrio.

¿Una rampa? Artemis miró hacia atrás. El segundo vagón se acercaba a toda velocidad, pero el frío le impedía ver con claridad. ¿Era posible? Era fantástico. Increíble. Allí, bajo las puertas de acero. Un tablón estrecho, pero lo bastante ancho como para sostenerse de pie en él. O casi.

Holly aterrizó fácilmente, colocando el cuerpo plano frente a la pared del vagón. Hizo que pareciese tan sencillo... Un pequeño saltito y ya estaba a salvo de quedar aplastada bajo el peso de aquellas ruedas descomunales.

–Vamos, Fowl –le gritó Holly–. Salta.

Artemis lo intentó, de verdad que sí, pero la punta de uno de sus mocasines se quedó atrapada en una traviesa. Se tambaleó hacia delante, girando el cuerpo para recuperar el equilibrio. Una muerte dolorosa acudía a toda máquina a su encuentro.

–Hay que ver qué torpe es... –murmuró Holly al tiempo que agarraba a su Fangoso menos favorito por el cuello. El impulso empujó a Artemis hacia delante y lo hizo darse de bruces contra la puerta como si fuera el personaje de un tebeo.

La cuerda del pitón estaba golpeando el vagón; unos segundos más y Holly saldría del tren tan rápido como se había subido a él. La capitana de la PES buscó un punto de sujeción donde anclarse. Puede que el Lunocinturón hubiese reducido el peso de Remo y Mayordomo, pero cuando se produjese la sacudida, el tirón sería más que suficiente para sacarla a rastras de la locomotora, y si eso sucedía, todo habría terminado.

Holly pasó el brazo por un travesaño que había en la escalera externa del vagón y advirtió que unas chispas azules de magia bailoteaban sobre un desgarrón que se había hecho en el traje. ¿Cuánto tiempo más le duraría la magia en aquellas condiciones? Lo cierto era que las curaciones constantes acababan con la energía de cualquier elfa; necesitaba llevar a cabo el Ritual Revitalizante, y cuanto antes mejor.

Holly estaba a punto de soltar la cuerda de su clip y sujetarla a uno de los travesaños cuando esta se tensó de golpe y tiró de las piernas de Holly. La capitana se agarró al travesaño con todas sus fuerzas, clavándose las uñas en su propia piel. Pensándolo bien, aquel plan necesitaba unos cuantos retoques. El tiempo pareció estirarse, igual que la cuerda y, por un momento, Holly creyó que el codo se le iba a desencajar. A continuación el hielo cedió y Remo y Mayordomo salieron despedidos de su tumba de hielo como una flecha de una ballesta.

Al cabo de unos segundos, se golpearon contra el costado del tren y su peso reducido los mantuvo en el aire... por el momento, pero solo era cuestión de tiempo que su escasa gravedad los empujase bajo las ruedas de acero.

Artemis se aferró al travesaño que había junto a la elfa.

—¿Qué puedo hacer?

Ella señaló con la cabeza un bolsillo que llevaba en la manga.

–Ahí dentro. Una pequeña ampolla. Sácala.

Artemis arrancó la solapa de velcro y extrajo un frasco diminuto.

–Vale, ya la tengo.

–Bien, ahora todo depende de ti, Fowl. Todo...

Artemis se quedó boquiabierto.

–¿De mí...?

–Sí, es nuestra única esperanza. Tenemos que abrir esta puerta para meter a Mayordomo y al comandante enrollando la cuerda. Hay una curva en la vía a dos *clics* de distancia. Si este tren aminora aunque solo sea una revolución, los habremos perdido.

Artemis asintió con la cabeza.

–¿Y la ampolla?

–Ácido. Para el cerrojo. El mecanismo está en el interior. Tápate la cara y encógete. Échale el frasco entero. Que no te caiga ni una gota encima.

Fue una larga conversación, dadas las circunstancias; sobre todo teniendo en cuenta que cada segundo era de vital importancia. Artemis no malgastó ni uno más en despedidas.

Se arrastró hasta el siguiente travesaño, apretando el cuerpo contra la superficie del vagón. El viento azotaba la totalidad del tren, despidiendo motas diminutas de hielo con cada latigazo. Las motas heladas lo aguijoneaban como si fueran abejas, pero, a pesar de todo, Artemis se quitó los guantes sin que los dientes dejaran de castañetearle. Era mejor congelarse que acabar aplastado bajo las ruedas del tren.

Hacia arriba, trepando por los escalones de uno en uno, hasta que su cabeza asomó por encima del vagón. Ya no contaba con ninguna protección en absoluto, con ningún refugio. El aire le golpeaba la frente y se le metía por la garganta. Artemis entrecerró los ojos para examinar a través de la ventisca el techo del vagón. ¡Ahí estaba! En el centro. Un tragaluz. En medio de un desierto de acero, liso como el cristal por la acción implacable de los elementos. No había ningún lugar donde agarrarse en cinco metros. La fuerza de un rinoceronte sería inútil en aquel caso, decidió Artemis. Por fin una ocasión para emplear su cerebro. La cinética y el impulso. Sencillo, al menos en teoría.

Sujetándose al borde del vagón, Artemis inició el lento avance por el techo. El viento se arrastraba por debajo de sus piernas y las levantaba cinco centímetros de la cubierta, amenazando con arrancarlo de cuajo del tren.

Artemis cerró los dedos alrededor del borde. No eran dedos habituados a agarrar con fuerza; Artemis no había agarrado nada de mayor tamaño que su teléfono móvil en varios meses. Si querías que alguien escribiese a máquina *El paraíso perdido* en menos de veinte minutos, Artemis era tu hombre, pero en cuanto a lo de agarrarse a los techos de los vagones en plena ventisca... una calamidad, cosa que, por fortuna, formaba parte del plan.

Un milisegundo antes de que las articulaciones de sus dedos se dijesen adiós para siempre, Artemis se soltó, y la fuerza del viento lo empujó directamente a la cubierta metálica del tragaluz.

«Perfecto», habría murmurado de haber tenido un centímetro cúbico de aire en los pulmones, pero aunque hubiese pronunciado en voz alta esa palabra, el viento se la habría llevado antes de que sus propios oídos llegaran a escucharla. Faltaban apenas unos minutos para que el viento le hincase las garras por debajo del torso y lo arrojase sobre las estepas heladas. Carne de cañón para los goblins.

Con dedos temblorosos, Artemis se sacó la ampolla del bolsillo y arrancó el tapón con los dientes. Una salpicadura de ácido le pasó rozando el ojo. No había tiempo para preocuparse de eso ahora. No había tiempo para nada.

El tragaluz estaba asegurado con un grueso candado. Artemis echó dos gotas de ácido en el ojo de la cerradura. Era todo cuanto podía echarle y tendría que ser suficiente.

El efecto fue inmediato. El ácido avanzó por el metal como la lava sobre una superficie de hielo: la tecnología de los Seres Mágicos. La mejor del bajo mundo.

El candado se abrió emitiendo un ruido metálico y dejó la escotilla a merced del viento. Esta saltó hacia arriba y Artemis cayó a través del agujero sobre una pila de barriles. No era exactamente la imagen de un valiente salvador.

El movimiento del tren lo apartó de la carga. Artemis aterrizó boca arriba y vio el símbolo de los triples triángulos que caracterizaba la radiactividad, estampado en el lateral de todos los contenedores. Al menos los recipientes estaban sellados, aunque el óxido parecía haberse apoderado de unos cuantos.

Artemis echó a rodar por el suelo de tablones y logró ponerse de rodillas cuando ya estaba junto a la puerta. ¿Seguiría la capitana Canija ahí fuera aún, o estaría solo? Por primera vez en su vida, verdaderamente solo.

–¡Fowl! ¡Abre la maldita puerta de un vez, Fangoso cara de cartón!

Ah, vaya. No estaba solo entonces.

Tapándose la cara con el antebrazo, Artemis empapó el candado triple del vagón con ácido mágico. El cierre de acero se derritió al instante, goteando en el suelo como si fuera un reguero de mercurio. Artemis empujó la puerta corredera.

Holly estaba sujetándose a la escalera con todas sus fuerzas, con la cara humeando allí donde la radiación se estaba comiendo el gel.

Artemis la cogió por la cintura.

–¿A la de tres?

Holly asintió con la cabeza. No le quedaban fuerzas para hablar.

Artemis flexionó los dedos. Dedos, no me falléis ahora, se dijo. Si conseguía salir de esa, se compraría uno de esos ridículos gimnasios caseros que anunciaban en los canales de teletienda.

–Uno...

Se estaban acercando a la curva. Artemis la veía por el rabillo del ojo. El tren aminoraría la velocidad o descarrilaría.

–Dos...

La capitana Canija estaba a punto de quedarse sin fuerzas. El viento la zarandeaba como si fuera un banderín.

–¡Tres!

Artemis tiró de ella con toda la fuerza que le permitieron sus escuálidos brazos. Holly cerró los ojos y se soltó, incapaz de dar crédito al hecho de que estaba dejando su vida en manos de aquel Fangoso.

Artemis sabía algo de física, de modo que programó su

cuenta atrás para aprovechar la oscilación, el impulso y el propio movimiento hacia delante del tren. Sin embargo, la naturaleza siempre añade algo imposible de prever al conjunto. En este caso, ese algo fue un ligero hueco entre dos secciones de la vía, no lo bastante amplio para hacer descarrilar una locomotora pero sí lo suficiente para provocar un bache.

El bache hizo que la puerta corredera del vagón se cerrase de golpe como una guillotina de cinco toneladas de peso, pero parecía que Holly lo había conseguido justo a tiempo. Artemis no lo sabía con certeza porque la elfa se había estrellado contra él y ambos habían caído rodando a toda velocidad hasta ir a parar al revestimiento de madera. Por lo que podía apreciar, la capitana parecía estar intacta, o al menos seguía teniendo la cabeza unida al cuello, cosa que era buena, pero lo cierto es que parecía estar inconsciente. Probablemente había sufrido un traumatismo.

Artemis era consciente de que él también iba a desmayarse y lo sabía por la oscuridad que se estaba acumulando en su visión, como una especie de virus informático maligno. Se deslizó de costado y aterrizó sobre el pecho de Holly.

Este hecho tuvo unas repercusiones más graves de lo que se podría imaginar: como Holly se había quedado inconsciente, su magia estaba en piloto automático, y la magia que actúa sola, sin supervisión, fluye como la electricidad. La cara de Artemis hizo contacto con la mano izquierda de la elfa y desvió el flujo de las chispas azules, y a pesar de que esto era bueno para él, era decididamente muy malo para ella, porque a pesar de que Artemis no lo sabía todavía, Holly necesitaba

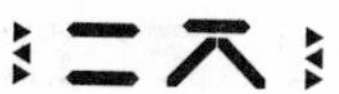

el máximo posible de chispas de magia que pudiese reunir: no todo su cuerpo había logrado entrar en el tren.

El comandante Remo acababa de activar el cabestrante de su cuerda pitón cuando recibió un golpe en el ojo de lo más inesperado.

El goblin D'Nall se sacó un espejito rectangular de debajo de la túnica y comprobó que tenía las escamas tersas y suaves.

–Estas alas Koboi son geniales. ¿Creéis que podremos quedárnoslas?

Aymon frunció el ceño, aunque no era fácil advertirlo, pues los antepasados lagartos de los goblins hacían que sus movimientos faciales fuesen bastante limitados.

–¡Cállate, enano idiota de sangre caliente!

De sangre caliente. Ese era un insulto muy grave para un miembro de la B'wa Kell.

D'Nall se encolerizó.

–Ten cuidado, amigo, o te arrancaré esa lengua de tridente de la cabeza.

–¡No vamos a tener ninguna lengua si esos elfos se escapan! –soltó Aymon.

Era cierto. A los generales no les sentaban demasiado bien los fracasos.

–Bueno, ¿y qué hacemos? El guapo del grupo soy yo, así que supongo que eso te convierte en el cerebro.

–Le disparamos al tren –intervino Nyle–. Fácil.

D'Nall se ajustó el Koboi DobleSet y sobrevoló por encima del miembro más joven del equipo.

–Imbécil –lo insultó al tiempo que le daba un sopapo–. Esa cosa es radiactiva, ¿es que no lo hueles? Una explosión accidental y los tres seremos cenizas barridas por el viento.

–Tienes razón –admitió Nyle–. No eres tan tonto como pareces.

–Gracias.

–De nada.

Aymon redujo la velocidad y descendió hasta una altura de ciento cincuenta metros. Era tan tentador... Un disparo limpio y certero para eliminar a la elfa que estaba agarrada al vagón y otro para deshacerse del humano que había en el techo. Pero no podía arriesgarse. Un milímetro fuera del objetivo y sería la última vez que se habría comido sus espaguetis con gusanos apestosos favoritos para desayunar.

–Está bien –anunció por el micrófono de su casco–. Este es el plan: con toda la radiación que hay en ese vagón, lo más probable es que los objetivos estén muertos en cuestión de minutos. Seguimos al tren durante un rato solo para estar seguros y luego volvemos y le decimos al general que hemos visto los cuerpos.

D'Nall bajó zumbando a su lado.

–¿Y vemos los cuerpos?

Aymon lanzó un gemido.

–¡Pues claro que no, idiota! ¿Es que quieres que se te sequen los ojos y se te caigan?

–Puaj...

–Exactamente. Entonces, ¿está claro?

–Como el agua –respondió Nyle mientras desenfundaba su arma Softnose Redboy.

Disparó a sus compañeros por la espalda. A bocajarro, sin posibilidad de errar el tiro. No tuvieron ni una oportunidad. Siguió la caída de sus cuerpos sobre la Tierra con su lente de aumento. La nieve los cubriría en apenas unos minutos y nadie se tropezaría con aquellos dos peculiares cadáveres hasta que se derritiesen los casquetes polares.

Nyle se guardó el arma e introdujo las coordenadas de la terminal para lanzaderas en su ordenador de vuelo. Si se examinaba aquel rostro de reptil con atención, era posible detectar un amago de sonrisa, aunque fuese imperceptible. El batallón de goblins ya tenía nuevo teniente.

CAPÍTULO IX:
NO HAY REFUGIO SEGURO

CABINA DE OPERACIONES, JEFATURA DE POLICÍA

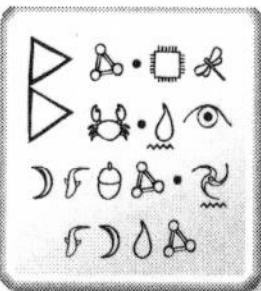

POTRILLO estaba sentado frente al ordenador central de la PES esperando los resultados de su última búsqueda. El peinado exhaustivo de la lanzadera goblin había revelado una huella dactilar completa y otra parcial. La huella completa era la suya propia, un hecho que tenía fácil explicación, puesto que Potrillo había supervisado personalmente todas las partes retiradas de la lanzadera. La huella parcial podía pertenecer a su traidor; no bastaría para identificar al duende que había estado suministrando tecnología de la PES a los B'wa Kell pero sí para eliminar a los inocentes. Activando una búsqueda de referencias cruzadas entre los nombres restantes y los de cualquiera que tuviese acceso a las piezas de las lanzaderas, la lista se acortaría de manera significativa. Potrillo meneó la cola con satisfacción. Era un genio. No tenía sentido mostrarse humilde al respecto.

En ese momento, el ordenador estaba efectuando un registro de los archivos personales con la huella parcial. Lo único que podía hacer Potrillo era juguetear con algo entre los dedos y esperar el contacto con el equipo que había en la superficie. Los estallidos de magma seguían sucediéndose, cosa que era muy rara. Muy rara y muy oportuna.

El suspicaz hilo de pensamiento de Potrillo se vio interrumpido por una voz familiar.

–Búsqueda realizada –anunció el ordenador, con idéntico tono al de Potrillo, ligeramente vanidoso–. Trescientos cuarenta y seis eliminados. Cuarenta posibles sospechosos.

Cuarenta. No estaba mal. Podrían interrogarlos fácilmente. Una oportunidad para utilizar el Retimagen una vez más, pero había otra manera de estrechar el cerco.

–Ordenador, realiza las referencias cruzadas posibles con el personal del nivel tres. –El personal del nivel tres incluiría a cualquiera que tuviese acceso a las fundiciones de reciclaje.

–Efectuando la búsqueda...

Por supuesto, el ordenador solo aceptaba órdenes de Seres Mágicos cuyo patrón de voz coincidiese con los que tuviese programados para reconocer, y como medida de precaución adicional, Potrillo había codificado su clave de acceso personal y otros archivos importantes en un lenguaje informático basado en el antiguo idioma de los centauros: el centáurico.

Todos los centauros eran un pelín paranoicos, y tenían sus razones, pues quedaban menos de cien. Los humanos se las habían apañado para extinguir a sus primos, los unicornios. Probablemente habría unos seis centauros bajo la Tierra capaces de leer el idioma, y solo uno capaz de descifrar el dialecto informático.

El centáurico era, casi con toda seguridad, la forma de escritura más antigua, cuyos orígenes se remontaban más de diez milenios atrás, cuando los humanos empezaron a cazar a los Seres Mágicos. El primer párrafo de *Los manuscritos de Capalla*, el único manuscrito iluminado que se conservaba, rezaba así:

Criaturas mágicas, prestad atención a esta advertencia:
en la Tierra, la raza humana inicia su descendencia,
de modo que escondeos, para que no os encuentren,
y bajo la superficie construid vuestro hogar, duendes.

Los centauros eran famosos por su intelecto, no por sus dotes poéticas, pero pese a todo, a Potrillo aquellas palabras seguían pareciéndole tan relevantes como lo habían sido todos esos siglos atrás.

Cudgeon golpeó con los nudillos en el cristal de seguridad de la cabina de operaciones. Bueno, técnicamente, Cudgeon no tenía permiso para acceder a la sala, pero Potrillo le dejó entrar pulsando un botón porque lo cierto es que era incapaz de resistir la tentación de meterse con el ex comandante. Cudgeon había sido degradado al rango de teniente después

de un desastroso intento de reemplazar a Remo como cabecilla del escuadrón de Reconocimiento. De no haber sido por la considerable influencia política de su familia, lo habrían expulsado para siempre del cuerpo. En realidad, le habría ido mucho mejor si hubiese cambiado de trabajo, así al menos no tendría que sufrir las pullas constantes de Potrillo.

–Traigo unos formularios que necesito que me firme –dijo el teniente, evitando encontrarse con la mirada del centauro.

–Por mí, ningún problema, *comandante* –soltó Potrillo–. ¿Cómo van esas conspiraciones? ¿Alguna revolución prevista para esta tarde?

–Firme los formularios, por favor –insistió Cudgeon mientras le tendía un digi-bolígrafo. Le temblaban las manos.

Es increíble, pensó Potrillo. Y pensar que este elfo miedica y esmirriado era antes de lo mejorcito de la PES...

–No, ahora en serio, Cudgeon. Estás haciendo un trabajo de primera con lo de los formularios.

Cudgeon entrecerró los ojos con aire suspicaz.

–Gracias, señor.

Una sonrisa asomó a la comisura de los labios de Potrillo.

–De nada, pero que no se te suba a la cabeza, a ver si te va a salir algún grano o algo parecido. –Cudgeon se llevó la mano a su frente deforme. Todavía le quedaba un resquicio de su vieja vanidad–. ¡Uy! Un tema delicado. Creo que he metido la pata, lo siento.

Un breve chispazo asomó por el rabillo del ojo de Cudgeon, un chispazo que debería haber puesto sobre aviso a Potrillo, pero a este lo distrajo un pitido del ordenador.

–Lista completa.

–Perdóname un momento, *comandante*. Se trata de un asunto importante, algo relacionado con el ordenador; no lo entenderías.

Potrillo se volvió hacia la pantalla de plasma. El teniente no tendría más remedio que esperar para que le firmara el formulario; seguramente solo era otra orden relacionada con las piezas de las lanzaderas.

Una bombilla se encendió en su cabeza, una bombilla enorme que empezó a emitir auténticos fuegos artificiales. Las piezas de las lanzaderas. Alguien de dentro. Alguien con una cuenta pendiente que saldar. A Potrillo empezó a resbalarle un hilo de sudor por cada centímetro de su rostro.

Dirigió la mirada a la pantalla de plasma para obtener la confirmación de lo que ya sabía. Solo había dos nombres: el primero, Canicas Bo, se podía descartar de entrada, ya que el agente de Recuperación había muerto en un accidente mientras pilotaba una lanzadera. El segundo nombre parpadeaba con suavidad: teniente Brezo Cudgeon. Degradado al departamento de reciclaje hacia la misma época en que Holly había retirado aquel cohete de estribor. Todo encajaba.

Potrillo sabía que si no respondía al mensaje en diez segundos, el ordenador leería el nombre en voz alta. Con naturalidad, pulsó el botón de borrar.

–¿Sabes una cosa, Brezo? –empezó a decir–. Todas esas veces que me meto con el problema de tu cabeza... Solo son bromas, ¿sabes? Bromas inofensivas. Es mi forma de demostrarte mi solidaridad con tu problema. De hecho, tengo aquí una pomada...

De repente sintió la presión de algo frío y metálico en la nuca.

Potrillo había visto demasiadas películas de acción como para no saber lo que era.

–Guárdate esa pomada para ti, pedazo de asno –le dijo Cudgeon al oído–. Tengo la sensación de que pronto vas a ser tú quien tenga problemas en la cabeza.

Tren químico de Mayak, norte de Rusia

Lo primero que sintió Artemis fue un golpeteo rítmico que le recorría la espina dorsal. Estoy en el balneario de Blackrock, pensó. Irina me está dando un masaje en la espalda. Justo lo que mi cuerpo necesitaba después de todo ese jaleo en el tren... ¡El tren!

Evidentemente, seguían a bordo del tren de Mayak. El movimiento rítmico era en realidad el vagón traqueteando por las juntas de las vías. Artemis se obligó a abrir los ojos esperando sentir unos dolores horrorosos y una rigidez absoluta, pero cuál no sería su sorpresa al descubrir que se encontraba bien. Más que bien. De hecho, se encontraba estupendamente. Tenía que ser la magia; Holly debía de haberle curado todos los cortes y las magulladuras mientras estaba inconsciente.

Nadie más se encontraba tan estupendamente, sobre todo la capitana Canija, que seguía sin recobrar el conocimiento. Remo estaba tapando a su agente con un abrigo largo.

–Vaya, veo que te has despertado –dijo, sin dedicarle siquiera una mirada a Artemis–. No sé cómo puedes dormir después de lo que has hecho.

–¿Después de lo que he hecho? Pero si os he salvado..., o al menos he contribuido a salvaros.

–Sí, es cierto que has contribuido, Fowl. Has contribuido a gastar hasta la última gota de magia que le quedaba a Holly mientras ella estaba inconsciente, a eso es a lo que has contribuido.

Artemis lanzó un gemido; debía de haber pasado al caerse. De algún modo, la magia de la elfa se había desviado de cuerpo.

–Creo que ya sé lo que ha pasado. Fue un...

Remo levantó un dedo a modo de advertencia.

–No lo digas. El gran Artemis Fowl nunca hace nada por accidente.

Artemis luchó contra el movimiento del tren y se puso de rodillas.

–No puede ser nada grave. Solo agotamiento, ¿verdad?

Y de repente la cara de Remo se acercó hasta colocarse a un centímetro de la de Artemis, con la tez lo bastante roja como para generar calor.

–¡Nada grave! –gritó el comandante, casi incapaz de articular las palabras por la rabia–. ¡Nada grave! ¡Ha perdido el dedo índice! La puerta se lo ha cortado de cuajo. Su carrera profesional está acabada, y por culpa tuya, a Holly apenas le quedaba magia para detener la hemorragia. Ahora se ha quedado sin gota de fuerza. Completamente vacía.

–¿Ha perdido un dedo? –repitió Artemis como atontado.

–No lo ha perdido exactamente –respondió el comandante mientras le agitaba en las narices el dedo cercenado–. Me golpeó en el ojo por el camino. –El ojo ya se le estaba empezando a poner morado.

–Si volvemos ahora, vuestros cirujanos podrían injertárselo, ¿verdad?

Remo negó con la cabeza.

–Eso sería si pudiésemos volver ahora, pero tengo la impresión de que la situación bajo la superficie es muy distinta de como era cuando nos marchamos. Si los goblins han enviado a un equipo de ataque para eliminarnos, puedes apostar lo que quieras a que algo muy gordo está ocurriendo en el subsuelo.

Artemis estaba perplejo. Holly les había salvado la vida a todos ellos, y este era el modo en que él se lo había pagado. Si bien era cierto que no era directamente el culpable de la herida, esta se había producido mientras intentaban rescatar a su padre, de modo que estaba en deuda con ellos.

–¿Cuánto hace?

–¿Qué?

–¿Cuánto hace que pasó?

–No lo sé. Hace un minuto.

–Entonces todavía hay tiempo.

El comandante se incorporó.

–¿Tiempo para qué?

–Aún podemos salvar el dedo.

Remo se frotó la marca de una cicatriz muy reciente en el hombro, un recordatorio de su viaje por el costado del tren.

–¿Con qué? Casi no me queda energía suficiente para el *encanta*.

Artemis cerró los ojos y se concentró.

–¿Y el Ritual? Tiene que haber algún modo...

Toda la magia de las Criaturas provenía de la Tierra. Para conseguir sacar el máximo partido a sus poderes mágicos, tenían que llevar a cabo el Ritual de forma regular.

–¿Y cómo podemos poner en práctica el Ritual aquí?

Artemis trató de recordar con todas sus fuerzas; se había memorizado buena parte del Libro de las Criaturas el año anterior para preparar la operación del secuestro.

De la Tierra fluye tu poder,
un don que has de merecer.
Y para ello deberás arrancar la mágica semilla,
donde la luna llena, el roble añejo y el agua se dan cita.
Y entiérrala lejos de su lugar de origen,
para devolver tu don a quienes rigen.

Artemis atravesó el suelo del vagón y empezó a toquetear a Holly por todo el cuerpo. A Remo por poco le da un ataque al corazón.

–Por el amor de los dioses, Fangoso, ¿se puede saber qué haces?

Artemis ni siquiera levantó la vista.

–El año pasado, Holly escapó porque llevaba una bellota encima.

Por algún milagro, el comandante logró dominar su ira.

–Te doy cinco segundos, Fowl. Habla rápido.

–Una agente como Holly no olvidaría algo así. Le apuesto lo que quiera a que...

Remo lanzó un suspiro.

–Es una buena idea, Fangosillo, pero las bellotas tienen que ser frescas. De no haber sido por la parada de tiempo, esa bellota podría no haber funcionado. Tienes un par de días como máximo. Sé que Holly y Potrillo elaboraron alguna propuesta para utilizar bellotas en conserva, pero el Consejo la rechazó. Al parecer, es una herejía.

Fue un discurso muy largo tratándose del comandante, pues no estaba acostumbrado a dar explicaciones, pero una parte de él estaba esperanzada. «Tal vez, solo tal vez...» De hecho, Holly nunca había sido contraria a saltarse ciertas normas.

Artemis bajó la cremallera del uniforme de la capitana Canija. Había dos objetos diminutos en la cadena de oro que llevaba alrededor del cuello; uno de ellos era su copia del Libro, la Biblia de los Seres Mágicos. Artemis sabía que el Libro empezaría a arder si intentaba tocarlo sin el consentimiento de Holly; pero había otro objeto: una pequeña esfera de plexiglás llena de tierra.

–Eso va contra las reglas –dijo Remo sin que pareciese estar demasiado enfadado.

Holly se movió, despertando a medias del aletargamiento.

–Eh, comandante, ¿qué le ha pasado en el ojo?

Artemis hizo caso omiso de ella y arrojó la diminuta esfera al suelo del vagón. A continuación recogió con la mano un poco de tierra y una bellota pequeña.

–Ahora lo único que tenemos que hacer es enterrarla.

El comandante se echó a Holly al hombro. Artemis intentó no mirar al hueco donde solía estar el dedo índice de la elfa.

–Entonces ha llegado el momento de bajarse de este tren.

Artemis contempló el paisaje ártico que pasaba a toda velocidad fuera del vagón. Bajarse del tren no era tan sencillo como el comandante hacía que pareciese.

Mayordomo bajó con agilidad por el tragaluz del techo, donde había permanecido hasta entonces vigilando al escuadrón de goblins.

–Me alegro de ver que estás tan ágil –comentó Artemis secamente.

El sirviente sonrió.

–Yo también me alegro de verte, Artemis.

–¿Y bien? ¿Qué has visto ahí arriba? –preguntó Remo, interrumpiendo el reencuentro.

Mayordomo colocó una mano en el hombro de su joven amo. Hablarían más tarde.

–Los goblins se han ido. Ha pasado algo muy curioso: dos de ellos han bajado para realizar una maniobra de reconocimiento y luego el otro les ha disparado por la espalda.

Remo asintió con la cabeza.

–Lucha de poder. Los goblins son los peores enemigos de ellos mismos, pero ahora lo importante es que tenemos que apearnos de este tren.

–Viene otra curva dentro de medio *clic* más o menos –anunció Mayordomo–. Es nuestra oportunidad.

–Bueno, ¿y cómo desembarcamos de aquí? –preguntó Artemis.

Mayordomo sonrió.

–Desembarcar es un término demasiado suave para lo que tengo en mente.

Artemis lanzó un gemido. Más carreras y saltos.

Cabina de Operaciones

El cerebro de Potrillo bullía como una babosa marina en una sartén llena de aceite hirviendo. Todavía tenía opciones, suponiendo, claro está, que Cudgeon no le disparase. Un tiro y todo habría terminado para él. Los centauros no tenían magia, ni una sola gota. Se las ingeniaban únicamente a base de cerebro, de eso y de su habilidad para pisotear a sus enemigos con sus pezuñas. Sin embargo, Potrillo tenía la sensación de que Brezo no iba a cargárselo todavía; estaba demasiado ocupado regodeándose.

–Eh, Potrillo –dijo el teniente–, ¿por qué no usas el intercomunicador? A ver qué pasa...

Potrillo podía adivinar qué pasaría.

–No te preocupes, Brezo. Nada de movimientos bruscos.

Cudgeon se echó a reír y parecía auténticamente feliz.

–¿Brezo? Ahora me llamas por mi nombre de pila, ¿eh? Ahora te das cuenta de la gravedad de la situación, ¿no es así?

Potrillo estaba empezando a darse cuenta. Al otro lado del vidrio tintado, los técnicos de la PES estaban atareadísimos tratando de localizar al topo, ajenos a la escena que se desarrollaba a apenas dos metros de distancia. Los veía y los oía, pero ellos no lo verían ni lo oirían a él.

El centauro solo podía echarse las culpas a sí mismo, pues había insistido en que la cabina de operaciones se construyese según sus propias normas paranoicas. Un cubo de titanio con ventanas a prueba de balas. No había un solo cable en toda la habitación, ni siquiera un cable de fibra óptica para conectar Operaciones con el mundo exterior.

Absolutamente inexpugnable, a menos, por supuesto, que abrieses la puerta para poder soltarle pullas a un viejo enemigo. Potrillo lanzó un gemido. Su madre siempre le decía que algún día aquella bocaza suya le metería en un buen lío, pero no todo estaba perdido; todavía guardaba unos cuantos ases en la manga, como un suelo de plasma, por ejemplo.

–Bueno, ¿y de qué va todo esto, Cudgeon? –preguntó el centauro, levantando los cascos de las baldosas–. Y por favor, no me digas que de la dominación del mundo.

Cudgeon siguió sonriendo. Aquel era su momento.

–No inmediatamente. Los Elementos del Subsuelo bastarán por ahora.

–Pero ¿por qué?

En los ojos de Cudgeon asomaba el brillo de la locura.

–¿Por qué? ¿Tienes la desfachatez de preguntarme por qué? ¡Yo era el niño mimado del Consejo! ¡En cincuenta años me habrían nombrado presidente! Y justo entonces llega el asunto Artemis Fowl. En un solo día todas mis esperanzas y planes de futuro se van al garete. ¡Y acabo deformado y degradado a teniente! Y todo por culpa tuya, Potrillo..., ¡tuya y de Remo! Así que el único modo de volver a encarrilar mi vida es desacreditándoos a ambos. A ti te harán responsable de los ataques de los goblins y Julius estará muerto y deshonrado, y para rematar la faena, atrapo a Artemis Fowl. Es lo más cercano a la perfección que podría haber imaginado.

Potrillo soltó un bufido.

–¿De veras crees que puedes derrotar a la PES con un puñado de armas Softnose?

–¿Derrotar a la PES? ¿Y por qué iba a querer hacer eso?

Yo soy el héroe de la PES o, mejor dicho, lo seré. Tú serás el villano de esta historia.

–Eso ya lo veremos, cara de babuino –dijo Potrillo al tiempo que accionaba un interruptor y enviaba una señal infrarroja a un receptor del suelo. En cinco décimas de segundo se calentaría una membrana de plasma secreta y, medio segundo más tarde, una descarga de neutrinos se extendería por el gel de plasma como un reguero de pólvora y haría rebotar en tres paredes al menos a cualquiera que tuviese los pies pegados al suelo. En teoría.

Cudgeon se echó a reír a mandíbula batiente.

–No me lo digas: tus baldosas de plasma no funcionan.

Potrillo se había quedado de piedra..., por el momento. A continuación bajó los cascos con cuidado y pulsó otro botón, que ponía en marcha un sistema de láser que se activaba con la voz. Básicamente, la siguiente persona que hablase recibiría una descarga que lo achicharraría por completo. El centauro contuvo la respiración.

–Nada de baldosas de plasma –siguió hablando Cudgeon– y nada de rayos láser que se activan con la voz. Esta vez estás metiendo la pata de verdad, Potrillo. Aunque no es que me sorprenda, siempre supe que algún día todos verían al burro que eres en realidad.

El teniente se sentó en una silla giratoria y apoyó los pies en la mesa del ordenador.

–Bueno, ¿lo has adivinado ya?

Potrillo pensó unos minutos. ¿Quién podía ser? ¿Quién podía derrotarle usando sus propias armas? No podía ser Cudgeon, eso seguro, porque era un completo ignorante en cuanto a ordenadores. No, solo había una persona con la habilidad para descifrar el código centáurico y desactivar las medidas de seguridad de la cabina de Operaciones.

–Opal Koboi –dijo sin aliento.

Cudgeon le dio unas palmaditas a Potrillo en la cabeza.

–¡Muy bien! Opal colocó unas cuantas cámaras espía durante el proceso de actualización de los equipos y las armas. Una vez que tuviste la amabilidad de traducir unos cuantos documentos para la cámara, solo fue cuestión de descifrar el código y hacer un poco de reprogramación. Y lo más divertido del caso es que el Consejo corrió con todos los gastos. Opal les llegó a cobrar incluso las cámaras-espía. En este preciso instante, los B'wa Kell se están preparando para lanzar su ataque sobre la ciudad. Las armas y los sistemas de comunicación de la PES no funcionan y lo mejor de todo es que tú, mi cuadrúpedo amigo, serás el responsable. Al fin y al cabo, te has encerrado en la cabina de operaciones en plena crisis, ¿no?

–¡Nadie va a creerse eso! –protestó Potrillo.

–Oh, sí, ya lo creo que sí, sobre todo cuando desconectes los dispositivos de seguridad de la PES, incluyendo los cañones de ADN.

–Cosa que no pienso hacer.

Cudgeon empezó a juguetear con un mando a distancia de color negro mate entre los dedos.

–Me temo que eso ya no depende de ti. Opal desmontó toda tu cabina de operaciones y lo metió todo dentro de esta preciosidad.

Potrillo tragó saliva.

–¿Quieres decir...?

–Exactamente –terminó Cudgeon–. Nada funciona a menos que apriete el botón.

Apretó el botón. Y aunque Potrillo hubiese tenido los reflejos de un duende, jamás le habría dado tiempo a levantar en el aire sus cuatro pezuñas antes de que la descarga de plasma lo hiciese saltar de su silla giratoria de diseño especial.

El Círculo Polar Ártico

Mayordomo dio instrucciones a todos de que se sujetasen al Lunocinturón, uno en cada eslabón. Flotando ligeramente entre las sacudidas del viento, el grupo alcanzó la puerta del vagón como un cangrejo borracho.

Es pura física, se dijo Artemis. La gravedad reducida impedirá que nos estrellemos contra el hielo ártico. Pese a todas sus deducciones lógicas, cuando Remo lanzó al grupo al seno de la noche, Artemis no pudo reprimir un grito ahogado. Más tarde, cuando volviese a repasar mentalmente ese incidente en concreto, Artemis suprimiría el grito ahogado de su memoria.

El impulso los hizo rodar más allá de las traviesas de la vía hasta que fueron a parar a un ventisquero. Mayordomo desactivó el cinturón antigravedad un segundo antes del impacto porque, de lo contrario, habrían salido rebotando, como los hombres en la Luna.

Remo fue el primero en soltarse, arrancando puñados de nieve de la superficie hasta que sus dedos alcanzaron el hielo compacto de debajo.

–Es inútil –dijo–. No puedo romper el hielo.

Oyó un «clic» a sus espaldas.

–Apártese –le aconsejó Mayordomo mientras apuntaba al hielo con su pistola.

Remo obedeció, protegiéndose los ojos con el brazo. Las esquirlas de hielo podían dejarte ciego con la misma eficacia que los clavos de doce centímetros. Mayordomo descargó una ráfaga de disparos sobre una franja de terreno muy estrecha y abrió un boquete en la superficie helada. Un aguanieve instantánea empapó a los miembros del grupo, que ya estaban calados hasta los huesos.

Remo ya estaba comprobando los resultados antes de que el humo se disipase y puso a Mayordomo a trabajar con él a contrarreloj, pues apenas les quedaban unos segundos antes de que a Holly se le acabase el tiempo. Necesitaban completar el Ritual. Una vez transcurrido un período de tiempo determinado, no era prudente practicar un injerto del dedo, aunque pudiesen hacerlo.

El comandante se metió en el hoyo de un salto, apartando a un lado capas de hielo suelto. Se distinguía un cerco de color marrón entre el blanco.

–¡Sí! –gritó–. ¡Tierra!

Mayordomo metió en el agujero el cuerpo tembloroso de Holly, que parecía una muñeca en sus poderosos brazos, diminuta y malherida. Remo enroscó los dedos de la agente alrededor de la bellota ilegal y hundió la mano izquierda de la elfa en lo más profundo del suelo excavado. A continuación, el comandante extrajo un rollo de cinta aislante de su cinturón y unió el dedo a la mano de Holly con brusquedad hasta colocarlo en su posición original.

El elfo y los dos humanos rodearon a la elfa y se pusieron a esperar.

–Puede que no funcione –murmuró Remo con nerviosismo–. Esto de la bellota encerrada en un frasco es algo nuevo, nunca se ha probado. Potrillo y sus ideas... Pero normalmente funcionan, normalmente sí.

Artemis le puso la mano en el hombro. Era lo único que se le ocurría que podía hacer; consolar a la gente no era algo que se le diese demasiado bien.

Cinco segundos. Diez. Nada.

Y luego...

–¡Mirad! –exclamó Artemis–. ¡Una chispa!

Una chispa azul y solitaria se desplazó perezosamente por el brazo de Holly, demorándose en las venas. Luego le atravesó el pecho, se encaramó a su barbilla puntiaguda y se hundió en la carne que había justo en medio de los ojos.

–Apartaos –les advirtió Remo–. Una noche vi una curación de dos minutos en Tulsa. Por poco destroza una terminal entera de lanzaderas. Ni siquiera he oído hablar jamás de una curación que dure cuatro minutos...

Retrocedieron hasta el borde del cráter en el preciso instante en que más chispas brotaban de la Tierra y se derramaban sobre la mano de Holly, pues era el área más afectada. Se hundieron en la articulación del dedo como torpedos de plasma y derritieron la cinta aislante.

Holly se incorporó de golpe, meneando los brazos como una marioneta. Las piernas empezaron a dar sacudidas y patadas a enemigos invisibles. Luego las cuerdas vocales, un quejido muy agudo que resquebrajó las capas de hielo más finas.

–¿Eso es normal? –susurró Artemis, como si Holly pudiese oírlo.

–Eso creo –respondió el comandante–. El cerebro está realizando una comprobación del sistema. No es como curar cortes y heriditas, no sé si me entiendes...

Cada poro del cuerpo de Holly empezó a humear, soltando los restos de radiación. Empezó a dar golpes y a patalear hasta desplomarse de nuevo en un charco de nieve medio derretida. No era un espectáculo agradable. El agua se evaporó y envolvió a la capitana de la PES en una neblina. Solo se le veía la mano izquierda, con unos dedos completamente borrosos.

De repente, Holly dejó de moverse. La mano se quedó paralizada en el aire y luego desapareció entre la bruma. La noche del Ártico irrumpió de golpe para rescatar el silencio.

Se acercaron a ella, inclinando el cuerpo en la niebla. Artemis quería ver, pero le daba miedo mirar.

Mayordomo inspiró hondo y apartó a un lado las mortajas de niebla. Debajo, todo estaba en silencio y el cuerpo de Holly yacía inmóvil como si estuviese en una tumba.

Artemis miró a la figura que había en el agujero.

–Creo que está despierta...

Lo interrumpió el súbito regreso de Holly al estado consciente. Se incorporó, con las pestañas y el pelo castaño rojizo cubierto por completo de pedacitos de hielo. Su pecho se hinchó mientras engullía enormes bocanadas de aire.

Artemis la agarró por los hombros, abandonando por una vez su coraza de fría compostura.

–Holly. Holly, háblame. Tu dedo... ¿está bien?

Holly agitó los dedos y luego los cerró en un puño.

–Creo que sí –respondió y le dio un puñetazo al chico justo entre los ojos. El sorprendido Artemis aterrizó en un montículo de nieve por cuarta vez en ese día.

Holly le guiñó un ojo a un patidifuso Mayordomo.

–Ahora estamos en paz –dijo la capitana.

El comandante Remo no tenía recuerdos que fuesen especialmente entrañables, pero en los siguientes días, cuando las cosas se pusieron peor que nunca, recordaría aquel momento y se reiría para sus adentros.

Cabina de Operaciones

Potrillo se despertó con el cuerpo dolorido, cosa poco habitual en él. Ni siquiera se acordaba de la última vez que había experimentado dolor auténtico. Los comentarios mordaces de Julius habían herido sus sentimientos más de una vez, pero el malestar físico verdadero no era algo que estuviese dispuesto a soportar si podía evitarlo.

El centauro estaba tendido en el suelo de la Cabina de Operaciones de la PES, enredado en los restos de su silla de oficina.

–Cudgeon –dijo lanzando un gruñido, y lo que siguió fueron dos minutos aproximadamente de insultos e improperios que no pueden plasmarse sobre el papel.

Cuando hubo dado rienda suelta a toda su rabia, el cerebro del centauro entró en acción y este se levantó de las baldosas de plasma. Tenía la grupa quemada. Iba a tener un par de zonas sin pelo en los cuartos traseros, algo muy poco atractivo en un centauro: era lo primero que miraba un posible ligue en una discoteca. Aunque no es que Potrillo hubiese sido nunca un gran bailarín. A decir verdad, con aquellas cuatro pezuñas, bailar se le daba fatal.

La cabina de operaciones estaba cerrada a cal y canto, más inaccesible que la cartera de un goblin, como decía el refrán. Potrillo tecleó su código de salida: «Potrillo. Puertas».

El ordenador permaneció en silencio.

Lo intentó verbalmente.

–Potrillo. Anulación de uno dos uno. Puertas.

Ni un solo pitido. Estaba atrapado, prisionero de sus propios mecanismos de seguridad. Hasta las ventanas estaban completamente opacas, bloqueando su visión de la sala de Operaciones. Cerrado al exterior y encerrado en el interior. Nada funcionaba.

Bueno, eso no era del todo exacto. Todo funcionaba, pero sus preciosos ordenadores no respondían a sus órdenes, y Potrillo era perfectamente consciente de que no había forma de salir de la cabina sin tener acceso al ordenador central.

Potrillo se quitó el gorro de papel de aluminio de la cabeza y lo estrujó hasta hacer una bola con él.

–¡Menudo servicio me has prestado! –gritó, arrojando la bola al cubo de reciclaje inteligente, que analizaría los componentes químicos del objeto y luego lo asignaría al contenedor adecuado.

Un monitor de plasma cobró vida en la pared. La cara ampliada de Opal Koboi apareció en el interior, adornada con la sonrisa más radiante que el centauro había visto en su vida.

–Hola, Potrillo. Cuánto tiempo sin verte.

Potrillo le devolvió la sonrisa, pero la suya no era tan radiante.

–Opal, cuánto me alegro de verte... ¿Qué tal tu familia?

Todo el mundo sabía cómo Opal había arruinado a su padre. Era una leyenda en el mundo empresarial.

–Muy bien, gracias. Casa Cumulus es un asilo precioso.

Potrillo decidió que probaría con la sinceridad. Era una herramienta que no empleaba muy a menudo, pero valía la pena intentarlo.

–Opal. Piensa en lo que estás haciendo. Cudgeon está loco, ¿es que no te das cuenta? Una vez que consiga lo que quiere, se deshará de ti en un abrir y cerrar de ojos.

La duendecilla meneó un dedo recién sometido a una manicura perfecta.

–No, Potrillo, te equivocas. Brezo me necesita, de verdad. No sería nada sin mí y mi oro.

El centauro miró a lo más profundo de los ojos de Opal. La duendecilla se creía de verdad lo que estaba diciendo. ¿Cómo podía alguien tan inteligente engañarse de aquella manera?

–Ya sé de qué va todo esto, Opal.

–¿Ah, sí?

–Sí, todavía estás dolida porque gané la medalla de ciencias en la universidad.

Por un segundo, Koboi estuvo a punto de perder la compostura y sus facciones ya no parecían tan perfectas.

–Esa medalla era mía, centauro estúpido. Mi diseño de alas era muy superior a tu ridícula iriscam. Ganaste porque eres un centauro macho, esa es la única razón.

Potrillo sonrió, satisfecho. A pesar de todo lo que tenía en contra, no había perdido la habilidad de ser la criatura más irritante del bajo mundo cuando le daba la gana.

–Y dime, ¿qué quieres, Opal? O es que solo has llamado para recordar viejos tiempos en la facultad...

Opal dio un largo sorbo de un vaso de cristal.

–Solo he llamado, Potrillo, para que sepas que te estoy vigilando, así que no intentes nada raro. También quería enseñarte algo que han recogido las cámaras de seguridad del centro de la ciudad. Por cierto, se trata de secuencias reales, y Brezo está reunido con el Consejo ahora mismo, echándote la culpa a ti de ello. Que disfrutes del espectáculo.

La cara de Opal desapareció y se vio reemplazada por una imagen desde un ángulo superior del centro de Refugio. Un barrio turístico, justo fuera del Imperio de la Patata de Joe Patata. En circunstancias normales, aquella área estaba atestada de parejas de atlantes haciéndose fotos delante de la fuente, pero no ese día, porque ese día la plaza era un campo de batalla. Los B'wa Kell estaban librando una guerra abierta contra la PES y, por lo que parecía, se trataba de una batalla desigual. Los goblins estaban disparando sus armas Softnose, pero la policía no les estaba contraatacando, sino que se limitaban a acurrucarse detrás del primer refugio que encontraban. Completamente impotentes.

Potrillo contempló la escena boquiabierto. Aquello era una catástrofe, y le iban a echar las culpas a él de todo. Por supuesto, el problema de los cabezas de turco como él es que no se los podía dejar con vida para que reivindicasen su inocencia. Tenía que hacerle llegar un mensaje a Holly, y rápido además, o de lo contrario serían todos duendes muertos.

CAPÍTULO X:
CAMORRA, EL PELEÓN

Centro de la Ciudad Refugio

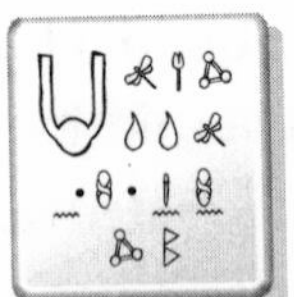

EL Imperio de la Patata no podía ser el lugar favorito de nadie, ni en sus mejores días. Las patatas fritas eran grasientas, la carne tenía una pinta muy sospechosa, y los batidos, unos grumos de aspecto vomitivo. Pero a pesar de todo, el negocio del Imperio iba viento en popa, sobre todo durante el solsticio.

En aquel preciso instante, el capitán Camorra Kelp casi habría preferido estar dentro del tugurio de comida rápida, engullendo una hamburguesa de goma, que afuera, esquivando los disparos de los láseres. Casi.

Puesto que Remo no estaba, el mando de la operación en el campo de batalla recayó sobre el capitán Kelp. En condiciones normales, habría estado loco de contento con aquella responsabilidad, claro que, en condiciones normales, habría tenido la ventaja de contar con transporte y armas. Por fortuna, todavía funcionaba el sistema de comunicaciones.

Camorra y su patrulla estaban merodeando por los puntos

conflictivos de la B'wa Kell cuando sufrieron una emboscada por parte de cien miembros de la organización de reptiles. Los goblins habían tomado posiciones en lo alto de los tejados y habían atrapado al escuadrón de la PES en un fuego cruzado mortal de láseres Softnose y bolas de fuego. Para el goblin medio, rascarse y escupir al mismo tiempo era toda una hazaña, de modo que tenían que estar recibiendo órdenes de alguien.

Camorra y unos de sus cabos más jóvenes estaban parapetados detrás de un fotomatón, mientras que los agentes restantes habían conseguido refugiarse en el interior del Imperio de la Patata.

De momento estaban manteniendo a los goblins a raya con táseres y porras. Los táseres tenían un alcance de diez metros, y las porras eléctricas solo servían para las distancias cortas o para disparar directamente al trasero. Ambas armas funcionaban con baterías eléctricas y llegaría un momento en que se agotarían. Entonces, solo podrían defenderse con piedras y con sus propios puños. Ni siquiera contaban con la ventaja de protegerse con el escudo invisible, pues los B'wa Kell llevaban cascos de combate de la PES, modelos antiguos, desde luego, pero todavía equipados con filtros antiescudo.

Una bola de fuego pasó formando un arco por encima del fotomatón y se deshizo al llegar al asfalto, a sus pies. Los goblins se estaban espabilando. Relativamente, claro. En lugar de tratar de incendiar el fotomatón directamente, ahora le estaban lanzando misiles por encima. Tenían los minutos contados.

Camorra dio unos golpecitos a su micrófono.

–Kelp llamando a base. ¿Alguna noticia sobre las armas?

–Nada de nada, capitán –fue la respuesta–. Hay un montón de agentes sin nada con que disparar, salvo sus dedos. Estamos cargando las viejas armas eléctricas, pero eso va a tardar ocho horas como mínimo. Hay un par de trajes antibalas arriba, en Reconocimiento. Se los voy a enviar con prioridad absoluta ahora mismo. Los tendrá ahí en cinco minutos como máximo.

–¡*D'Arvit!* –exclamó el capitán, lanzando el taco preferido de los duendes. Iban a tener que moverse. Aquel fotomatón se caería a trozos en cualquier momento y serían un blanco seguro para el fuego goblin. Junto a él, el cabo estaba temblando de miedo–. Por lo que más quieras –lo increpó Camorra–, ¿quieres hacer el favor de portarte como un valiente?

–Déjame en paz, Cam –replicó su hermano, Grub, con los labios temblorosos–. Se suponía que tenías que cuidar de mí. Lo dijo mamá.

Camorra levantó un dedo amenazador.

–Soy el capitán Kelp para ti cuando estamos de servicio, ¿entendido, cabo? Y para tu información... ¡estoy cuidando de ti!

–Ah, ¿a esto lo llamas tú cuidar de mí? –preguntó Grub lloriqueando y haciendo pucheros.

Camorra no sabía quién le sacaba más de quicio, si su hermanito pequeño o los goblins.

–Vale, Grub. Este fotomatón no va a resistir mucho más. Tenemos que salir corriendo de aquí y llegar hasta el Imperio de la Patata, ¿me has entendido?

De repente, el labio tembloroso de Grub se puso considerablemente rígido.

–Ni hablar. Yo no me muevo de aquí. No me puedes obligar. No me importa si me quedo aquí el resto de mi vida.

Camorra se levantó el visor.

–Escúchame. Escúchame con atención. El resto de tu vida van a ser unos treinta segundos. Tenemos que irnos.

–Pero los goblins, Cam...

El capitán Kelp agarró a su hermano por los hombros.

–No te preocupes por los goblins. Preocúpate por mi pie haciendo contacto con tu trasero si no te das prisa.

Grub se estremeció. Nunca había pasado por aquella experiencia.

–Todo va a salir bien, ¿verdad que sí, hermano?

Camorra le guiñó un ojo.

–Por supuesto que sí. Soy el capitán, ¿no?

Su hermano pequeño asintió, y el labio perdió su rigidez.

–Bien. Ahora apunta con la nariz a la puerta y sal cuando yo te lo diga, ¿lo has entendido?

Más movimientos de asentimiento; la barbilla de Grub se meneaba más rápido que el pico de un pájaro carpintero.

–Muy bien, cabo. Alerta. Cuando yo lo ordene...

Otra bola de fuego, más cerca esta vez. El fuego levantó una humareda negra en las suelas de goma de Camorra. El capitán asomó la nariz por la pared y, al cabo de unos instantes, una descarga de láser por poco le abre un tercer orificio nasal. Un cartelón metálico como los que llevan los duendes-anuncio salió rodando por la esquina, bailando con la fuerza de una docena de descargas eléctricas. «Revelado fotográfico», decía el cartel o, para ser más exactos, «Revelad fotográfico»: el láser había borrado la *o*. Así que no era a prueba de láseres, pero tendría que servir de todos modos.

Camorra atrapó el cartelón rodante y se lo colgó a los hombros. Una especie de armadura. Los trajes de la PES estaban forrados con microfilamentos que disolvían las descargas de neutrinos o incluso los disparos sónicos, pero hacía décadas que no se usaban Softnose bajo el suelo, de modo que los trajes no habían sido diseñados para soportar sus descargas. Un disparo podía atravesar el uniforme de un oficial de la PES como si fuese papel de arroz.

Le dio un golpecito a su hermano en la espalda.

–¿Estás listo?

Grub podía haber asentido, o tal vez era que todo su cuerpo estaba temblando.

Camorra flexionó las piernas, recogiéndolas, y se ajustó el cartelón en el pecho y la espalda. Aguantaría un par de disparos. Después de eso, su propio cuerpo actuaría como protección para Grub.

Otra bola de fuego. Directamente entre ellos y el Imperio. En un momento, las llamas abrirían un agujero en el asfalto. Tenían que salir corriendo inmediatamente, a través del fuego.

–¡Ciérrate el casco!

–¿Por qué?

–Tú ciérralo y no preguntes, cabo.

Grub le obedeció. Se podía discutir con un hermano, pero no con un oficial al mando.

Camorra le puso la mano a Grub en la espalda y lo empujó. Con fuerza.

—¡Sal, sal, sal!

Salieron, justo a través del corazón blanco de la llama. Camorra oyó cómo explotaban los filamentos de su traje al intentar combatir el calor. El alquitrán hirviendo se adhería a sus botas y derretía las suelas de goma.

Luego lograron atravesar las llamas y llegaron a trompicones a las puertas dobles. Camorra se sacudió el hollín del visor. Sus hombres estaban esperando dentro, acurrucados debajo de los escudos antidisturbios. Dos miembros del equipo de médicos curanderos se habían quitado los guantes y estaban listos para entrar en acción.

Les quedaban diez metros.

Echaron a correr.

Los goblins abrieron fuego. Una lluvia de disparos pasó silbando junto a ellos y pulverizó lo que quedaba de la entrada delantera del Imperio. La coronilla de Camorra avanzaba hacia delante como un gusano aplastado debajo de su casco. Más disparos. Había que agacharse más aún. Una fuerte descarga entre sus omóplatos. El tablón resistió.

El impacto levantó al capitán por los aires como si fuera una cometa, lo lanzó contra su hermano y los empujó a ambos hasta el otro lado de las puertas dobles destrozadas. Inmediatamente se vieron arrastrados hasta un muro formado por escudos antidisturbios.

—Grub —dijo el capitán con la respiración entrecortada, con todo el dolor, el ruido y el hollín—. ¿Está bien?

—Sí, está estupendamente —respondió el médico curandero al tiempo que empujaba a Camorra para colocarlo boca abajo–. Pero a tu espalda le van a salir un par de morados preciosos por la mañana.

El capitán Kelp hizo un gesto con la mano para silenciar al médico.

–¿Hay noticias del comandante?

El médico curandero negó con la cabeza.

–Nada. Remo está desaparecido en combate, y han nombrado a Cudgeon nuevo comandante. Y aún peor: ahora se rumorea que Potrillo está detrás de todo este asunto.

Camorra se puso muy pálido, y no era por el dolor que sentía en la espalda.

–¿Potrillo? Eso no puede ser verdad.

A Camorra le rechinaron los dientes por el sentimiento de frustración. Potrillo y el comandante. No le quedaba elección, tendría que hacerlo. Lo único capaz de provocarle pesadillas.

El capitán Kelp hizo un esfuerzo por apoyarse en el codo. El aire a su alrededor cobraba vida con el zumbido de las descargas de los Softnose. Que los derrotasen por completo solo era cuestión de tiempo. Había que hacerlo.

Camorra inspiró hondo.

–Muy bien, chicos. Escuchad. Ordeno la retirada a la Jefatura Central.

El escuadrón se quedó paralizado. Hasta el mismísimo Grub dejó de lloriquear. ¿Retirada?

–¡Ya me habéis oído! –gritó Camorra–. Retirada. No podemos defender las calles sin armas. Y ahora, todos afuera.

Los miembros de la PES se arrastraron hasta la salida de

servicio, poco acostumbrados a perder. Se le podía llamar retirada o maniobra táctica, pero lo cierto es que seguía siendo una huida. ¿Y quién habría imaginado que una orden como aquella saldría alguna vez de los labios de Camorra Kelp?

Terminal de lanzaderas del Ártico

Artemis y sus compañeros se refugiaron en la terminal de lanzaderas. Holly hizo el viaje subida a los hombros de Mayordomo y estuvo protestando a grito pelado durante varios minutos hasta que el comandante le ordenó que se callara.

–Acabas de someterte a una operación de cirugía mágica –señaló Remo–, así que quédate calladita y haz los ejercicios.

Era crucial que Holly moviese el dedo constantemente durante la siguiente hora, para asegurarse de que los tendones correctos volvían a conectarse entre sí. Era muy importante que moviese el dedo índice del mismo modo en que tenía intención de hacerlo más tarde, sobre todo cuando estuviese disparando un arma.

Se sentaron alrededor de un cubo de calor en la sala de embarque desierta.

–¿Hay agua? –preguntó Holly–. Estoy deshidratada después de tanta curación.

Remo le guiñó un ojo, algo que no solía ocurrir demasiado a menudo.

–Voy a hacer un truco que aprendí estando de maniobras.

Extrajo una cápsula de boquilla chata de un gancho que

llevaba en el cinturón. Parecía estar hecha de plexiglás y estaba llena con un líquido claro.

–Pues no creo que se pueda sacar mucha bebida de ahí dentro –comentó Mayordomo.

–Más de la que crees. Esto es una cápsula de Hidrosión, un extintor de incendios en miniatura. El agua está comprimida en un espacio minúsculo. La arrojas al núcleo de un incendio, el impacto invierte el compresor y libera medio litro de agua en pleno corazón de las llamas. Es más eficaz que si las rociases con cien litros. Las llamamos los Refrescos.

–Eso estaría muy bien –dijo Artemis en tono seco–, si pudieran utilizar sus armas.

–No las necesitamos –repuso Remo al tiempo que extraía un cuchillo de gran tamaño–. Los trabajos manuales funcionan igual de bien.

Apoyó el extremo plano de la cápsula en la boca de una cantimplora y retiró la tapa. Un aerosol burbujeante cayó a chorros en el recipiente.

–Aquí tienes, capitana. Que no se diga que no cuido de mis agentes.

–Muy ingenioso –admitió Artemis.

–Y lo mejor de todo –continuó diciendo el comandante mientras se guardaba el Refresco vacío en el bolsillo– es que estos cacharros son del todo reutilizables. Lo único que tengo que hacer es meterlo en un montón de nieve y el compresor se encargará del resto, así que ni siquiera tendré que oír a Potrillo regañándome por malgastar el equipo.

Holly dio un largo trago y el color enseguida regresó a sus mejillas.

–Así que un escuadrón de ataque de los B'wa Kell nos ha tendido una emboscada –reflexionó la elfa en voz alta–. ¿Qué significa eso?

–Significa que tenéis un topo –contestó Artemis, acercando las manos al calor del cubo–. Tenía la impresión de que esta misión era secreta. Ni siquiera vuestro Consejo había sido informado. La única persona que no está aquí es ese centauro.

Holly se puso de pie de un salto.

–¿Potrillo? No puede ser.

Artemis levantó las palmas de la manos.

–Es pura lógica. Nada más.

–Todo eso está muy bien –intervino el comandante–, pero solo son conjeturas. Necesitamos evaluar nuestra situación. ¿Qué tenemos y qué es lo que sabemos con seguridad?

Mayordomo asintió con la cabeza. El comandante estaba siendo fiel a su formación y a sus principios: un auténtico soldado.

Remo respondió a su propia pregunta.

–Todavía tenemos la lanzadera, a menos que la hayan manipulado. Hay un armario lleno de provisiones, casi todo comida atlante, así que acostumbraos al pescado y los calamares.

–¿Y qué es lo que sabemos?

Artemis relevó a Remo.

–Sabemos que los goblins tienen a alguien infiltrado en la PES. También sabemos que si han intentado quitar de en medio al cabecilla de la PES, el comandante Remo, deben de ir detrás de todo el cuerpo. Tendrían el máximo de probabilidades de éxito si intentaran llevar a cabo ambas operaciones al mismo tiempo.

Holly se mordisqueó el labio.

–Entonces..., eso significa...

–Eso significa que seguramente ahí abajo se está produciendo una revolución o algo por el estilo.

–¿Los B'wa Kell contra la PES? –se burló Holly–. Esos goblins no tienen ninguna posibilidad.

–En circunstancias normales, así sería –convino Artemis–, pero si vuestras armas no funcionan...

–Tampoco funcionarían las suyas –terminó la frase Remo–, en teoría.

Artemis se acercó al cubo de calor.

–Imaginemos el peor de los casos: los B'wa Kell han tomado Refugio y los miembros del Consejo están muertos o han sido hechos prisioneros. La verdad, la cosa tiene muy mala pinta.

Ninguno de los dos Seres Mágicos respondió. «Mala pinta» no hacía justicia a la situación; «una catástrofe» sería un término más adecuado.

Hasta el propio Artemis parecía ligeramente desanimado. Nada de aquello favorecía a su padre.

–Sugiero que descansemos aquí un rato, que hagamos un hatillo con unas cuantas provisiones y que nos dirijamos a Murmansk en cuanto estemos listos. Mayordomo puede buscar el piso de ese tal Vassikin. A lo mejor tenemos suerte y mi padre está allí. Soy consciente de que nos encontramos en posición de ligera desventaja sin armas, pero todavía tenemos el factor sorpresa de nuestra parte.

Todos permanecieron callados durante varios minutos. Era un silencio incómodo. Todos sabían qué había que decir, pero nadie se atrevía a decirlo.

–Artemis –dijo Mayordomo al fin, apoyando una mano sobre el hombro del chico–. No estamos en condiciones de enfrentarnos a la *mafiya*. No tenemos armas de fuego y nuestros compañeros necesitan bajar al subsuelo cuanto antes, de modo que tampoco tenemos magia. Si entramos en esa ciudad ahora, no saldremos nunca con vida. Ninguno de nosotros.

Artemis se quedó mirando fijamente el corazón del cubo de calor.

–Pero mi padre está tan cerca, Mayordomo... Ahora no puedo rendirme.

A su pesar, Holly se sintió conmovida por la negativa de Artemis a rendirse, contra todo pronóstico de salir airosos del asunto. Estaba segura de que, por una vez, Artemis no estaba intentando manipular a nadie; era, sencillamente, un chico que echaba de menos a su padre. Puede que la elfa hubiese bajado la guardia, pero sintió lástima por él.

–No vamos a rendirnos, Artemis –se dirigió a él con dulzura–. Nos estamos reagrupando. Hay una diferencia. Volveremos. Y acuérdate de que siempre parece todo más oscuro antes de que salga el sol.

Artemis la miró.

–¿Qué sol? Estamos en el Ártico, ¿recuerdas?

CABINA DE OPERACIONES

Potrillo estaba furioso consigo mismo. Después de todas las encriptaciones de seguridad que había incorporado a sus sistemas, Opal Koboi había entrado en ellos como si tal cosa y había secuestrado la red entera. Y lo que era aún peor: la PES le había sufragado todos los gastos.

Al centauro no le quedaba más remedio que admirar la desfachatez de la duendecilla. Se trataba de un plan brillantemente simple: solicitar el contrato de actualización y mejora del armamento enviando el presupuesto más bajo y competitivo; hacer que la PES te dé el chip de acceso a todas las áreas y luego colocar cámaras-espía en los sistemas. ¡Si hasta le había facturado a la PES el equipo de vigilancia!

Potrillo pulsó unos cuantos botones por probar. Nada. No hubo respuesta, aunque tampoco esperaba que la hubiera. Sin duda, Opal Koboi había manipulado hasta el último cable de fibra óptica. Tal vez lo estuviese observando en ese mismo instante. Se la imaginaba perfectamente: subida a su aerosilla Koboi y riéndose frente a la pantalla de plasma. Su mayor rival, regodeándose con su destrucción.

Potrillo soltó un gruñido. Puede que lo hubiese pillado desprevenido una vez, pero no volvería a suceder. No pensaba echarse a llorar para regocijo de Opal Koboi... Aunque, a decir verdad, a lo mejor sí lo hacía...

El centauro enterró la cabeza entre las manos, la viva imagen de un duende derrotado, y empezó a sollozar y a lanzar dramáticos hipidos. Se puso a mirar por entre las rendijas de los dedos... Bueno, si fuese una cámara en miniatura, ¿dónde

me escondería?, se preguntó. En alguna parte donde no alcance el dispositivo de barrido. Potrillo dirigió la vista al dispositivo, una diminuta maraña de cables y chips de apariencia compleja sujetos al techo. El único lugar que el dispositivo de barrido no alcanzaba a barrer era el propio dispositivo de barrido...

Ahora ya sabía cuál era el lugar de observación de Opal, aunque no le sirviera para nada. Si la cámara estaba escondida dentro del dispositivo, habría un pequeño punto ciego justo debajo de la caja metálica de la unidad, pero la duendecilla podría seguir viendo cualquier cosa de importancia. Potrillo seguía sin poder tener acceso al ordenador y encerrado en la cabina de Operaciones.

Empezó a examinar la cabina con la mirada. ¿Qué era lo que había llegado desde la última remesa de actualizaciones de Koboi? Tenía que haber algún equipo intacto...

Sin embargo, solo había unos cuantos cachivaches sin ninguna utilidad: un rollo de cable de fibra óptica, unos cuantos clips conductores y varias herramientas. Nada que pudiese servirle. Luego, de repente, algo le llamó la atención debajo de una mesa de trabajo: una luz verde.

El corazón de Potrillo empezó a latir a toda velocidad. Enseguida supo lo que era: el ordenador portátil de Artemis Fowl, equipado con módem y correo electrónico. Se obligó a mantener la calma. Opal Koboi no podía haberlo manipulado, porque aquel trasto había llegado a la cabina hacía apenas unas horas. Ni siquiera él había tenido tiempo de desmontarlo.

El centauro se acercó al galope a su caja de herramientas y, en un arrebato de frustración, arrojó el contenido sobre las baldosas de plasma. No estaba tan frustrado como para no acordarse de quedarse con unos cuantos trozos de cable. El siguiente paso en su fingido ataque de desesperación consistió en desplomarse sobre la superficie de la mesa de trabajo, llorando a moco tendido. Naturalmente, se dejó caer justo en el lugar exacto donde Holly había dejado el ordenador de Artemis. Con gran disimulo, dio una patada e hizo que el ordenador se deslizase hasta el espacio donde debía de estar el punto ciego del dispositivo de barrido. A continuación se tiró al suelo y empezó a patalear y a convulsionar el cuerpo con furia. Desde la cámara oculta, Opal no podría ver nada más que sus piernas agitándose violentamente.

Todo iba bien, de momento. Potrillo abrió la tapa del ordenador y desactivó los altavoces con rapidez. Los humanos tenían la manía de hacer que sus máquinas emitiesen pitidos en los momentos más inoportunos. Desplazó una mano por el teclado y al cabo de un momento activó el programa de correo electrónico.

Ahora venía la parte más peliaguda. El acceso inalámbrico a internet era una cosa, pero el acceso desde el centro de la Tierra era otra muy distinta. Enterrando la cabeza en la curva de un brazo, Potrillo insertó el extremo de un cable de fibra óptica en un puerto de comunicación de Alcance. Alcance era el nombre en clave de los rastreadores ocultos en los satélites de comunicación norteamericanos. Ahora ya disponía de una antena, y solo cabía esperar que el Fangosillo tuviese el móvil encendido.

Laboratorios Koboi

Opal Koboi no había disfrutado tanto en toda su vida. El subsuelo era, literalmente, un juguete en sus manos. Se desperezó encima de su aerosilla Koboi como una gata satisfecha, devorando con los ojos el caos que retransmitían los monitores de plasma. La PES no tenía ninguna posibilidad. Solo era cuestión de tiempo el que los B'wa Kell lograsen acceder a la Jefatura de Policía, y luego la ciudad sería suya. A continuación vendría Atlantis, y después el mundo humano.

Opal se desplazaba de pantalla en pantalla, absorbiendo con la mirada hasta el último detalle. En la ciudad, los goblins surgían de cada centímetro de oscuridad, armados y sedientos de sangre. Los disparos de los Softnose arrancaban pedazos de los edificios históricos, y los duendes civiles construían barricadas en el interior de sus casas, rezando porque las pandillas de maleantes pasasen de largo. Los goblins saqueaban y prendían fuego a todos los comercios. Que no lo quemen todo, pensó Opal, quien no tenía ningún deseo de convertirse en la reina de una zona de guerra.

Una pantalla de comunicación se abrió en el monitor principal. Era Cudgeon a través de su línea de seguridad y lo cierto es que parecía contento, la fría alegría de la venganza.

–Brezo –exclamó Opal–. Esto es maravilloso. Ojalá estuvieras aquí para verlo.

–Pronto. Tengo que permanecer junto a mis tropas. Al final, como he sido yo quien ha descubierto la traición de Potrillo, el Consejo ha vuelto a nombrarme comandante en jefe. ¿Cómo está nuestro prisionero?

Opal miró a la pantalla de Potrillo.

–Pues me he llevado una gran decepción, la verdad. Esperaba algún plan, un intento de fuga al menos, pero lo único que hace es lloriquear y patalear de vez en cuando.

La sonrisa de Cudgeon se hizo aún más radiante.

–Con ánimo suicida, espero. De hecho, estoy seguro de ello. –Y acto seguido, el recién nombrado comandante volvió a su tono profesional–. ¿Y la PES? ¿Algún foco de resistencia inesperado?

–No. Justo como lo habías previsto. Están escondidos en la Jefatura de Policía como tortugas dentro de sus caparazones. ¿Quieres que cierre las comunicaciones locales?

Cudgeon negó con la cabeza.

–No. Retransmiten todos sus movimientos por lo que ellos llaman sus «canales de seguridad». Déjalos abiertos solo por si acaso.

Opal Koboi se acercó aún más a la pantalla.

–Dímelo otra vez, Brezo. Háblame del futuro.

Por un momento, una sombra de irritación cruzó el rostro de Cudgeon, pero ese día no había nada capaz de ensombrecer su buen humor por mucho tiempo.

–El Consejo ha sido informado de que Potrillo ha orquestado el sabotaje desde su cabina de Operaciones, que está sellada, pero tú, milagrosamente, conseguirás entrar en el programa informático del centauro y devolver el control de los cañones de ADN de la Jefatura de Policía a la PES. Esos ridículos goblins serán derrotados, yo seré el héroe de la resistencia y tú serás mi princesa. Todos los contratos militares durante los próximos quinientos años serán para los Laboratorios Koboi.

Opal habló con la respiración entrecortada.

–¿Y entonces?

–Y entonces, juntos libraremos a la Tierra de esos molestos Fangosos. Ese, querida, es el futuro.

Terminal de lanzaderas del Ártico

El timbre del teléfono de Artemis sonó, algo que ni siquiera él había podido prever. Se quitó un guante con los dientes y separó el móvil de su tira de velcro.

–Un mensaje de texto –anunció, desplazándose por el menú del teléfono móvil–. Nadie tiene este número a excepción de Mayordomo.

Holly se cruzó de brazos.

–Pues es evidente que alguien más lo tiene.

Artemis hizo caso omiso del tonillo de la elfa.

–Debe de ser Potrillo. Lleva meses controlando mis comunicaciones por satélite. O está utilizando mi ordenador, o ha encontrado un modo de unificar nuestras plataformas.

–Ya entiendo –dijeron Mayordomo y Remo al unísono. Dos grandes mentiras.

A Holly no le impresionó en absoluto la jerga técnica.

–Bueno, ¿y qué dice?

Artemis dio unos golpecitos en la pantalla diminuta.

–Léelo tú misma.

La capitana Canija tomó el móvil en sus manos y se desplazó por el mensaje, al tiempo que iba leyéndolo en voz alta. Con cada línea, la expresión de su rostro se hacía cada vez más sombría...

> COMDNTE REMO. PRBLEMAS ABAJO. GOBLNS HAN TOMADO RFGIO. JFTURA RDEADA. CUDGEON + OPL KBOI ESTN DTRAS D TODO. NO ARMAS NI COMNCACIONES. KBOI CNTROLA CAÑONES ADN. ESTOY ATRPDO EN CABNA OPS. CNSEJO CREE YO CLPABLE. SI VIVOS, AYUDA P FAVOR. SI NO, ME HE EQUIVCDO DE NMRO

Holly tragó saliva, con la garganta seca de repente.

–Esto no tiene buena pinta.

El comandante se levantó de un salto y cogió el teléfono móvil para leer el mensaje con sus propios ojos.

–No –declaró al cabo de unos momentos–, ya lo creo que no. ¡Cudgeon! Cudgeon ha estado detrás todo este tiempo. ¿Por qué no lo habré visto antes? ¿Podemos enviarle un mensaje a Potrillo?

Artemis se lo pensó antes de contestar.

–No, aquí no hay cobertura. Me sorprende que lo hayamos podido recibir.

–¿Y no podrías conseguirlo de algún modo?

–Sí, claro. Solo necesito seis meses, un equipo especializado y tres kilómetros de vigas de acero.

Holly soltó un bufido.

–Menudo cerebro criminal estás tú hecho...

Mayordomo le puso la mano en el hombro con suavidad.

–Chist... –susurró–. Artemis está pensando.

Artemis tenía la mirada fija en el corazón de plasma líquido del cubo de calor.

–Tenemos dos opciones –empezó a decir, al cabo de un momento. Nadie lo interrumpió, ni siquiera Holly. Después de todo, había sido Artemis Fowl quien había ideado un plan para escapar de la parada de tiempo–. Podríamos conseguir un poco de ayuda humana. Estoy seguro de que podríamos persuadir a algunos de los conocidos más peligrosos de Mayordomo para que nos ayuden, a cambio de una cantidad razonable de dinero, por supuesto.

Remo negó con la cabeza.

–No es una buena idea.

–Luego se les podría hacer una limpieza de memoria.

–Las limpiezas de memoria no siempre funcionan. Lo último que nos faltaría serían mercenarios con memorias residuales. ¿Y la opción dos?

–Entramos en los Laboratorios Koboi y devolvemos el control de las armas a la PES.

El comandante soltó una risotada.

–¿Entrar en los Laboratorios Koboi? ¿Hablas en serio? Ese complejo está construido por entero en un lecho de roca. No hay ventanas, tiene paredes completamente antidescargas y está protegido por cañones de ADN. Cualquier personal no autorizado que se acerque a menos de cien metros recibe una descarga entre las dos orejas puntiagudas que lo deja frito para siempre.

Mayordomo lanzó un silbido de admiración.

–Parece que tienen un montón de hardware para tratarse de una empresa de ingeniería.

–Ya lo sé –repuso Remo, suspirando–. Los Laboratorios Koboi cuentan con permisos especiales. Los firmé yo mismo.

Mayordomo se quedó pensativo unos instantes.

–No se puede hacer –dictaminó al fin–. No sin los planos.

–*¡D'Arvit!* –exclamó el comandante–. Nunca creí que fuese a decir esto, pero solo hay un duende capaz de hacer un trabajo como este...

Holly asintió con la cabeza.

–Mantillo Mandíbulas.

–¿Mandíbulas?

–Un enano. Delincuente profesional. El único duende capaz de entrar en los Laboratorios Koboi y salir con vida para contarlo. Por desgracia, lo perdimos el año pasado. Mientras excavaba un túnel para salir de vuestra mansión, por cierto.

–Me acuerdo de él –dijo Mayordomo–. Por poco me vuela la cabeza. Un personaje muy escurridizo.

Remo se rió con ternura.

–Ocho veces le eché el guante al viejo Mantillo. La última, por el trabajito en los Laboratorios Koboi. Si no recuerdo mal, Mantillo y su primo se hicieron pasar por contratistas de obra como forma de obtener los planos de las instalaciones de seguridad. Consiguieron el contrato de Koboi. Mantillo escapó por la puerta de atrás. Luego, algo muy típico de Mandíbulas: logra entrar en las instalaciones más seguras de debajo del planeta y luego intenta venderle una cuba mágica de alquimia a uno de mis hombrecillos.

Artemis se incorporó de golpe.

–¿Ha dicho cubas de alquimia? ¿Tienen cubas de alquimia?

–No te emociones, Fangosillo. Solo están en fase experimental. Los antiguos magos eran capaces de convertir el plomo en oro, según el Libro, pero el secreto se perdió para siempre. Ni siquiera Opal Koboi lo ha conseguido todavía.

–Oh –exclamó Artemis, decepcionado.

–Lo creáis o no, casi echo de menos a ese criminal. Tenía una manera de insultar a la gente... –Remo levantó la vista al cielo–. Me pregunto si estará ahí arriba ahora, mirándonos.

–Bueno... En cierto modo, sí –dijo Holly, sintiéndose culpable–. La verdad, comandante, es que Mantillo Mandíbulas está en Los Ángeles.

CAPÍTULO XI:
MUCHA MANDÍBULA Y POCAS NUECES

LOS ÁNGELES, ESTADOS UNIDOS

EN realidad, Mantillo Mandíbulas estaba fuera del apartamento de una actriz ganadora de varios Oscar. Por supuesto, ella no sabía que el enano estaba ahí, y naturalmente, este no se traía nada bueno entre manos, y es que ya se sabe: la cabra siempre tira al monte.

No es que Mantillo necesitase el dinero, pues había salido muy bien parado del asunto Artemis Fowl, lo bastante como para pagar el alquiler de la suite de un ático en un lujoso hotel de Beverly Hills. Había equipado el apartamento con un sistema de audio Pioneer, una videoteca entera de DVD y cecina suficiente para el resto de su vida. Había llegado el momento de tomarse una década de descansito y relajación.

Pero la vida no es así; se niega a quedarse de brazos cruzados y permanecer relegada en un rincón. Los hábitos de varios siglos no desaparecen así como así. Más o menos a la mitad de la colección de películas de James Bond, Mantillo se dio cuenta de que echaba de menos los viejos y malos tiempos. Muy pronto, el ocupante solitario del ático exclusivo empezó a dar paseos a medianoche. Por lo general, dichos paseos acababan en el interior de las casas de otras personas.

Al principio, Mantillo se limitaba a visitar las casas, paladeando la emoción de burlar los sofisticados sistemas de seguridad de los Fangosos. Luego empezó a llevarse trofeos, pequeñas cosas, como una copa de cristal, un cenicero o un gato si tenía hambre. Sin embargo, Mantillo Mandíbulas enseguida empezó a anhelar la vieja fama y sus fechorías fueron adquiriendo cada vez más envergadura: lingotes de oro, diamantes del tamaño de un chichón o pitbull terriers cuando estaba muerto de hambre.

Lo del Oscar empezó casi por casualidad. Birló uno como objeto curioso durante un viaje a Nueva York que hizo a mitad de semana. Al mejor guión original. A la mañana siguiente fue portada en todos los periódicos, de costa a costa, como si hubiese robado un convoy de instrumental médico o algo así en lugar de una simple estatuilla dorada. Mantillo, huelga decirlo, estaba encantado de la vida: había encontrado su nuevo pasatiempo nocturno.

A lo largo de los siguientes quince días, Mantillo robó el Oscar a la mejor banda sonora y a los mejores efectos especiales. Los periódicos sensacionalistas se volvieron locos e incluso le pusieron un apodo: el Grouch, por otro ganador del Oscar muy famoso. Cuando Mantillo se enteró, empezó a menear los dedos de los pies de pura alegría, y los dedos de los pies de un enano meneándose son un espectáculo digno de ver. Son tan ágiles como los dedos de las manos, tienen articulaciones dobles y, en cuanto al olor..., es mejor no hablar. La misión de Mantillo se hizo muy evidente: tenía que hacerse con el juego completo de estatuillas.

Durante los seis meses siguientes, el Grouch perpetró sus golpes en todo Estados Unidos e incluso se fue hasta Italia para birlar el Oscar a la mejor película extranjera. Encargó que le fabricasen un armario especial, con vidrio tintado que se podía volver opaco del todo con solo pulsar un botón. Mantillo Mandíbulas volvía a sentirse vivo.

Como cabría esperar, todos los ganadores de un Oscar del planeta triplicaron su seguridad, justo como a Mantillo le gustaba; entrar en una chabola en la playa no suponía ningún reto. Edificios inexpugnables y tecnología punta, eso era lo que quería el público, y eso era lo que el Grouch les daba. Los periódicos se lo zampaban todo; era un héroe. Durante las horas de luz, cuando no podía salir al exterior, Mantillo se entretenía escribiendo el guión cinematográfico de todas sus andanzas.

Aquella noche en concreto era una gran noche. La última estatuilla. Iba a robar el Oscar a la mejor actriz, y no se trataba de una mejor actriz cualquiera: el objetivo de aquella noche era la apasionada belleza jamaicana Maggie V., la ganadora de aquel mismo año por su encarnación de Preciosa, una tempestuosa belleza jamaicana. Maggie V. había declarado públicamente que si el Grouch intentaba hacer algo en su apartamento, se encontraría con una buena sorpresa. ¿Cómo iba Mantillo a resistirse a un desafío como ese?

El edificio en sí era fácil de localizar: un bloque de acero y cristal de diez plantas justo al lado de Sunset Boulevard; el trayecto era un paseo a medianoche al sur de la mismísima casa de Mantillo. De modo que, una noche nublada, el intrépido enano reunió sus herramientas y se dispuso a robarse un hueco en los libros de historia.

Maggie V. vivía en el último piso. Subir por las escaleras, el ascensor o el hueco de ambos quedaba descartado. Tendría que ser un trabajo desde el exterior. A fin de prepararse para la escalada, Mantillo llevaba dos días sin ingerir ninguna clase de líquido. Los poros de los enanos no sirven solo para sudar, sino que también absorben la humedad, algo muy útil cuando llevas varios días atrapado en un derrumbe. Aunque no puedas acercarte una bebida a la boca, cada centímetro de piel puede aspirar agua de la tierra circundante. Cuando un enano tenía sed –como le ocurría a Mantillo en ese momento–, se le abrían los poros hasta adquirir el tamaño de auténticos agujeros y empezaban a aspirar como posesos. Esta habilidad podía resultar extremadamente provechosa si, por ejemplo, había que trepar por el costado de un edificio alto.

Mantillo se quitó los zapatos y los guantes, se colocó un casco de la PES robado y empezó a escalar.

Conducto E93

Holly notaba la mirada del comandante achicharrándole los pelos de la nuca. Trató de hacer caso omiso, concentrándose en no estrellar la lanzadera del embajador atlante contra las paredes del conducto del Ártico.

–Así que, todo este tiempo, ¿sabías que Mantillo Mandíbulas estaba vivo?

Holly ladeó el propulsor de estribor para esquivar un misil de roca medio derretida.

–No estaba segura. Potrillo tenía esa teoría.

El comandante retorció un cuello imaginario.

–¡Potrillo! ¿Por qué será que no me sorprende?

Artemis esbozó una sonrisita divertida desde su asiento en la zona de pasajeros.

–Bueno, vosotros dos, necesitamos trabajar juntos, como un equipo.

–Pues cuéntame cuál era la teoría de Potrillo, capitana –le ordenó Remo, abrochándose el cinturón en el asiento del copiloto.

Holly activó un lavado de electricidad estática en las cámaras externas de la lanzadera. Las descargas negativas y positivas limpiaron las capas de polvo de las lentes.

–A Potrillo la muerte de Mantillo le parecía un poco sospechosa, teniendo en cuenta que era el mejor excavador de túneles de todo el mundo duendil.

–Bueno, ¿y por qué no me lo dijo?

–Solo era una corazonada y, con todos los respetos, comandante, pero ya sabemos cómo se pone usted con las corazonadas.

Remo asintió de mala gana. Era verdad, no tenía tiempo para corazonadas. O le presentaban pruebas contundentes, o ya podían salir de su despacho hasta que las consiguieran.

–El centauro se puso a investigar por su cuenta en su tiempo libre. Lo primero que advirtió era que el oro recuperado pesaba demasiado poco. Yo había negociado la devolución de la mitad del rescate y, según sus cálculos, al carro le faltaban unas dos docenas de lingotes.

El comandante se encendió uno de sus característicos puros de setas. Tenía que admitir que la cosa sonaba muy prometedora: lingotes de oro desaparecidos y Mantillo Mandíbulas en un radio de ciento sesenta kilómetros a la redonda. Dos y dos sumaban cuatro.

–Como sabe, forma parte del procedimiento habitual rociar cualquier objeto propiedad de la PES con rastreador de solinio, incluyendo el oro del rescate, así que Potrillo hizo un escaneo de solinio y encontró marcas y señales por todo Los Ángeles, especialmente en el hotel Crowley de Beverly Hills. Cuando entró en el ordenador del edificio, descubrió que el ocupante de la suite del ático aparecía con el nombre de un tal Rex Cavador.

Las orejillas puntiagudas de Remo se pusieron tiesas de repente.

–¿Rex Cavador?

–Exacto –dijo Holly, asintiendo con la cabeza–. Demasiada coincidencia. Potrillo me lo contó entonces y yo le aconsejé que tomase unas cuantas fotos por satélite antes de llevarle a usted el informe. Solo que...

–Solo que el señor «Cavador» está resultando ser muy escurridizo. ¿Tengo razón?

–Ha dado en el clavo.

El color de la piel de Remo pasó del rosa al colorado tomate.

–¡Mantillo! Ese granuja... ¿Cómo lo hizo?

Holly se encogió de hombros.

–Creemos que transfirió su iriscam a algún animal local, tal vez a un conejo. Luego hizo que el túnel se derrumbase.

–Así que las constantes vitales que detectábamos eran de un conejo.

–Exactamente. En teoría.

–¡Lo mataré en cuanto lo encuentre! –exclamó Remo al tiempo que golpeaba el tablero de instrumentos–. ¿Es que este cacharro no puede ir más rápido?

Los Ángeles

Mantillo escaló el edificio sin demasiadas dificultades. Había cámaras externas de circuito cerrado, pero el filtro de iones del casco mostraba con exactitud hacia dónde enfocaban dichas cámaras. Solo era cuestión de trepar y arrastrarse por los puntos ciegos.

Al cabo de una hora, el enano estaba pegado como una ventosa a la parte externa del apartamento de Maggie V., en la planta décima. Las ventanas tenían triple acristalamiento con un recubrimiento especial a prueba de balas. ¡Ah, las estrellas de cine...! Eran todas unas paranoicas, no se salvaba ni una.

Naturalmente, había un dispositivo de alarma en lo alto de la hoja de vidrio y un sensor de movimiento agazapado en la pared como si fuese un grillo congelado. Era de esperar...

Mantillo hizo un agujero en el vidrio con ayuda de un abrillantador de roca de enanos, un líquido que empleaban para pulir los diamantes en las minas. Los humanos llegaban hasta el extremo de tallar los diamantes para pulirlos. Increíble: media piedra desperdiciada.

A continuación, el Grouch utilizó el filtro de iones del casco para realizar un barrido de la habitación y detectar el radio de alcance del sensor de movimiento. La hilera de iones rojos revelaba que el sensor estaba enfocado al suelo. Daba igual, porque Mantillo tenía intención de desplazarse por la pared.

Con los poros aún sedientos de agua, el enano se deslizó por el tabique, aprovechando al máximo el sistema de estanterías de acero inoxidable que rodeaban casi por completo la sala de estar principal.

El siguiente paso consistía en encontrar el Oscar en cuestión. Podía estar escondido en cualquier parte, incluso bajo la almohada de Maggie V., pero aquella habitación era tan buen lugar para empezar como cualquier otro. Nunca se sabía, podía tener suerte a la primera.

Mantillo activó el filtro de rayos X del casco y escaneó las paredes en busca de una caja fuerte. Nada. Lo intentó con el suelo: los humanos últimamente parecían estar espabilándose. Allí, bajo una alfombra de piel de cebra de imitación, había un cubo metálico. Fácil.

El Grouch se acercó al sensor de movimiento desde arriba, haciendo girar el cuello del dispositivo con suavidad hasta que este enfocó al techo. El suelo era ahora lugar seguro.

Mantillo se dejó caer sobre la alfombra y tanteó la superficie con sus dedos táctiles del pie. No había ninguna almohadilla amortiguadora cosida al forro de la alfombra. Enrolló la piel de imitación y dejó al descubierto una trampilla en el suelo de madera. A primera vista, las junturas eran casi imperceptibles, pero Mantillo era un experto y tenía una vista de primera, sobre todo con la ayuda de los objetivos de zum de la PES.

Insertó un clavo en la rendija y abrió la trampilla. La caja fuerte en sí fue más bien una decepción; ni siquiera estaba forrada de plomo, sino que podía ver directamente el mecanismo con el filtro de rayos X. Una simple combinación. Solo tres dígitos.

Mantillo apagó el filtro. ¿Qué gracia tenía abrir un cerrojo transparente? En su lugar acercó la oreja a la puerta y empezó a mover el disco. Al cabo de quince segundos tenía la puerta de la caja fuerte abierta a sus pies.

La chapa dorada del Oscar le sonrió. Mantillo cometió un error gravísimo en ese momento: se relajó. En la mente del Grouch, ya estaba de vuelta en su apartamento, tragándose una botella entera de dos litros de agua helada, y a los ladrones que se relajan los espera la cárcel, inmediata e irremediablemente.

Mantillo cometió el descuido de no comprobar si había trampas en la estatuilla y la sacó de cuajo de la caja fuerte. Si lo hubiese comprobado, se habría dado cuenta de que había un cable sujeto magnéticamente a la base. Si alguien movía el Oscar, se interrumpía un circuito programado y, acto seguido, se armaba la de Dios.

Conducto E93

Holly ajustó el piloto automático para que se quedasen suspendidos en el aire a tres mil metros bajo la superficie. Se dio unas golpecitos en el pecho para desabrocharse el arnés de seguridad y se reunió con los demás en la parte trasera de la lanzadera.

–Tenemos dos problemas: en primer lugar, si bajamos más, nos detectarán los escáneres, suponiendo que sigan funcionando.

–¿Por qué será que no me apetece saber cuál es el segundo problema? –exclamó Mayordomo.

–En segundo lugar, retiraron esta parte del conducto cuando nos fuimos del Ártico.

–¿Lo que significa...?

–Lo que significa que han derrumbado los túneles de servicio. No hay forma de acceder al sistema de conductos sin los túneles de servicio.

–No importa –repuso Remo–. Podemos hacer estallar el muro.

Holly lanzó un suspiro.

–¿Con qué, comandante? Esta es una nave diplomática, no tenemos cañones de ninguna clase.

Mayordomo extrajo dos cápsulas de explosivos de un bolsillo de su Lunocinturón.

–¿Esto serviría? Potrillo pensó que tal vez nos resultarían útiles.

Artemis lanzó un gemido. Si no lo conociese mejor, habría jurado que su guardaespaldas estaba disfrutando de lo lindo con todo aquello.

Los Ángeles

–Uy, ay... –exclamó Mantillo con la respiración entrecortada.

En cuestión de segundos, la situación había pasado de ser ideal a convertirse en extremadamente peligrosa. Una vez que el circuito se seguridad se vio interrumpido, una puerta lateral se abrió deslizándose y dejó pasar a dos pastores alemanes gigantescos –lo último en perros guardianes– seguidos por su cuidador, un humano no menos gigantesco y protegido con ropas especiales. Parecía como si se hubiese puesto varios felpudos encima. Saltaba a la vista que aquellos perros eran emocionalmente inestables.

–¡Qué perros más bonitos! –exclamó Mantillo, al tiempo que se desabrochaba la culera de los pantalones.

Conducto E93

Holly accionó las palancas de control de vuelo y acercó la lanzadera a la pared del conducto.

–Nos hemos acercado al máximo –anunció a través del micrófono del casco–. Si nos acercamos más, los sensores térmicos podrían empujarnos a la pared de roca.

–¿Los sensores térmicos? –gruñó Remo–. Nadie había dicho nada de los sensores térmicos antes de que saliera aquí fuera.

El comandante estaba tumbado en el ala de babor con los brazos y las piernas extendidos y una cápsula de explosivos en cada bota.

–Lo siento, comandante, alguien tiene que pilotar esta nave.

Remo masculló algo entre dientes y se arrastró para acercarse al extremo del ala. Si bien las turbulencias no eran ni mucho menos tan violentas como lo habrían sido en una nave que estuviese volando, el embate de los sensores térmicos bastó para zarandear al comandante como si fuera un cubito de hielo en un vaso de whisky. Lo único que lo animaba a seguir avanzando era la imagen de sus dedos cerrándose alrededor del cuello de Mantillo Mandíbulas.

–Un metro más –dijo, jadeando al micrófono. Al menos disponían de un sistema de comunicaciones, pues la lanzadera contaba con su propio intercomunicador local–. Un metro más y ya estoy.

–Ánimo, comandante. Adelante.

Remo decidió correr el riesgo de asomarse al abismo. El conducto parecía no tener fondo: serpenteaba hacia abajo y se hundía en el brillo de magma anaranjado del corazón de la Tierra. Aquello era una locura, un auténtico disparate. Tenía que haber otro modo de hacerlo. Llegados a este punto, el comandante habría estado dispuesto incluso a arriesgarse a volar sobre la superficie.

En ese momento, Julius Remo tuvo una visión. Pudo deberse a los humos de sulfuro, al estrés o hasta a la escasez de alimentos, pero el comandante habría jurado que acababa de ver las facciones del rostro de Mantillo Mandíbulas, esculpidas en la pared de roca. La cara estaba dando chupadas a un puro y sonriendo.

Toda su determinación regresó a él con energía renovada. Derrotado por un delincuente... ¡Ni soñarlo!

Remo se puso de pie, secándose las palmas sudorosas en el mono. Los sensores térmicos tiraban de sus extremidades como fantasmillas traviesos.

–¿Estáis listos para poner un poco de distancia entre nosotros y este boquete inminente? –gritó al micrófono.

–Puede estar seguro de ello, comandante –respondió Holly–. En cuanto volvamos a tenerlo a bordo, nos largamos de aquí.

–De acuerdo. Permaneced alertas.

Remo disparó el dardo pitón de su cinturón. La punta de titanio se hundió con total facilidad en la roca. El comandante sabía que las diminutas descargas dentro del dardo extenderían dos alas que lo asegurarían al interior de la pared de roca. Cinco metros. No era una gran distancia, que digamos, para balancearse sobre aquella clase de cuerda. Pero en realidad no era el balanceo lo preocupante, sino la caída mortal en el abismo que se abría a sus pies y la inexistencia de asideros a los que agarrarse en la pared del conducto.

«Vamos, Julius –se burló la escultura de Mantillo–. Vamos a ver cómo se te queda la cara aplastada contra una pared.»

–¡Cierra la boca, convicto! –rugió el comandante y, acto seguido, dio un salto y empezó a balancearse en el vacío.

La pared de roca se le echó encima a toda velocidad, robándole el aire de los pulmones. Remo apretó los dientes para combatir el dolor y rezó porque no se le hubiese roto ningún hueso; después de su viaje a Rusia, no le quedaba magia suficiente ni para hacer florecer una margarita, conque mucho menos para curar una costilla rota...

Las luces delanteras de la lanzadera iluminaron las señales

de los láseres donde los enanos excavatúneles de la PES habían sellado el conducto de servicio. Aquella línea de soldadura sería el punto débil, de modo que Remo insertó las cápsulas de explosivos en dos hendiduras.

–Voy a por ti, Mandíbulas –masculló, aplastando los detonadores incrustados en cada una de las cápsulas. Ahora solo faltaban treinta segundos.

Remo apuntó hacia el ala de la lanzadera con un segundo dardo pitón. Un blanco fácil; acertaba hasta con los ojos cerrados cuando estaba en el simulador... Por desgracia, en los simuladores no había sensores térmicos fastidiándolo todo en el último momento.

Justo cuando el comandante disparaba el dardo, el borde de un remolino de gas especialmente violento atrapó la parte trasera de la lanzadera y la hizo girar cuarenta grados en el sentido inverso al de las agujas del reloj. El dardo se apartó un metro del objetivo y empezó a dar vueltas en el abismo, tirando de la cuerda de salvamento del comandante. Remo tenía dos opciones: podía rebobinar la cuerda haciendo uso del cabestrante de su cinturón, o podía tirarla e intentarlo de nuevo con la de repuesto. Julius se desabrochó la cuerda: sería más rápido intentarlo de nuevo. Un buen plan, sin duda... de no ser porque ya había utilizado su cuerda de repuesto para salir de debajo del hielo. El comandante se acordó de este último detalle medio segundo después de haber soltado su último pitón.

–¡*D'Arvit!* –soltó al tiempo que se palpaba el cinturón en busca de un dardo que sabía que no iba a estar allí.

–¿Problemas, comandante? –preguntó Holly, con la voz cansada de tanto pelearse con las palancas de control.

–No me quedan cuerdas pitón y ya he colocado las cargas de explosivos.

A continuación, siguió un silencio breve. Muy breve. No había tiempo para largas discusiones propias de un gabinete de crisis. Remo consultó su lunómetro. Veinticinco segundos y proseguía la cuenta atrás.

Cuando la voz de Holly llegó a través del auricular, no estaba cargada de entusiasmo ni de confianza, precisamente.

–Hum... Comandante, ¿lleva algo de metal?

–Sí –contestó Remo, desconcertado–. Llevo el peto, el cinturón, la insignia y el disparador, ¿por qué?

Holly acercó la lanzadera solo unos centímetros. Acercarse más era un suicidio.

–Vamos a decirlo así: ¿quiere usted mucho a sus costillas?

–¿Por qué?

–Porque creo que sé cómo sacarlo de ahí.

–¿Cómo?

–Podría decírselo, pero no le va a gustar.

–Dímelo, capitana. Es una orden directa.

Holly se lo dijo. Al comandante no le gustó.

Los Ángeles

Ventosidades de enano. No es el tema de conversación más agradable del mundo, que digamos; de hecho, se sabe que la esposa de más de un duende lo riñe cada dos por tres por soltar sus gases en casa en lugar de hacerlo en los túneles. El caso es que, genéticamente, los enanos tienen tendencia a sufrir aerofagia, sobre todo cuando han estado comiendo arcilla en la mina. Un enano es capaz de engullir varios kilos de tierra por segundo con la mandíbula desencajada, y eso es mucha arcilla, con un montón de aire en ella. Todos estos desechos tienen que ir a alguna parte, así que se van hacia «el sur». Por decirlo educadamente, los túneles se taponan con sus propios restos. Mantillo llevaba meses sin ingerir arcilla, pero todavía le quedaban unas cuantas burbujas de gas a su entera disposición para cuando las necesitase.

Los perros estaban en posición de ataque, dispuestos a saltar sobre él en cualquier momento. Los regueros de baba les resbalaban por las fauces, abiertas de par en par. Aquellos colmillos lo destrozarían en apenas unos segundos. Mantillo se concentró. El burbujeo familiar empezó a bullirle en el estómago, deformándolo. Era como si un par de enanos luchadores fuesen a librar unos cuantos asaltos ahí dentro. El enano apretó los dientes; aquel pedo iba a ser impresionante.

El cuidador sopló un silbato de árbitro y los perros saltaron hacia delante como si fueran un par de torpedos con dientes. Mantillo soltó un chorro de gas que abrió un boquete en la alfombra y lo catapultó directo al techo, donde sus poros sedientos lo anclaron. Estaba a salvo..., de momento.

Los pastores alemanes estaban especialmente sorprendidos. En su época dorada, se habían comido a bocaditos a casi todas las criaturas de la cadena alimentaria. Aquello era toda una novedad, y no demasiado agradable, por cierto. Cabe recordar que el olfato de un perro es mucho más sensible que el de un humano.

El cuidador volvió a soplar su silbato unas cuantas veces

más, pero todo el control que podía haber ejercido sobre los perros había desaparecido en cuanto Mantillo salió disparado hacia el techo a cuestas de una ráfaga de viento reciclado. Cuando los orificios nasales de los perros se hubieron despejado, empezaron a saltar y a hacer rechinar los dientes con gran estruendo.

Mantillo tragó saliva. Los perros son mucho más listos que el goblin medio, así que solo era cuestión de tiempo que se les ocurriese subirse a un mueble y saltar desde allí.

El enano cleptómano se dirigió hacia la ventana, pero el cuidador llegó allí antes que él y bloqueó el espacio con su cuerpo mastodóntico. Mantillo vio cómo toqueteaba un arma que llevaba sujeta al cinturón. Aquello se ponía peligroso. Los enanos pueden tener muchas virtudes, pero el estar hechos a prueba de balas no es una de ellas.

Para empeorar aún más las cosas, Maggie V. apareció en la puerta del dormitorio, blandiendo un bate de béisbol de cromo. Aquella no era la Maggie V. a la que el público estaba acostumbrado: tenía la cara cubierta por una pasta verde y parecía llevar una bolsa de té pegada debajo de cada ojo.

–¡Te hemos pillado, Grouch! –exclamó, regodeándose–. Y esas ventosas que tienes no van a salvarte.

Mantillo se dio cuenta en ese momento de que su carrera como el Grouch había terminado. Tanto si lograba escapar como si no, el Departamento de Policía de Los Ángeles al completo iba a hacerles una visita a todos y cada uno de los enanos de la ciudad en cuanto amaneciese.

A Mantillo solo le quedaba una carta por jugar: el don de lenguas. Todos los seres mágicos tienen una facilidad especial para los idiomas, puesto que todas las lenguas se basan en el idioma gnómico, si se investiga suficientemente atrás en el tiempo. Incluyendo la lengua de los perros americanos.

–*Grrr...* –gruñó Mantillo–. *¡Guau, guau! ¡Grrr...!*

Los perros se quedaron de piedra. Uno decidió quedarse paralizado en mitad de un salto y aterrizó en lo alto de su compañero. Estuvieron mordisqueándose las colas un momento hasta que se acordaron de que había una criatura en el techo ladrándoles. Tenía un acento horroroso, como centroeuropeo o algo así, pero era perrunés al fin y al cabo.

–*¿Guau?* –inquirió el perro número uno–. ¿Qué dices?

Mantillo señaló al cuidador.

–*¡Grr, guau, guaaau, guau!* Ese humano lleva un hueso enorme dentro de la camisa –gruñó. (Evidentemente, esto ha sido traducido.)

Los pastores alemanes se abalanzaron sobre su cuidador, Mantillo se escabulló por el hueco de la ventana y Maggie V. se puso a aullar con tanta fuerza que la máscara facial que llevaba puesta se resquebrajó y se le cayeron las bolsas de té. Y a pesar de que el Grouch sabía que aquel capítulo de su carrera había llegado a su fin, el peso del Oscar de Maggie V. en el interior de su camisa le proporcionó no poca satisfacción.

CONDUCTO E93

Faltaban veinte segundos para que estallasen las cápsulas de explosivos y el comandante seguía aplastado contra la pared del conducto. No tenían equipos de alas ni tampoco tiempo para enviar uno fuera de la lanzadera aunque los tuvieran. Si no conseguían sacar a Remo de ahí enseguida, saldrían despedidos de la pared y caerían en el abismo, y la magia no funcionaba sobre la porquería derretida. Solo les quedaba una opción: Holly tendría que utilizar las abrazaderas de agarre.

Todas las lanzaderas están equipadas con trenes de aterrizaje secundarios. Si fallan los nódulos de amarre, se puede hacer que cuatro abrazaderas se extiendan de unas guías empotradas. Estas abrazaderas se adhieren a la parte inferior metálica de la plataforma de aterrizaje e inmovilizan la nave en el aire. Las abrazaderas también pueden resultar muy útiles en entornos desconocidos, donde los componentes magnéticos buscan oligoelementos y se agarran a ellos como si fuesen sanguijuelas.

–Vale, Julius –dijo Holly–. No mueva un solo músculo.

Remo se puso muy pálido. Julius. Holly le había llamado Julius. Aquello no auguraba nada bueno.

Diez segundos.

Holly activó una pequeña pantalla.

–Activar abrazadera de popa hacia delante.

Un sonido chirriante anunció el movimiento de la abrazadera.

La imagen del comandante apareció en la pantallita; incluso desde allí parecía preocupado. Holly le apuntó al centro del pecho.

–Capitana Canija. ¿Estás absolutamente segura de esto?

Holly hizo caso omiso de la pregunta de su superior.

–Quince metros de alcance. Solo magnetos.

–Holly, a lo mejor podría saltar. Podría conseguirlo. Estoy seguro de que podría conseguirlo.

Cinco segundos...

–Disparar abrazadera de popa.

Seis descargas diminutas hicieron ignición alrededor de la base de la abrazadera e hicieron que el disco metálico saliese disparado de su sitio, seguido por un reguero de cable de polímero replegable.

Remo abrió la boca para soltar una palabrota, pero inmediatamente la abrazadera se le agarró al pecho y le arrancó hasta la última bocanada de aire del cuerpo. Se oyeron varios crujidos de cosas al resquebrajarse.

–Enrollar el cable –ordenó Holly a través del micrófono del ordenador, al tiempo que sacaba la nave de allí a toda velocidad. La lanzadera arrastraba al comandante tras de sí como si este estuviese haciendo esquí acuático.

Cero segundos. Las cargas explotaron y arrojaron dos mil kilos de escombros a las profundidades del abismo con una fuerza arrolladora. Una gota en un océano de magma.

Un minuto más tarde, el comandante estaba atado a una camilla neumática en la enfermería del embajador atlante. Le dolía el pecho al respirar, pero eso no iba a impedirle hablar.

–¡Capitana Canija! –rugió–. ¿En qué demonios estabas pensando? ¡Podría haber muerto!

Mayordomo abrió la camisa del duende para supervisar las heridas.

–Pues sí, podría haber muerto. Cinco segundos más y lo habrían hecho papilla. Si está vivo todavía, es gracias a Holly.

Holly ajustó el piloto automático en posición de suspensión y cogió un medipac del botiquín de primeros auxilios. Lo estrujó entre los dedos para activar los cristales. Otro de los inventos de Potrillo: paquetes de hielo con cristales curativos. No sustituía a la magia, pero era mejor que un abrazo y un beso.

–¿Dónde le duele?

Remo tosió. Un hilo de sangre le resbalaba por el uniforme.

–Toda el área corporal en general. Me parece que he perdido un par de costillas.

Holly se mordió el labio. Ella no era médico, y curar a alguien no era coser y cantar, ni mucho menos. Las cosas podían salir mal. Holly sabía del caso de un vicecapitán que se había roto una pierna y se había desmayado: se despertó con un pie apuntando en sentido contrario al de la pierna. No es que Holly no hubiese realizado operaciones delicadas anteriormente, como cuando Artemis quiso que su madre se curase de su depresión, cuando estaban en una zona horaria distinta. Holly había enviado una señal positiva muy potente, con chispas suficientes como para iluminar todo un campo de fútbol, una especie de estimulante para levantar el ánimo general. Cualquiera que hubiese visitado la mansión Fowl a lo largo de la semana siguiente habría salido de ella silbando y cantando a pleno pulmón.

–Holly... –gimió Remo.

–V... v... vale... –tartamudeó–. Vale.

Apoyó las palmas de las manos sobre el pecho de Remo e hizo que la magia se le desparramara por los dedos.

–Cúrate –susurró.

El comandante puso los ojos en blanco. La magia lo estaba adormeciendo para que se recuperase. Holly colocó un medipac sobre el pecho del duende inconsciente.

–Aprieta el paquete con fuerza y aguántalo –le ordenó a Artemis–. Solo diez minutos, o dañará los tejidos.

Artemis oprimió el paquete y rápidamente sus dedos se sumergieron en un charco de sangre. De pronto, se le quitaron las ganas de soltar un comentario ingenioso de los suyos. Primero, el ejercicio físico, luego, el dolor corporal, y ahora esto. Aquellos últimos días estaban resultando de lo más didácticos para él. Casi prefería estar de vuelta en Saint Bartleby's.

Holly regresó a toda prisa a la cabina de vuelo y enfocó con las cámaras externas el túnel de servicio.

Mayordomo se sentó con dificultad en el asiento del copiloto.

–¿Y bien? –preguntó–. ¿Ahora qué?

Holly sonrió y, por un momento, a Mayordomo la expresión de su rostro le recordó a Artemis Fowl.

–Ahora tenemos un agujero inmenso.

–Bien, pues entonces vamos a visitar a un viejo amigo.

Los pulgares de Holly se cernieron sobre las palancas de propulsión.

–Sí –contestó–, vamos.

La lanzadera atlante desapareció por el túnel de servicio más rápidamente que una zanahoria por el gaznate de Potrillo y, para aquellos que no lo sepan, eso significa muy, pero que muy rápido.

Hotel Crowley, Beverly Hills, Los Ángeles

Mantillo regresó a su hotel sin ser descubierto. Por supuesto, aquella vez no tuvo que escalar las paredes. Eso habría supuesto un reto mucho mayor que el edificio de Maggie V., pues las paredes del hotel eran de ladrillo, muy porosas. Sus dedos habrían succionado la humedad de la piedra y habrían perdido su capacidad de agarre.

No, esta vez Mantillo utilizó el vestíbulo principal. ¿Y por qué no iba a hacerlo? Para el conserje, él seguía siendo Rex Cavador, el millonario solitario; muy bajito tal vez, pero bajo y rico.

–Buenas noches, Art –lo saludó Mantillo de camino al ascensor.

Art se asomó por encima del mostrador de mármol.

–Ah, señor Cavador, es usted –le contestó, un poco sorprendido–. Creía haberle oído pasar por debajo de mi línea de visión hace solo un momento.

–No –repuso Mantillo, sonriendo–. Es la primera vez que paso por aquí esta noche.

–Hummm... Habrá sido el viento nocturno entonces.

–A lo mejor. Aunque creía que en este sitio tapaban los agujeros para que no haya corriente. Teniendo en cuenta la cantidad de dinero que pago por el ático...

–Y que lo diga, señor –convino Art. El cliente siempre tiene la razón, política de la empresa.

Dentro del ascensor provisto de espejo, Mantillo utilizó un bastón desplegable para pulsar el botón de «A» de ático. Durante los primeros meses, se había puesto a saltar cada vez que quería alcanzar el botón, pero eso era una conducta muy poco decorosa para un millonario. Además, estaba seguro de que Art podía oír el ruido que hacía al saltar desde su mostrador de recepción.

La caja con espejo se elevó silenciosamente, pasando por todos los pisos en dirección al ático. Mantillo venció la tentación de sacar la estatuilla de la bolsa; alguien podía subirse al ascensor. Se contentó con un trago largo de una botella de agua irlandesa de manantial, lo más parecido a la pureza mágica que se podía obtener. En cuanto hubiese puesto el Oscar a buen recaudo, se daría un baño frío y dejaría que sus poros se diesen un buen trago, porque de lo contrario se despertaría a la mañana siguiente pegado a la cama.

La puerta de la suite de Mantillo se abría con un código especial de seguridad, una secuencia de catorce números. No hay nada como un poco de paranoia para mantener a un enano cleptómano bien lejos de la cárcel: aunque la PES creyese que estaba muerto, Mantillo nunca se había podido quitar del cuerpo la sensación de que, algún día, Julius Remo lo descubriría todo y vendría a por él.

La decoración del apartamento era muy poco corriente para tratarse de una vivienda humana. Mucha arcilla, pedazos de rocas y cascadas de agua. Parecía más bien el interior de una cueva en lugar de una residencia exclusiva de Beverly Hills.

La pared del lado norte parecía una sola placa de mármol negro. Lo parecía. Sin embargo, si se examinaba de cerca se veía una pantalla plana de televisión de cuarenta pulgadas, un aparato de DVD y un panel de vidrio tintado. Mantillo levantó un mando a distancia más grande que su pierna izquierda e hizo que apareciese el armario oculto con otro código de seguridad muy complicado. En su interior había tres hileras de figurillas doradas. Mantillo depositó el Oscar de Maggie V. en una almohadilla de terciopelo que tenía preparada a tal efecto.

Se secó una lágrima imaginaria del rabillo del ojo.

–Me gustaría dar las gracias a la Academia –se rió el enano.

–Muy conmovedor... –replicó una voz detrás de él.

Mantillo cerró el armario de un portazo que resquebrajó la hoja de cristal.

Había un joven humano junto a las rocas. ¡En su apartamento! El aspecto del chico era muy extraño, incluso para los cánones fangosos. Estaba anormalmente pálido, tenía el pelo negro azabache, una figura esbelta e iba vestido con un uniforme de colegio que parecía haber sido arrastrado por el suelo de dos continentes.

Los pelos de la barbilla de Mantillo se le pusieron rígidos. Aquel chico iba a traerle problemas. El pelo de enano nunca se equivocaba.

–Tu sistema de alarma es muy divertido –continuó el chico–. He tardado varios segundos en desactivarlo.

Mantillo supo entonces que estaba metido en un lío: la policía humana no entra en los apartamentos de la gente desactivando el sistema de alarma.

–¿Y tú quién eres, hu... chico?

–Me parece que aquí más bien la pregunta es quién eres tú. ¿Eres el millonario solitario Rex Cavador? ¿El famoso Grouch? ¿O acaso, tal como sospecha Potrillo, eres el preso fugado Mantillo Mandíbulas?

Mantillo echó a correr, propulsado por los últimos vestigios de los gases que le quedaban dentro del cuerpo. No tenía ni idea de quién era aquel Fangoso, pero si lo enviaba Potrillo, tenía que ser un cazador de recompensas o algo por el estilo.

El enano atravesó a la carrera el salón del nivel inferior, en dirección a su ruta de huida. Era la razón por la que había escogido aquel edificio: a principios del siglo XX, una chimenea de tiro muy ancho había recorrido de arriba abajo la totalidad del edificio de varias plantas. Cuando habían instalado un sistema de calefacción central en los años cincuenta, el contratista de la obra se había limitado a rellenar el hueco del tiro de la chimenea con tierra y había taponado la parte superior con un sello de cemento. Mantillo había percibido el olor de la veta de tierra en cuanto su agente inmobiliario había abierto la puerta de la suite. Luego había sido pan comido encontrar la vieja chimenea y destrozar el bloque de cemento. *Voilà.* Túnel instantáneo.

Mantillo se desabrochó la culera de sus pantalones en plena carrera. El extraño jovenzuelo no intentó perseguirlo en ningún momento. ¿Por qué iba a hacerlo? No había ningún sitio a donde ir.

El enano se permitió un segundo para una escena triunfal de despedida.

–Nunca me cogerás vivo, humano. Dile a Potrillo que no envíe a un Fangoso para hacer el trabajo de un duende.

Madre mía, pensó Artemis, frotándose la ceja. Así que esto es lo que hace Hollywood con la gente.

Mantillo apartó una cesta de flores secas del hueco de la chimenea y se zambulló en él. Se desencajó la mandíbula y en un periquete se sumergió en aquella arcilla centenaria. En realidad no era su favorita, ni mucho menos. Hacía mucho tiempo que los minerales y los elementos nutritivos se habían secado y, en su lugar, la tierra era una infusión de cien años de desechos quemados y cenizas de tabaco. Sin embargo, era arcilla pese a todo, y para aquello era para lo que habían nacido los enanos. Mantillo sintió cómo se evaporaba toda su ansiedad: no había criatura viva capaz de darle alcance ahora; aquel era su territorio.

El enano descendió con gran rapidez, abriéndose camino a bocados a través de las plantas. Más de una pared se vino abajo a su paso. Mantillo tenía la impresión de que no iban a devolverle el dinero que había dejado en depósito al alquilar la suite, aunque se hubiese quedado para recogerlo.

En poco más de un minuto, Mantillo había llegado al aparcamiento del sótano. Volvió a colocarse la mandíbula en su sitio, sacudió el trasero para soltar las últimas burbujas de gas y salió por la rejilla. Su todoterreno adaptado especialmente para él le estaba esperando, con el depósito de gasolina lleno, los vidrios completamente opacos y listo para arrancar.

–Idiotas... –se burló el enano al tiempo que sacaba las llaves de una cadena que llevaba alrededor del cuello.

Acto seguido, la capitana Canija se materializó a menos de un metro de distancia.

–¿Idiotas? –exclamó mientras encendía su porra eléctrica.

Mantillo consideró sus opciones: el suelo del sótano era de asfalto, y el asfalto era mortal para los enanos: les precintaba las entrañas como si fuese pegamento. Parecía haber un hombre del tamaño de una montaña bloqueando la rampa de sa-

lida del sótano; Mantillo ya lo había visto antes en la mansión Fowl. Eso significaba que el humano de arriba debía de ser el archiconocido Artemis Fowl. La capitana Canija estaba ahí, justo enfrente, y no mostraba signos de piedad ni compasión. Solo había una posibilidad: volver a la chimenea. Subir un par de plantas y esconderse en otro apartamento.

Holly sonrió.

–Venga, Mantillo. Te desafío.

Y Mantillo lo hizo: se volvió y se zambulló de nuevo en la chimenea, esperando sufrir una descarga eléctrica en el trasero en cualquier momento. Sus expectativas no se vieron defraudadas, ¿cómo iba Holly a errar un blanco como ese?

Conducto E116, debajo de Los Ángeles

La terminal de lanzaderas de Los Ángeles estaba a veinticinco kilómetros al sur de la ciudad, escondida tras la proyección holográfica de una duna de arena. Remo los estaba esperando dentro de la lanzadera, y se había recuperado lo justo para esbozar una débil sonrisa.

–Vaya, vaya, vaya... –rezongó al tiempo que se bajaba de la camilla con un medipac nuevo sujeto a las costillas–. ¡Pero si es mi degenerado favorito, que ha resucitado de entre los muertos!

Mantillo extrajo un bote de paté de calamar de la nevera personal del embajador de Atlantis.

–¿Por qué será que nunca me dedicas un cumplido, Julius? A fin de cuentas, fui yo quien salvó tu carrera en Irlanda. De no haber sido por mí, nunca habrías descubierto que Fowl tenía una copia del Libro.

Cuando Remo estaba que echaba humo por las orejas, como era ahora el caso, se podían freír un par de huevos en su coronilla.

–Teníamos un trato, convicto. Tú lo rompiste y ahora te he descubierto.

Mantillo extrajo unas cucharadas de paté del bote con sus dedos regordetes.

–No me vendría mal un poco de zumo de cucaracha –comentó.

–Disfruta mientras puedas de la comida, porque el próximo almuerzo que ingieras será a través de un agujero en una puerta.

El enano se arrellanó en una silla acolchada.

–Qué cómoda.

–¿Verdad que sí? –convino Artemis–. Cuenta con algún mecanismo de suspensión de líquidos. Muy caro, sin duda.

–Seguro que gana a las lanzaderas de la prisión –señaló Mantillo–. Recuerdo la vez que me pillaron vendiéndole un Van Gogh a un tipo de Texas. Me transportaron en una nave del tamaño de una ratonera. Llevaban a un trol en la jaula de al lado. Apestaba que daban ganas de vomitar.

Holly sonrió.

–Eso mismo dijo el trol.

Remo sabía que el enano lo estaba pinchando a propósito, pero explotó de todos modos.

–Escúchame, convicto; no he viajado hasta aquí para escuchar tus batallitas, así que cierra la boca antes de que te la cierre yo.

Aquel arrebato de furia no impresionó lo más mínimo a Mantillo.

–Por curiosidad, Julius, ¿por qué has viajado hasta aquí? ¿El gran comandante Remo requisando la lanzadera de un embajador solo para apresar a este pobre enano? No lo creo, así que... ¿qué pasa? ¿Y qué hacen aquí estos Fangosos? –Señaló a Mayordomo con la cabeza–. Sobre todo ese de ahí.

El sirviente esbozó una sonrisa radiante.

–¿Te acuerdas de mí, hombrecillo? Creo que te debo algo.

Mantillo tragó saliva. Su camino y el de Mayordomo ya se habían cruzado una vez, y no había terminado bien para el humano. Mantillo había soltado un intestino entero lleno de ventosidades directamente a la cara del sirviente, algo muy embarazoso para un guardaespaldas de su categoría, por no hablar de lo doloroso del asunto.

Por primera vez, Remo se echó a reír, a pesar de que al reírse le dolían las costillas.

–Está bien, Mantillo. Tienes razón. Pasa algo, y es algo importante.

–Eso me parecía a mí, y como de costumbre, me necesitáis para que os haga el trabajo sucio. –Mantillo se frotó el trasero–. Bueno, pues disparándome no vais a conseguir nada. Esa descarga eléctrica no hacía ninguna falta, capitana Canija. Me va a quedar señal...

Holly se llevó la mano a la orejita puntiaguda, haciendo bocina.

–Eh, Mantillo, si escuchas con atención oirás el sonido que hace alguien a quien eso le importa un rábano. Por lo que he visto, vivías a cuerpo de rey con el oro de la PES.

–Ese apartamento me costaba una fortuna, ¿sabes? Solo el depósito ya son cuatro años de tu sueldo. ¿Qué te ha parecido la vista? Antes vivía allí un director de cine.

Holly arqueó una ceja.

–Me alegro de ver que el dinero ha servido para una buena causa. Menos mal que no lo has despilfarrado por ahí.

Mantillo se encogió de hombros.

–Eh, soy un ladrón. ¿Qué esperabas? ¿Que abriese un albergue para indigentes?

–No, Mantillo. Es curioso, pero te aseguro que eso no se me había pasado por la cabeza.

Artemis se aclaró la garganta.

–Este reencuentro es muy enternecedor, pero mientras vosotros os intercambiáis pullas, mi padre se congela en el Ártico.

El enano se subió la cremallera del traje.

–¿Su padre? ¿Queréis que rescate al padre de Artemis Fowl? ¿En el Ártico? –En su voz se percibía miedo auténtico. Los enanos detestaban el hielo casi tanto como el fuego.

Remo negó con la cabeza.

–Ojalá fuese tan sencillo, y en cuanto te expliquemos la situación, tú también pensarás lo mismo.

Los pelos de la barba de Mantillo se rizaron por la aprensión, y tal como decía su abuela: «Fíate siempre de los pelos, Mantillo, fíate siempre de los pelos».

CAPÍTULO XII: EL REGRESO DE LOS CHICOS

Cabina de Operaciones

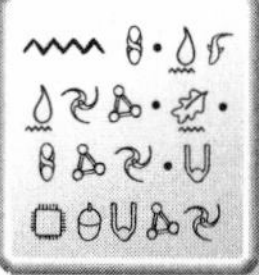

POTRILLO estaba pensando, siempre pensando. En su cabeza no dejaban de surgir ideas una tras otra, como si fuesen palomitas de maíz estallando en el interior de un microondas. Sin embargo, no podía hacer nada con ellas. Ni siquiera podía llamar a Julius y molestarlo con sus planes descabellados. El portátil de Fowl parecía ser la única arma del centauro; era como tratar de luchar contra un trol con un mondadientes.

No es que la máquina del humano no tuviese ningún mérito, tratándose de una antigualla como aquella. El mensaje de correo electrónico ya había demostrado resultar de utilidad, siempre y cuando hubiese alguien vivo para responderlo. También había una pequeña cámara montada en la tapa, para videoconferencias, algo que los Fangosos no habían descubierto hasta tiempos muy recientes. Hasta entonces, los humanos se habían comunicado entre sí únicamente mediante texto u ondas de sonido. «Bárbaros», exclamó Potrillo para sus adentros. Sin embargo, podía decirse que aquella cámara era de buena calidad, con varias opciones de filtros. Si no fuese porque era imposible, el centauro habría jurado que alguien había estado trasteando con tecnología mágica.

Potrillo hizo girar el ordenador portátil con una de sus pezuñas y encaró la cámara hacia las pantallas de la pared. Vamos, Cudgeon, pensó. Sonríe al pajarito.

No tuvo que esperar demasiado. En cuestión de minutos, una pantalla de comunicación cobró vida y Cudgeon apareció en ella, ondeando una bandera blanca.

–Qué detalle... –comentó Potrillo con sarcasmo.

–¿A que sí? –repuso el elfo al tiempo que agitaba el banderín con teatralidad–. Voy a necesitarlo luego. –Cudgeon apretó un botón del mando a distancia–. ¿Por qué no te enseño lo que está pasando fuera?

Las ventanas se aclararon para dejar ver a varios equipos de técnicos tratando de romper las defensas de la cabina con ahínco. La mayoría estaba destrozando los sensores informáticos de las distintas interfaces de la cabina, pero algunos lo estaban haciendo a la antigua usanza: golpeando los sensores con martillos gigantescos. Ninguno estaba teniendo demasiada suerte.

Potrillo tragó saliva. Era un ratón en una trampa.

–¿Por qué no me pones al corriente de tu plan, Brezo? ¿No es eso lo que suele hacer el villano cegado por el afán de poder?

Cudgeon se sentó de nuevo en su silla giratoria.

–Por supuesto, Potrillo. Porque esta no es una de tus preciosas películas humanas. No aparecerá ningún héroe corriendo a salvarte en el último momento; Canija y Remo ya están muertos, igual que sus compañeros humanos. Ningún indulto ni rescate, solo una muerte segura.

Potrillo sabía que debería estar sintiendo tristeza, pero lo único que experimentaba era una intensa sensación de odio.

–Justo cuando las cosas estén en su momento más desesperado, daré instrucciones a Opal para que devuelva el control de las armas a la PES. Los B'wa Kell se quedarán inconscientes y a ti te harán responsable de todo esto, a menos que sobrevivas, cosa que dudo.

–Cuando los B'wa Kell vuelvan en sí, te acusarán a ti. –Cudgeon agitó un dedo admonitorio–. Solo unos cuantos saben que yo estoy involucrado, y me encargaré de ellos personalmente. Ya los han llamado para que acudan a los Laboratorios Koboi. Me reuniré con ellos muy pronto. En estos momentos se están calibrando los cañones de ADN para que rechacen las secuencias de goblin. Cuando llegue el momento, los activaré y el escuadrón entero quedará fuera de combate.

–Y entonces Opal Koboi se convierte en tu emperatriz, supongo.

–Sí, claro –repuso Cudgeon en voz alta; pero a continuación manipuló el teclado del mando a distancia para asegurarse de que estaban en un canal seguro de comunicación–. ¿Emperatriz? –repitió en un susurro–. A ver, Potrillo, ¿de veras crees que me molestaría en planear todo esto para acabar compartiendo el poder con alguien? Oh, no. En cuanto toda esta farsa acabe, la señorita Koboi sufrirá un trágico accidente. O puede que varios trágicos accidentes.

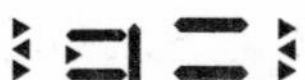

Potrillo se enfureció.

–Aun a riesgo de que suene a cliché, Brezo, no te saldrás con la tuya.

Cudgeon dejó un dedo suspendido en el aire, justo encima del botón para finalizar la comunicación.

–Bueno, pues si no lo consigo –dijo con aire complacido–, al menos esta vez no estarás vivo para regodearte. –Y se marchó, dejando al centauro a solas con su desesperación en la cabina. O eso creía Cudgeon.

Potrillo extendió la mano debajo de la mesa para alcanzar el portátil.

–Corten –murmuró, parando la cámara–. Toma cinco, amigos, eso es todo por hoy.

Conducto E116

Holly atracó la lanzadera en la pared de un conducto abandonado.

–Nos quedan treinta minutos más o menos. Los sensores internos indican que habrá un estallido aquí dentro de media hora, y no hay lanzadera capaz de soportar semejante temperatura.

Se reunieron en la sala de presurización para urdir un plan.

–Necesitamos entrar en los Laboratorios Koboi y recuperar el control de las armas de la PES –propuso el comandante.

Mantillo se había levantado de la silla y se dirigía hacia la puerta.

–Ni hablar, Julius. Han actualizado la seguridad de ese sitio desde la última vez que estuve allí. Me han dicho que tienen cañones codificados mediante ADN.

Remo agarró al enano por el cogote.

–Uno: no me llames Julius; y dos: te comportas como si tuvieses otra opción, convicto.

Mantillo lo fulminó con la mirada.

–Sí tengo otra opción, Julius: puedo cumplir mi condena en una bonita celda para mí solo. Ponerme en la línea de fuego es una violación de mis derechos civiles.

El color de la tez de Remo alternó del rosa pastel al púrpura oscuro.

–¡Derechos civiles! –le espetó–. ¿Me hablas tú a mí de derechos civiles? ¡Lo que me faltaba!

Y acto seguido, curiosamente, se calmó. De hecho, parecía hasta contento, y los que conocían al comandante sabían que cuando él estaba contento, significaba que otra persona iba a estar triste de un momento a otro.

–¿Qué? –preguntó Mantillo con suspicacia.

Remo se encendió uno de sus nocivos puros de setas.

–No, nada. Es solo que tienes razón, eso es todo.

El enano entrecerró los ojos.

–¿Que tengo razón? ¿Estás diciendo, delante de testigos, que tengo razón?

–Pues claro que sí. Ponerte en la línea de fuego sería infringir todos los principios del Libro, así que en vez de proponerte el magnífico trato que estaba a punto de ofrecerte, voy a sumar un par de siglos más a tu condena y luego te encerraré en una cárcel de máxima seguridad. –Remo hizo una pausa y arrojó una bocanada de humo a la cara de Mantillo–. En el Peñón del Mono.

Mantillo palideció bajo el barro que le cubría las mejillas.

–¿El Peñón del Mono? Pero eso es...

–Una prisión para goblins –completó el comandante–, ya lo sé, pero para un preso tan peligroso como tú, me parece que no tendré ningún problema para convencer al Consejo de que haga una excepción.

Mantillo se desplomó sobre la silla giratoria. Aquello no tenía buena pinta. La última vez que había estado en una celda con goblins no se lo había pasado nada bien. Y eso había sido en la Jefatura de Policía. No duraría ni una semana en una cárcel llena de goblins.

–Bueno, ¿y cuál es ese trato?

Artemis sonrió, fascinado; el comandante Remo era más listo de lo que parecía. Aunque tampoco hacía falta serlo mucho para eso.

–Ah, ¿o sea que ahora te interesa?

–Puede ser. Aunque no prometo nada.

–Muy bien, pues ahí va. Solo lo diré una vez. No te molestes siquiera en regatear. Nos metes en el interior de los Laboratorios Koboi y te doy dos días de ventaja cuando todo esto acabe.

Mantillo tragó saliva. Era una buena oferta. Debían de estar metidos en un lío muy gordo.

Jefatura de Policía

Las cosas se estaban poniendo al rojo vivo en la Jefatura de Policía. Los monstruos estaban ya a las puertas, literalmente, y el capitán Kelp corría de un lado a otro tratando de tranquilizar a sus hombres.

–No os preocupéis, chicos, no pueden entrar por esas puertas con Softnose. Solo un misil de máxima potencia podría...

En ese preciso instante, una fuerza descomunal deformó las puertas principales, como un niño soplando una bolsa de papel. Resistieron. O casi.

Cudgeon salió a toda prisa de la sala de tácticas, con sus bellotas de comandante reluciendo en el pecho. Después de su rehabilitación en el cargo por parte del Consejo, había hecho historia convirtiéndose en el único comandante de la PES en haber sido nombrado para el puesto dos veces.

–¿Qué ha sido eso?

Camorra activó la visión de la entrada principal en los monitores. Había un goblin de pie con un tubo enorme cargado al hombro.

–Parece una especie de bazuka. Creo que es uno de los viejos cañones Softnose de boca ancha.

Cudgeon se dio un manotazo en la frente.

–No me lo digas. Se supone que todos tenían que haber sido destruidos. ¡Maldito sea ese centauro! ¿Cómo ha conseguido sacar a hurtadillas todo ese equipo delante de mis narices?

–No sea tan duro consigo mismo –dijo Camorra–. Potrillo nos ha engañado a todos.

–¿Cuánto más podremos resistir?

Camorra se encogió de hombros.

–No mucho. Un par de descargas más a lo sumo. A lo mejor solo tenían un misil.

En cuanto hubo pronunciado aquellas palabras, la puerta se estremeció por segunda vez y unos pedazos enormes de los materiales de construcción se desprendieron de las columnas de mármol.

Camorra se levantó del suelo mientras su magia le cosía un tajo en la frente.

–Curanderos, atended a los heridos. ¿Ya tenemos listas esas armas?

Grub se acercó tambaleándose por el peso de dos rifles eléctricos.

–Listas para disparar, capitán. Treinta y dos armas de veinte descargas cada una.

–Bien. Dáselas solo a los mejores tiradores. Que nadie abra fuego hasta que yo lo ordene.

Grub asintió con una expresión sombría y pálida.

–Muy bien, cabo. Ahora, repártalas. –Cuando estuvo seguro de que su hermano ya no podía oírle, Camorra se dirigió en voz baja al comandante Cudgeon–. No sé qué decirle, comandante. Han volado el túnel de Artemis, de modo que por allí no va a acudir nadie en nuestra ayuda. No podemos colocarles un pentagrama alrededor para realizar una parada de tiempo. Estamos completamente rodeados y nos superan en número y en armas. Si los B'wa Kell logran franquear las puertas de seguridad, somos duendes muertos. Tenemos que entrar en esa cabina de Operaciones. ¿Algún progreso?

Cudgeon negó con la cabeza.

–Los técnicos están trabajando en ello. Tenemos sensores en cada centímetro de superficie. Si damos con la clave de acceso, será por pura chiripa.

Camorra se restregó el cansancio de los ojos.

–Necesito tiempo. Debe de haber algún modo de entretenerlos.

Cudgeon extrajo una bandera blanca de debajo de su túnica.

–Hay un modo...

–¡Comandante! No puede salir ahí fuera, sería un suicidio...

–Tal vez –admitió el comandante–, pero si no salgo, todos podríamos estar muertos en cuestión de minutos. Al menos de este modo ganaremos un poco de tiempo para trabajar en la cabina de Operaciones.

Camorra consideró la iniciativa. No había otra opción.

–¿Con qué va a negociar?

–Con los presos del Peñón del Mono. A lo mejor podríamos negociar algún tipo de liberación controlada.

–El Consejo nunca aceptará eso.

Cudgeon se irguió y sacó pecho.

–Este no es momento para politiqueos, capitán. Es el momento de pasar a la acción.

Camorra estaba francamente asombrado. Aquel no era el Brezo Cudgeon que él conocía: alguien le había hecho a aquel duende un trasplante de cerebro.

Ahora, el recién nombrado comandante estaba a punto de ganar una nueva bellota para su solapa. Camorra sintió cómo le invadía una oleada de emoción, un sentimiento que nunca antes había asociado con Brezo Cudgeon: era respeto.

–Abrid la puerta principal unos centímetros –ordenó el comandante en tono férreo. Potrillo estaría encantado de ver todo aquello por las pantallas–. Voy a hablar con esos reptiles.

Camorra relevó al comandante. Si lograban salir de esta con vida, se aseguraría de que concedieran al comandante Cudgeon la Bellota de Oro a título póstumo. Como mínimo.

Conducto desconocido, debajo de los Laboratorios Koboi

La lanzadera atlante bajaba a toda velocidad por un conducto inmenso, arrimándose al máximo a las paredes; tanto, que la pintura saltaba del casco al rascar contra ellas.

Artemis asomó la cabeza desde el compartimento de pasajeros.

–¿De veras es necesario todo esto, capitana? –inquirió mientras escapaban de la muerte por un solo centímetro y por enésima vez–. ¿O intentas fardar otra vez de lo buena aviadora que eres?

Holly le guiñó un ojo.

–¿Acaso tengo pinta de aviadora, Fowl?

Artemis tuvo que admitir que no la tenía. La capitana Canija era extremadamente guapa en el sentido peligroso del término. Tenía la belleza de una viuda negra. Artemis iba a alcanzar la pubertad al cabo de ocho meses aproximadamente, y sospechaba que en ese momento miraría a Holly bajo una luz diferente. También sospechaba que le daría igual que la elfa tuviese ochenta años.

–Me acerco tanto a la superficie porque quiero encontrar la supuesta grieta que Mantillo se empeña en decir que está por aquí –le explicó Holly.

Artemis asintió con la cabeza. La teoría del enano: lo bastante increíble como para que fuese cierta. Regresó a la bahía de popa para asistir a la versión de Mantillo de una reunión informativa.

El enano había dibujado un diagrama con unos trazos rudimentarios sobre el panel de una pared iluminada. Para ser sinceros, había chimpancés más artísticos y menos mordaces. Mantillo estaba utilizando una zanahoria como puntero o, para ser más exactos, varias zanahorias. A los enanos les gustaban las zanahorias.

–Esto de aquí son los Laboratorios Koboi –masculló con la boca llena de la hortaliza.

–¿Eso? –exclamó Remo.

–Soy consciente, Julius, de que no es un esquema muy preciso.

El comandante se levantó de la silla de un salto prodigioso. De no ser porque era imposible, se diría que lo habían propulsado los gases de un enano.

–¿Un esquema preciso? ¡Eso es un rectángulo, por todos los dioses!

Mantillo permaneció impasible.

–Eso no es importante. Esta de aquí es la parte importante.

–¿Esa línea temblorosa?

–Es una fisura –protestó el enano–. Está clarísimo.

–Para un niño de guardería, tal vez. Bueno, es una fisura, ¿y qué?

–Esa es la parte interesante. Veréis, esa fisura no suele estar ahí.

Remo empezó a respirar con dificultad de nuevo, algo que le ocurría a menudo últimamente, pero Artemis sintió un súbito interés.

–¿Cuándo aparece la fisura?

Pero Mantillo no iba a dar una respuesta directa así como así.

–Ah, los enanos... Sabemos mucho acerca de las rocas. Llevamos años y años excavándolas. –Remo empezó a tamborilear sobre su porra eléctrica con los dedos–. Los duendes no se dan cuenta de que las rocas están vivas, de que respiran.

Artemis asintió con la cabeza.

–Sí, claro. Expansión por calor.

Mantillo mordió la zanahoria con gesto triunfal.

–¡Exacto! Y, por supuesto, lo contrario: se contraen cuando se enfrían. –Hasta Remo le estaba prestando atención ahora–. Los Laboratorios Koboi están construidos sobre manto sólido; cinco kilómetros de roca. No hay manera de entrar, salvo que se perfore con cabezas sónicas, y creo que Opal Koboi las detectaría.

–¿Y eso de qué manera nos ayuda?

–La grieta se abre en esa roca cuando esta se enfría. Trabajé en los cimientos cuando estaban construyendo este lugar. La grieta te conduce directamente debajo de los laboratorios. Todavía queda un buen trecho por recorrer, pero al menos estás dentro.

El comandante se mostró escéptico.

–¿Y cómo es que Opal Koboi nunca se ha percatado de que existe esa fisura considerable?

–Bueno, yo no diría que es considerable.

–¿Cuánto mide?

Mantillo se encogió de hombros.

–No lo sé. A lo mejor cinco metros. En su punto más ancho.

–Pues sigue siendo una fisura bastante grande como para no percatarse de su existencia.

–Solo que no está ahí siempre –interrumpió Artemis–, ¿verdad, Mantillo?

–¿Siempre? Ojalá. Yo diría..., calculándolo así por encima...

Remo estaba perdiendo la paciencia. Ir un paso por detrás de los demás no iba con su carácter.

–¡Dilo, convicto, antes de que te haga otra marca de fuego en el trasero!

Mantillo se sintió ofendido.

–Deja de gritar, Julius. Estás haciendo que se me ricen los pelos de la barba.

Remo abrió la nevera y dejó que los zarcillos de hielo le refrescaran la cara.

–Vale, Mantillo. ¿Cuánto tiempo?

–Tres minutos como máximo. La última vez lo hice con un equipo de alas y llevando un traje antipresión. Por poco salgo aplastado y achicharrado.

–¿Achicharrado?

–A ver si lo adivino –dijo Artemis–. La fisura solo se abre

cuando la roca se ha contraído suficientemente. Si la fisura está en la pared de un conducto, el momento de enfriamiento máximo sería momentos antes del siguiente estallido de magma.

Mantillo le guiñó un ojo.

–Eres muy listo, Fangoso. Si no te pillan las rocas, te pillará el magma.

La voz de Holly retumbó por los altavoces.

–Estoy viendo algo; podría ser una sombra o una grieta en la pared del conducto.

Mantillo se puso a dar unos pasitos de baile, muy satisfecho de sí mismo.

–Ahora puedes decirlo, Julius. ¡Yo tenía razón! Me lo debes, Julius, me lo debes.

El comandante se frotó el puente de la nariz. Si salía con vida de aquello, nunca volvería a abandonar su puesto.

Laboratorios Koboi

Los Laboratorios Koboi estaban rodeados por un grupo de goblins de la B'wa Kell, armados hasta los dientes y con la lengua fuera, sedientos de sangre. Dejaron pasar a Cudgeon a empujones, pinchándole con una docena de cañones de rifles. Los cañones de ADN estaban guardados e inactivos, de momento. En cuanto Cudgeon decidiese que los B'wa Kell habían dejado de resultarle útiles, las armas serían reactivadas.

Condujeron al comandante al sanctasanctórum y lo obli-

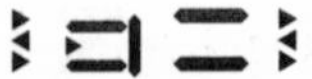

garon a ponerse de rodillas ante Opal y los generales de la B'wa Kell. Una vez que los soldados hubieron salido de la habitación, Cudgeon volvió a ponerse de pie y a colocarse al mando.

–Todo está saliendo según el plan –anunció, atravesando la sala para acariciar la mejilla de Opal–. Dentro de una hora, Refugio será nuestra.

El general Escaleno no estaba demasiado convencido.

–Sería nuestra mucho más rápido si contáramos con algunos disparadores Koboi.

Cudgeon suspiró pacientemente.

–Ya hemos hablado de esto, general. Las señales que emiten los disparadores bloquean las armas de neutrinos. Si sus hombres usan disparadores, también los usará la PES.

Escaleno se escabulló hacia un rincón, lamiéndose los globos oculares.

Por supuesto, aquella no era la única razón para denegar a los goblins las armas. Cudgeon no tenía ninguna intención de armar a un grupo al que pretendía traicionar. En cuanto los B'wa Kell hubiesen despachado a los miembros del Consejo, Opal devolvería el poder a la PES.

–¿Cómo va todo?

Opal se balanceó en su aerosilla, con las piernas enroscadas debajo del cuerpo.

–De maravilla. Las puertas de la Jefatura cayeron momentos después de que salieses para... negociar.

Cudgeon esbozó una sonrisa.

–Menos mal que me fui. Podría haber resultado herido.

–El capitán Kelp ha reunido al resto de sus fuerzas en la

sala de Operaciones, acordonando la cabina. El Consejo también está ahí dentro.

–Perfecto –repuso Cudgeon.

Otro general de la B'wa Kell, Esputo, dio un puñetazo sobre la superficie de la mesa de reuniones.

–¡No, Cudgeon! No es perfecto. Nuestros hermanos están pudriéndose en el Peñón del Mono.

–Paciencia, general Esputo –dijo Cudgeon con ánimo tranquilizador y llegando de hecho a colocar una mano sobre el hombro del goblin–. En cuanto caiga la Jefatura de Policía, podremos abrir las celdas del Peñón del Mono sin resistencia.

Por dentro, Cudgeon estaba furioso. Aquellas criaturas idiotas... ¡Cuánto las odiaba! Vestidos con túnicas hechas con su propia piel vieja. Era repulsivo. Cudgeon ardía en deseos de reactivar los cañones de ADN y acallar aquellas voces estridentes para siempre.

Su mirada se cruzó con la de Opal. Ella sabía lo que estaba pensando el elfo, y enseñó sus diminutos dientes con entusiasmo ante lo que iba a suceder. Qué criatura tan deliciosamente malvada... razón por la que, por supuesto, había que librarse de ella. Opal Koboi nunca sería feliz como segunda de a bordo.

Cudgeon le guiñó un ojo.

–Pronto –murmuró en voz baja–. Pronto.

CAPÍTULO XIII: EN LA BRECHA

DEBAJO DE LOS LABORATORIOS KOBOI

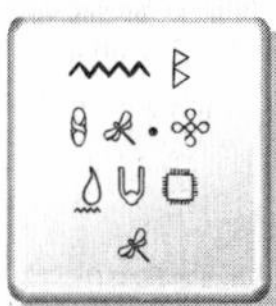

UNA lanzadera de la PES tiene forma de lágrima, la parte inferior deforme por el peso de los propulsores y un morro capaz de perforar una plancha de acero. Por supuesto, nuestros héroes no estaban en ninguna lanzadera de la PES, sino que se hallaban en la nave exclusiva del embajador de Atlantis. Decididamente, en aquella clase de aeronave el confort estaba muy por encima de la velocidad. La lanzadera tenía un morro que parecía el culo de un gnomo, era voluminosa y tenía un aspecto muy lujoso, con una parrilla que se podía usar para hacer barbacoas de carne de búfalo.

–Así que estás diciendo que esta fisura se va a abrir por espacio de un par de minutos y yo tengo que pasar volando a través de ella. ¿Y ese es todo el plan? –preguntó Holly.

–Es lo mejor que tenemos –respondió Remo en tono lúgubre.

–Bueno, al menos estaremos sentados en sillones mullidos

y acolchados cuando la roca nos despachurre. Este cacharro se mueve como un rinoceronte de tres patas.

–¿Y cómo iba yo a saberlo? –protestó Remo–. Se suponía que esto iba a ser una misión de rutina. Esta lanzadera tiene un equipo estéreo excelente.

Mayordomo levantó la mano.

–Escuchad. ¿Qué es ese ruido?

Se quedaron en silencio para escuchar. El ruido procedía de abajo y parecía el carraspeo de un gigante.

Holly consultó las cámaras de la quilla.

–Un estallido –anunció–. Enorme. Nos va a chamuscar el trasero.

La pared de roca que se erguía ante ellos se resquebrajó y empezó a gemir expandiéndose y comprimiéndose alternativamente. Las fisuras se abrían como bocas sonrientes llenas de dientes negros.

–Ya está. Vamos –apremió Mantillo–. Esa fisura se va a cerrar antes de lo que tarda un gusano apestoso en...

–Todavía no hay suficiente espacio –soltó Holly–. Esto es una lanzadera, no un enano gordo montado en un par de alas robadas.

Mantillo estaba demasiado asustado como para aguantar que lo insultaran.

–¡Tú limítate a moverla! Ya se irá abriendo a medida que nos acerquemos...

Por lo general, Holly habría esperado a que Remo diese luz verde, pero aquel era su terreno: nadie iba a discutir con la capitana Canija en los controles de una lanzadera.

La sima se abrió un metro más, estremeciéndose.

Holly apretó los dientes.

–Agarraos bien las orejas –exclamó antes de empujar las palancas de propulsión al máximo.

Los ocupantes de la aeronave se agarraron con fuerza a los brazos de sus asientos y más de uno cerró los ojos. Pero no Artemis. No podía; había algo morbosamente fascinante en el hecho de volar por un túnel que no aparecía en los mapas a una velocidad temeraria y confiando únicamente en la palabra de un enano cleptómano con respecto a lo que había al otro extremo.

Holly se concentró en sus instrumentos. Las cámaras del casco y los sensores transmitían información a varias pantallas y altavoces. El sonar se estaba volviendo loco, pitando tan rápido que casi era un aullido continuo. Los faros de luces halógenas transmitían unas imágenes espeluznantes a los monitores y el radar de láser dibujaba una forma verde de líneas tridimensionales en una pantalla oscura. Además, por supuesto, también estaba la pantalla de cuarzo, pero con las capas de polvo de roca y desechos de mayor tamaño, el ojo por sí solo era incapaz de captar nada en absoluto.

–La temperatura está aumentando –anunció Holly al tiempo que examinaba el monitor retrovisor. Una columna de magma anaranjado estalló junto a la boca de la fisura y luego pasó de largo y se desparramó por el túnel.

Era una carrera desesperada; la fisura se cerraba tras ellos y se expandía ante la proa de la nave. El ruido era espantoso, como un trueno en el interior de una burbuja.

Mantillo se tapó los oídos.

–La próxima vez escogeré el Peñón del Mono.

–Cállate, convicto –gruñó Remo–. Todo esto ha sido idea tuya.

Su pequeña trifulca se vio interrumpida por un roce tremendo de la nave contra la superficie, que hizo que saltaran chispas por el parabrisas.

–Perdón –se disculpó la capitana Canija–. Adiós a nuestro dispositivo de comunicaciones.

Colocó la nave de costado y pasó rozando dos placas en movimiento. El calor del magma recubría la pared de roca y unía cada vez más las placas. Un saliente irregular cortó la punta de la parte trasera de la lanzadera cuando ambas placas se juntaron definitivamente. Sonó como si un gigante acabase de dar una palmada. Mayordomo sacó su Sig Sauer, solo para sentirse más acompañado.

Inmediatamente después, ya habían pasado al otro lado y descendían en espiral por una caverna en dirección a tres enormes barras de titanio.

–Ahí –señaló Mantillo dando un grito ahogado–. Eso de ahí son los cimientos.

Holly puso los ojos en blanco.

–Vaya, no me digas –repuso al tiempo que extraía las abrazaderas de anclaje.

Mantillo había dibujado otro diagrama. Este parecía una serpiente curvada.

–Nos está guiando un idiota con un rotulador –dijo Remo con tranquilidad engañosa.

–Te he traído hasta aquí, ¿no es así, Julius? –replicó Mantillo, haciendo pucheros.

Holly se estaba terminando la última botella de agua mineral. Un buen tercio fue a parar a su cabeza.

–No te atrevas siquiera a enfurruñarte, enano –se dirigió a él–. Por lo que a mí respecta, estamos atrapados en el mismísimo centro de la Tierra sin salida y sin comunicaciones.

Mantillo retrocedió un paso.

–Parece que estás un poco tensa después del vuelo. Ahora vamos a tranquilizarnos todos un poco, ¿de acuerdo?

Nadie parecía demasiado tranquilo. Hasta el propio Artemis parecía un poco conmocionado tras la odisea. Mayordomo todavía no había soltado su Sig Sauer.

–Ya hemos pasado la parte más dura. Ahora estamos en los cimientos y solo podemos ir hacia arriba.

–Ah, ¿de verdad, convicto? –exclamó Remo–. ¿Y cómo sugieres que subamos exactamente?

Mantillo sacó una zanahoria de la nevera y señaló con ella su diagrama.

–Esto de aquí es...

–¿Una serpiente?

–No, Julius, es uno de los bloques que forman los cimientos.

–¿Los famosos bloques sólidos de titanio que constituyen los cimientos, asentados sobre un lecho de roca impenetrable?

–Los mismos. Solo que este de aquí no es sólido exactamente.

Artemis asintió con la cabeza.

–Ya me lo imaginaba. Así que decidiste hacer una chapuza de las tuyas, ¿verdad, Mantillo?

El enano no se inmutó.

–Ya sabes cómo es la normativa de la construcción de edificios. ¿Columnas de titanio sólidas? ¿Tienes alguna de idea de lo caro que es eso? Se nos salía del presupuesto, así que el primo Nord y yo decidimos olvidarnos del relleno de titanio.

–Pero tuvisteis que rellenar esa columna con algo –interrumpió el comandante–. Koboi les debió de pasar los escáneres.

Mantillo asintió con gesto culpable.

–Les conectamos las cloacas durante un par de días. Los espectrogramas de sonido salieron limpios.

Holly sintió que se le agarrotaba la garganta.

–Las cloacas. Quieres decir...

–No, ya no. Eso fue hace cien años, ahora es solo arcilla. Y de muy buena calidad, por cierto.

En la cara de Remo se podría haber hervido un caldero gigante de agua.

–¿Y esperas que trepemos por veinte metros de... estiércol?

El enano se encogió de hombros.

–¡Eh, que a mí me da lo mismo...! Quedaos aquí para siempre si queréis; yo voy a subir por la cañería.

A Artemis no le hizo ninguna gracia aquel súbito giro en los acontecimientos. Tener que correr, saltar y haber resultado herido tenía un pase, pero las cloacas...

–¿Ese es tu plan? –acertó a decir al fin.

–¿Qué te pasa, Fangosillo? –le espetó Mantillo–. ¿Es que tienes miedo de ensuciarte las manos?

Solo era una forma de hablar, Artemis lo sabía; pero era cierto pese a todo. Se miró los dedos esbeltos: la mañana del día anterior habían sido dedos de pianista, con unas uñas de manicura perfecta. Sin embargo, ese día podían ser las manos de un albañil.

Holly le dio unas palmaditas a Artemis en el hombro.

–Vale –dijo–. Hagámoslo. En cuanto salvemos a los Elementos del Subsuelo, podremos volver a rescatar a tu padre.

Holly advirtió un cambio en la expresión del joven Artemis, casi como si sus facciones no supiesen muy bien dónde colocarse. La elfa se quedó en silencio, percatándose de lo que acababa de decir. Para ella, el comentario solo habían sido unas palabra de ánimo sin importancia, la clase de cosas que una agente de policía decía todos los días, pero era como si Artemis no estuviese acostumbrado a formar parte de un equipo.

–No creas que quiero ser tu amiga ni nada parecido, es solo que cuando doy mi palabra, la cumplo.

Artemis decidió no responder. Ya le habían dado un puñetazo ese mismo día.

Bajaron de la lanzadera por una escalerilla plegable.

Artemis puso un pie en la superficie y echó a andar entre las piedras irregulares, los escombros y los materiales de construcción que Mantillo y su primo habían dejado abandonados un siglo atrás. La caverna estaba iluminada por el centelleo de la fosforescencia de las rocas, como si estuviese plagada de estrellas.

–Este sitio es una maravilla geológica –exclamó–. La presión a semejante profundidad debería aplastarnos, pero no es así. –Se arrodilló para examinar un brote de hongos que florecía en una lata de pintura oxidada–. ¡Si hay vida incluso!

Mantillo arrancó los restos de un martillo de entre dos rocas.

–Vaya, así que este cacharro estaba aquí... Se nos fue un poco la mano con los explosivos y destrozamos el depósito de estas columnas. Parte de nuestros desechos deben de haber... caído por aquí.

Holly estaba horrorizada. La contaminación es una abominación para las Criaturas.

–Has infringido tantas leyes aquí dentro, Mantillo, que ni siquiera tengo dedos suficientes para contarlas. Cuando te demos esos dos días de ventaja, más vale que corras con toda tu alma porque voy a ser yo quien te atrape.

–Por aquí –dijo Mantillo, haciendo caso omiso a aquella amenaza. Cuando se habían oído tantas como él había oído, le resbalaban sin más.

Había un agujero en una de las columnas. Mantillo acarició los bordes cariñosamente.

–Cortador láser de diamante, con una pequeña batería nuclear. Esa preciosidad podía cortar cualquier cosa.

–Yo también me acuerdo de ese cortador –dijo Remo–. Por poco me decapitas con él una vez.

Mantillo lanzó un suspiro.

–Qué buenos tiempos, ¿eh, Julius...?

La respuesta de Remo fue una rápida patada en el trasero.

–Menos hablar y más comer tierra, convicto.

Holly metió la mano en el agujero.

–Corrientes de aire. El campo de presión de la ciudad debe de haber neutralizado esta cueva con los años y por eso no estamos aplastados como peces manta ahora mismo.

–Entiendo –dijeron Mayordomo y Remo al unísono. Otra mentira que añadir a la lista.

Mantillo se desabrochó la culera de los pantalones.

–Abriré un túnel hasta arriba de todo y os esperaré allí. Despejad el máximo de escombros que podáis. Yo esparciré el barro reciclado alrededor para evitar taponar el pozo.

Artemis soltó un gemido: la idea de avanzar trepando por los «materiales reciclados» de Mantillo era casi insoportable. Solo la ilusión de poder salvar a su padre lo animaba a seguir adelante.

Mantillo se metió en el pozo.

–Apartaos –ordenó al tiempo que se desencajaba la mandíbula.

Mayordomo se movió de inmediato, pues no pensaba permitir que las ventosidades de aquel enano volviesen a dejarlo fuera de combate.

Mantillo se hundió hasta la cintura en la columna de titanio y, al cabo de unos segundos, ya había desaparecido por completo. La tubería empezó a estremecerse y a emitir unos sonidos extraños y no demasiado agradables. Los pedazos de arcilla se estrellaban contra las paredes de metal y un chorro constante de aire condensado y de desechos salía en espiral del agujero.

–Asombroso –exclamó Artemis con admiración–. Lo que haría yo con diez como él... Entrar en Fort Knox sería pan comido.

–Ni lo sueñes –le advirtió Remo. Se volvió para dirigirse a Mayordomo–. ¿Qué tenemos?

El sirviente sacó su pistola.

–Una Sig Sauer con doce balas en la recámara. Eso es todo. Yo me llevaré el arma puesto que soy el único que puede sostenerla. Vosotros dos coged cualquier cosa que encontréis por el camino.

–¿Y yo qué? –preguntó Artemis, aunque sabía cuál iba a ser la respuesta.

Mayordomo miró a su joven amo directamente a los ojos.

–Quiero que te quedes aquí. Esto es una operación militar. Solo conseguirías que te matasen.

–Pero...

–Mi trabajo consiste en protegerte, Artemis, y probablemente esto de aquí abajo es el lugar más seguro de todo el planeta.

Artemis no discutió con él. A decir verdad, todo eso ya lo había pensado él. A veces ser un genio era una lata.

–Muy bien, Mayordomo. Me quedaré aquí. A menos que...

Mayordomo entrecerró los ojos.

–¿A menos que qué?

Artemis esbozó una sonrisa peligrosa.

–A menos que se me ocurra una idea.

Jefatura de Policía

En la Jefatura de Policía la situación era desesperada. El capitán Kelp había reunido al resto de sus fuerzas formando un círculo detrás de las mesas, que estaban patas arriba. Los goblins estaban disparando al tuntún por la puerta y a ninguno de los duendes curanderos les quedaba una gota de magia en el cuerpo. A partir de ese momento, quienquiera que resultase herido permanecería herido, sin más.

El Consejo estaba agazapado detrás de un muro formado por las tropas. Todos excepto la comandante Vinyáya, que había pedido que le diesen uno de los rifles eléctricos. De momento no había fallado un solo disparo.

Los técnicos estaban agachados detrás de sus mesas, probando todos los códigos imaginables para conseguir acceso a la cabina de Operaciones. Camorra no albergaba demasiadas esperanzas al respecto: si Potrillo bloqueaba el acceso a una puerta, el acceso estaba bloqueado para siempre.

Mientras, en el interior de la cabina, lo único que el centauro podía hacer era golpear la mesa con los puños por la frustración que sentía. Era una prueba de la crueldad de Cudgeon el hecho de que hubiese permitido a Potrillo presenciar la batalla que estaba teniendo lugar tras las ventanas blindadas.

No había esperanza. Aunque Julius y Holly hubiesen recibido su mensaje, ahora ya era demasiado tarde para hacer algo. Potrillo tenía los labios y la garganta secos. Todo le había abandonado: su ordenador, su intelecto, su sarcasmo... Absolutamente todo.

Mayordomo sintió cómo una cosa húmeda le golpeaba la cabeza.

–¿Qué ha sido eso? –preguntó en un susurro a Holly, que estaba cubriendo la retaguardia.

–Mejor no preguntes –repuso la capitana Canija. Aun a pesar de los filtros del casco, el olor era absolutamente nauseabundo.

El contenido de la columna había tenido un siglo para fermentar, y olía igual de mal que el día que había entrado en ella. Probablemente peor. Al menos no tengo que comerme esta porquería, pensó el guardaespaldas.

Remo iba a la cabeza del grupo, con las luces del casco abriéndose camino a través de la oscuridad. La columna estaba en un ángulo de cuarenta grados, con muescas regulares donde se suponía que debían agarrarse los bloques de titanio de relleno.

Mantillo había hecho un trabajo excelente desmenuzando el contenido de la cañería, pero el material reciclado tenía que ir a parar a alguna parte. Cabe decir, para ser justos con él, que Mantillo masticaba bien cada bocado para evitar que hubiese demasiados trozos compactos.

El grupo de asalto avanzaba penosamente, tratando de no pensar en lo que estaban haciendo en realidad. Para cuando dieron alcance al enano, este estaba aferrado a un saliente con el rostro crispado de dolor.

–¿Qué te pasa, Mantillo? –preguntó Remo con la voz cargada de preocupación mal disimulada.

–¡Abar... taos...! –farfulló Mantillo–. ¡Abar... taos... ora... misss... mo!

Remo abrió mucho los ojos con una expresión rayana en el pánico.

–¡Fuera! –gritó–. ¡Que se aparte todo el mundo!

Se arrastraron hasta el estrechísimo hueco que había encima del enano. Se salvaron por los pelos. Mantillo dio rienda suelta a sus ventosidades y liberó una descarga de gases de enano capaces de hinchar la carpa de un circo. Acto seguido, se reencajó la mandíbula.

–Eso está mucho mejor –exclamó con gran alivio–. Esa tierra tenía un montón de aire. Oye, ¿te importaría apartar esa linterna de ahí? Ya sabes cuánto me molesta la luz.

El comandante hizo lo que le pedía y pasó a rayos ultrarrojos.

–Bueno, y ahora que ya estamos aquí arriba, ¿cómo salimos? Si no recuerdo mal, no has traído tu cortador contigo.

El enano esbozó una sonrisa radiante.

–Eso no es problema. Un buen ladrón siempre deja planeada la siguiente visita. Echad un vistazo a esto. –Mantillo estaba señalando un área de titanio que parecía idéntica al resto de la tubería–. Hice este parche la última vez. Solo es un trozo de goma flexible.

A Remo no le quedó más remedio que sonreír.

–Eres un mal bicho muy astuto. ¿Cómo logramos atraparte?

–Pura suerte –contestó el enano al tiempo que empujaba con el codo un trozo de tubería. Un círculo de gran tamaño cedió a la presión y dejó al descubierto el agujero centenario–. Bienvenidos a los Laboratorios Koboi.

Se encaramaron por el agujero y fueron a parar a un pasillo poco iluminado. Unas aerovagonetas cargadas hasta los topes estaban aparcadas alrededor de las paredes. La luz fluorescente del techo funcionaba al mínimo.

–Conozco este lugar –comentó Remo–. Ya he estado aquí antes en misión de inspección de los permisos especiales de armas. Estamos a dos pasillos de la sala central de ordenadores y creo que tenemos posibilidades de conseguirlo.

–¿Y qué me dices de esos cañones de ADN? –inquirió Mayordomo.

–Eso va a ser peliagudo –admitió el comandante–. Si el dispositivo del cañón no te reconoce, estás muerto. Pueden programarse para rechazar especies enteras.

–Muy peliagudo –convino el sirviente.

–Os apuesto lo que queráis a que no están activados –continuó Remo–. En primer lugar, este sitio está lleno de goblins, y no creo que hayan entrado por la puerta principal. Y en segundo lugar, si están culpando a Potrillo de esta sublevación, Koboi querrá fingir que tampoco ellos tenían armas, igual que la PES.

–¿Algún plan? –preguntó Mayordomo.

–No exactamente –admitió el comandante–. En cuanto doblemos la esquina, las cámaras captarán nuestra presencia, así que salid corriendo por el pasillo lo más rápido posible y pegadle a cualquier cosa que encontréis. Y si lleva un arma, confiscádsela. Mantillo, tú quédate aquí y amplía el túnel. Es posible que tengamos que salir a toda pastilla de aquí. ¿Preparados?

Holly extendió la mano.

–Caballeros, ha sido un placer.

El comandante y el sirviente se la estrecharon.

–Igualmente.

Se dirigieron al pasillo. Doscientos goblins contra nuestros tres héroes, prácticamente desarmados. Iba a ser muy peliagudo.

Sanctasanctórum, Laboratorios Koboi

–Intrusos –exclamó Opal Koboi, soltando grititos de entusiasmo–. Hay intrusos en el edificio.

Cudgeon se acercó a la pantalla de vigilancia.

–Me parece que es Julius. Es increíble. Evidentemente, su escuadrón de ataque estaba exagerando, general Esputo.

Esputo se lamió los globos oculares con furia. El teniente Nyle iba a perder la piel antes de la época de la muda, eso seguro.

Cudgeon le habló a Opal al oído.

–¿Podemos activar los cañones de ADN?

La duendecilla negó con la cabeza.

–No inmediatamente. Han sido reprogramados para rechazar el ADN de los goblins, de modo que tardarían unos minutos en rechazar otra clase de ADN.

Cudgeon se dirigió a los cuatro generales goblin:

–Que un escuadrón armado se les acerque por detrás y otro por el flanco; podemos atraparlos en la puerta. No tendrán escapatoria. –Cudgeon se quedó mirando, embelesado, la pantalla de plasma–. Esto es aún mejor de lo que yo había planeado. Ahora Julius, mi viejo amigo, me ha llegado el turno de humillarte.

Artemis estaba meditando. Aquel era un momento para la concentración. Se sentó con las piernas cruzadas encima de una roca, imaginando las distintas estrategias de rescate que podrían utilizar cuando regresasen al Ártico. Si la *mafiya* lograba cubrir el punto de recogida antes de que Artemis diese con ellos, solo había un plan con posibilidades de funcionar, y se trataba de un plan de alto riesgo. Artemis trató de estrujarse el cerebro al máximo. Tenía que haber otra forma...

Un ruido orquestal procedente de la columna de titanio distrajo sus pensamientos; parecía una nota sostenida con un fagot. Gases de enano, razonó. La columna tenía muy buena acústica.

Lo que él necesitaba era una idea genial, un plan brillante que lo sacara de aquella ciénaga donde estaba metido hasta las cejas y le hiciese creer que había merecido la pena.

Al cabo de ocho minutos, algo interrumpió de nuevo sus pensamientos, aunque esta vez no fueron los gases sino un grito pidiendo ayuda. Mantillo tenía problemas y estaba aullando de dolor.

Artemis estaba a punto de sugerir que Mayordomo se encargase del asunto cuando cayó en la cuenta de que su guardaespaldas no estaba allí: estaba cumpliendo su misión de salvar a los Elementos del Subsuelo. Ahora el asunto dependía de él.

Metió la cabeza dentro de la columna, que era negra como el interior de una bota y el doble de apestosa. Artemis decidió que un casco de la PES sería su primer requisito y enseguida extrajo uno de repuesto de la lanzadera y, tras unos minutos de experimentación, activó las luces y los cierres automáticos.

–¿Mantillo? ¿Estás ahí?

No hubo respuesta. ¿Podía tratarse de una trampa? ¿Era posible que él, Artemis Fowl, estuviese a punto de caer en la treta más vieja del mundo? Sí, era muy posible, decidió, pero, pese a todo, lo cierto era que no podía permitirse el lujo de dejar que la vida de aquel pequeño ser peludo corriese ningún riesgo. Desde que habían vuelto de Los Ángeles, a sabiendas de que era un error, le había empezado a tomar cariño al señor Mandíbulas. Artemis sintió un escalofrío. Aquello le ocurría cada vez más a menudo desde que su madre había recobrado el juicio.

Artemis se encaramó al tubo e inició su ascenso hacia el disco de luz que había arriba. El hedor era insoportable. Tenía los zapatos destrozados y no había tintorería capaz de salvar la chaqueta de Saint Bartleby's. Más le valía a Mantillo estar a punto de morirse de dolor.

Cuando llegó a la entrada, encontró a Mantillo retorciéndose en el suelo, con el rostro crispado por una agonía auténtica.

–¿Qué te pasa? –le preguntó al tiempo que se quitaba el casco y se arrodillaba junto al enano.

–Tengo algo atascado en la tripa –contestó el enano entre gemidos mientras le resbalaban perlas de sudor por los pelos de la barba–. Algo duro, no puedo desmenuzarlo.

–¿Qué puedo hacer para ayudarte? –preguntó de nuevo Artemis, aunque le horrorizaban las posibles respuestas.

–La bota izquierda. Sácamela.

–¿La bota? ¿Has dicho la bota?

–Sí –aulló el enano mientras el dolor le contraía la totalidad del cuerpo–. ¡Sácamela te he dicho!

Artemis no pudo reprimir un suspiro de alivio. Se temía algo mucho peor. Se subió la pierna del enano hasta la altura del regazo y tiró de la bota de montaña.

–Bonitas botas –comentó.

–Son de Rodeo Drive –le explicó Mantillo con voz ahogada–. Y ahora, si no te importa...

–Perdona.

La bota se deslizó hacia fuera y dejó al descubierto un calcetín que ya no parecía tan elegante ni era de diseño, con sus tomates en el dedo gordo, sus zurcidos y sus remiendos.

–El dedo meñique –dijo Mantillo, con los ojos cerrados de dolor.

–El dedo meñique, ¿qué?

–Aprieta la articulación. Con fuerza.

Apretar la articulación. Debía de ser algo relacionado con la reflejoterapia. Cada parte del cuerpo corresponde a un área del pie; el teclado del cuerpo, por decirlo de algún modo. Lleva siglos practicándose en Oriente.

–Muy bien. Si insistes...

Artemis colocó el índice y el pulgar alrededor del dedo peludo de Mantillo. Puede que fuese cosa de su imaginación, pero le pareció que los pelos se separaban para abrirle paso.

–Aprieta –le ordenó el enano–. ¿Se puede saber por qué no estás apretando?

Artemis no estaba apretando porque tenía los ojos bizcos, mirando el cañón del láser que le apuntaba justo al centro de la frente.

El teniente Nyle, que era quien sostenía el arma, no se podía creer su suerte: él solito había capturado a dos intrusos y además había descubierto su guarida. ¿Quién decía que quedarse rezagado para no enfrentarse a la lucha cuerpo a cuerpo no tenía sus ventajas? Aquella estaba resultando ser una revolución excepcional para él; sería coronel antes de mudar la tercera piel.

–De pie –les ordenó, resoplando llamaradas azules. Aun a través del traductor, su voz sonaba igual de reptil.

Artemis se puso en pie despacio, levantando la pierna de Mantillo consigo. La culera de los pantalones del enano se abrió.

–Bueno, ¿y se puede saber qué le pasa? –preguntó Nyle al tiempo que se agachaba para examinarlo de cerca.

–Le ha sentado mal algo que ha comido –le explicó Artemis y apretó la articulación.

La consiguiente explosión tiró al goblin al suelo y lo lanzó rodando por el pasillo. Aquella era una escena que no se veía todos los días.

Mantillo se levantó de un salto.

–Gracias, chico. Creía que me moría. Debe de haber sido algo muy duro, granito tal vez, o puede que diamante.

Artemis se limitó a asentir con la cabeza. Todavía no estaba listo para articular palabras.

–Esos goblins son idiotas. ¿Has visto qué cara ha puesto?

Artemis negó con la cabeza. Seguía sin estar listo.

–¿Quieres ir a echarle un vistazo?

El chiste de mal gusto hizo que Artemis se repusiera de golpe.

–Ese goblin dudo que fuera solo.

Mantillo se abrochó la culera.

–No. Acababa de pasar un escuadrón entero. Ese tipo debía de estar intentando escurrir el bulto. Muy típico de los goblins.

Artemis se frotó las sienes. Tenía que haber algo que pudiese hacer por sus compañeros. ¡Pero si hasta tenía el coeficiente intelectual más alto de Europa, por el amor de Dios!

–Mantillo, tengo que hacerte una pregunta importante.

–Y supongo que yo te debo una respuesta, por haberme salvado el pellejo.

Artemis le pasó un brazo al enano por el hombro.

–Ya sé cómo entraste en los Laboratorios Koboi, pero no pudiste haber salido por ahí porque te habría atrapado el estallido de magma, así que ¿cómo saliste?

Mantillo sonrió.

–Muy sencillo: activé la alarma y luego me fui con el uniforme de la PES con el que entré.

Artemis frunció el ceño.

–Eso no me sirve. Tiene que haber otro modo. Tiene que haberlo.

Era evidente que los cañones de ADN estaban fuera de servicio. Remo justo empezaba a sentirse optimista cuando oyó el bullicio de un ejército de botas acercándose.

–¡*D'Arvit!* Se acerca alguien. Vosotros dos, seguid adelante. Yo los entretendré todo lo posible.

–No, comandante –repuso Mayordomo–. Con todos los respetos, solo tenemos un arma, y yo puedo dispararle a muchos más. Los pillaré por sorpresa al doblar la esquina. Vosotros intentad abrir la puerta.

Holly abrió la boca para protestar, pero ¿quién iba a replicarle a un hombre de ese tamaño?

–De acuerdo. Buena suerte. Si caes herido, quédate lo más quieto posible hasta que yo vuelva. Cuatro minutos, recuérdalo.

Mayordomo asintió con la cabeza.

–Lo recordaré.

–Y... ¿Mayordomo?

–¿Sí, capitana?

–Ese pequeño malentendido que tuvimos el año pasado. Cuando tú y Artemis me secuestrasteis...

Mayordomo miró al techo. Se habría mirado los zapatos, pero Holly estaba en medio.

–Sí, eso. Hace tiempo que quería hablarte de ello...

–Olvídalo. Después de esto, estamos en paz.

–Holly, andando –le ordenó Remo–. Mayordomo, no dejes que se acerquen demasiado.

Mayordomo cerró los dedos en torno a la empuñadura del arma. Parecía un oso armado.

–Más vale que no lo hagan. Por su propio bien.

Artemis se subió a una aerovagoneta y la enganchó a uno de los conductos superiores que recorrían la longitud del pasillo.

–Esta tubería parece recorrer toda la estructura del techo. ¿Qué es? ¿Un sistema de ventilación?

Mantillo soltó un bufido.

–Ojalá. Es el suministro de plasma para los cañones de ADN.

–Entonces, ¿por qué no entraste por aquí?

–Bueno, por un detalle de nada; porque cada gota de plasma lleva una carga suficiente como para freír a un trol.

Artemis acercó la palma de la mano al metal.

–¿Y si los cañones no estuviesen en funcionamiento?

–Una vez que se desactivan los cañones, el plasma no es más que un vertido radiactivo.

–¿Radiactivo?

Mantillo se tiró de la barba con gesto pensativo.

–Bueno, de hecho, Julius cree que los cañones están desactivados.

–¿Hay algún modo de estar seguros?

–Podríamos abrir este panel de control imposible de abrir. –Mantillo recorrió con los dedos la superficie curva–. Vaya, mira esto. Una microcerradura; para recargar los cañones. Cada unidad de plasma necesita una recarga. –Señaló un agujero diminuto que había en la placa metálica. Podía confundirse con una mota de suciedad–. Y ahora, observa cómo trabaja un auténtico maestro.

El enano introdujo uno de los pelos de la barbilla en el agujero. Cuando reapareció la punta, Mantillo se arrancó el pelo de raíz. El pelo murió en cuanto Mantillo lo arrancó, y adquirió la rigidez del *rigor mortis*, conservando la forma exacta del interior de la cerradura.

Mantillo contuvo la respiración e hizo girar la llave improvisada. La trampilla se abrió.

–Eso, amigo mío, es talento.

En el interior del conducto palpitaba una gelatina de color naranja, y unas chispas ocasionales crepitaban en su seno. El plasma era demasiado denso como para derramarse por la trampilla y no abandonó ni por un momento su forma cilíndrica.

Mantillo entrecerró los ojos para observar el gel bamboleante.

–Sí, están desactivados. Si esa cosa tuviese vida, ahora mismo nuestras caras estarían adquiriendo un bonito bronceado.

–¿Y qué son esas chispas?

–Cargas residuales. Te harían sentir un ligero cosquilleo, pero nada más.

Artemis asintió con la cabeza.

–Vale –dijo, al tiempo que se ajustaba el casco.

Mantillo se puso pálido.

–¿No lo dirás en serio, mocoso Fangoso? ¿Tienes alguna idea de lo que sucederá si activan esos cañones de repente?

–Intento no pensar en ello.

–Seguramente eso es lo mejor que puedes hacer. –El enano meneó la cabeza con gesto perplejo–. Vale. Tienes que recorrer treinta metros y no te quedan más de diez minutos de aire en ese casco. Mantén los filtros cerrados. Puede que el aire se enrarezca un poco al cabo de un rato, pero es mejor que aspirar plasma. Y ten, llévate esto. –Extrajo el pelo rígido de la cerradura.

–¿Para qué?

–Supongo que querrás salir cuando llegues al otro extremo. ¿O es que no habías pensado en eso, geniecillo?

Artemis tragó saliva. No, no lo había pensado. Había otros factores que tener en cuenta en aquel acto de heroísmo, además de lanzarse a ciegas.

–Solo tienes que introducirlo con suavidad. Recuerda que es un pelo, no metal.

–Introducirlo con suavidad. Lo recordaré.

–Y no uses ninguna luz. Las luces halógenas podrían reactivar el plasma. –Artemis sintió cómo le empezaba a dar vueltas la cabeza–. Y asegúrate de rociarte con aerosol en cuanto puedas. Las latas antirradiación son de color azul. En estas instalaciones, las hay por todas partes.

–Latas azules. ¿Algo más, señor Mandíbulas?

–Bueno, también están las serpientes de plasma...

A Artemis por poco le fallan las rodillas.

–No lo dices en serio, ¿no?

–No –confesó Mantillo–, no lo digo en serio. Bueno, arrastrándote cada vez conseguirás avanzar medio metro más o menos, así que calcula unas sesenta veces y luego sal de ahí.

–Yo diría que un poco menos de medio metro, así que pongamos que tengo que arrastrarme por el plasma sesenta y tres veces. –Se metió el pelo del enano en el interior del bolsillo de la camisa.

Mantillo se encogió de hombros.

–Lo qué tú digas, chaval. Es tu piel, no la mía. Y ahora... ¡adelante!

El enano entrelazó los dedos y Artemis se subió al improvisado estribo. Estaba pensando en cambiar de idea cuando el señor Mandíbulas lo empujó al interior de la tubería. El gel anaranjado lo succionó y envolvió su cuerpo en un segundo.

El plasma se enroscó alrededor de su cuerpo como si fuera un ser vivo, reventando burbujas de aire que llevaba atrapadas en la ropa. Una chispa residual le rozó la pierna e hizo que un espasmo de dolor agudo le recorriese el cuerpo. ¿Un ligero cosquilleo?

Artemis asomó la cabeza por el gel anaranjado; Mantillo estaba allí animándole con un gesto y sonriendo de oreja a oreja. Artemis decidió que si lograba salir de aquella, tendría que contratar al enano.

Empezó a gatear a tientas. Tomó impulso para arrastrarse una vez, dos veces...

Sesenta y tres parecían demasiadas.

Mayordomo levantó la Sig Sauer. Los pasos eran cada vez más ruidosos y rebotaban por las paredes de metal. Las sombras aparecían alargándose por la esquina, adelantándose a sus dueños. El sirviente apuntó hacia ellas con el arma.

Apareció una cabeza que tenía forma de sapo y se estaba lamiendo sus propios globos oculares. Mayordomo apretó el gatillo. La bala abrió un agujero del tamaño de un melón en la pared que había encima de la cabeza del goblin, quien la escondió enseguida. Por supuesto, Mayordomo había errado el tiro a propósito. Siempre valía más asustar que matar, aunque aquello no podía ser siempre así. De hecho, para ser precisos, solo le quedaban doce tiros más.

Los goblins se mostraban cada vez más osados, avanzando cada vez más. Al final, Mayordomo sabía que se vería obligado a dispararle a uno de ellos.

El sirviente decidió que había llegado la hora de atacar de verdad, de manera que se levantó con más sigilo que una pantera y se escabulló por el pasillo en dirección al enemigo.

Solo había dos hombres en todo el planeta mejor entrenados que Mayordomo en artes marciales, y él era pariente de uno de ellos. El otro vivía en una isla del sur de China y pasaba los días meditando y golpeando palmeras. Lo cierto es que no había más remedio que compadecer a aquellos goblins.

Los B'wa Kell tenían dos guardias apostados en la entrada del sanctasanctórum, ambos armados hasta los dientes y ambos sin dos dedos de frente. A pesar de las repetidas advertencias, los dos estaban quedándose dormidos con sus cascos puestos cuando los elfos aparecieron por la esquina.

–Mira –murmuró uno de los dos–, elfos.

–¿Eh? –exclamó el otro, el más tonto de los dos.

–No importa –dijo el número uno–. La PES no tiene armas.

El número dos se lamió los globos oculares.

–Ya, pero seguro que son muy irritables.

Y fue entonces cuando la bota de Holly hizo impacto con el pecho del goblin y lo arrojó contra la pared.

–Eh... –se quejó el número uno al tiempo que desenfundaba su arma–, eso no ha sido justo...

Remo no se molestó en hacer exhibición de sus patadas de guerrero profesional, sino que optó por aplastar al centinela contra la puerta de titanio.

–Muy bien –exclamó Holly sin resuello–. Dos fuera de combate. No ha sido tan difícil.

Un comentario un tanto prematuro, como se vería después, porque fue entonces cuando el resto de los doscientos goblins que formaban el escuadrón de los B'wa Kell apareció por el pasillo perpendicular.

–No, no ha sido tan difícil –repitió el comandante mientras cerraba los puños con fuerza.

A Artemis, la concentración le estaba fallando. Ahora parecía haber más chispas, y se distraía con cada descarga. Había perdido la cuenta dos veces. Ahora iba por el número cincuenta y cuatro. O cincuenta y seis. Su vida dependía de la diferencia.

Siguió avanzando hacia delante, extendiendo un brazo y luego el otro, nadando a través de un mar crecido de gelatina. La vista le resultaba de muy poca utilidad, pues todo era de color naranja, y la única confirmación que tenía de que estaba haciendo algún progreso era cada vez que la rodilla se le hundía en algún hueco, donde el plasma se desviaba hacia un cañón.

Artemis se empujó una vez más por el gel, llenándose los pulmones de aire enrarecido: sesenta y tres. Ya estaba. Pronto los purificadores de aire del casco le resultarían inútiles y empezaría a respirar anhídrido carbónico.

Apoyó las yemas de los dedos contra la curva interior de la tubería en busca de una cerradura. Una vez más, sus ojos no le servían de ninguna ayuda. Ni siquiera podía activar las luces del casco por miedo a prender fuego al río de plasma.

Nada, ni una sola hendidura. Iba a morir allí solo. Nunca llegaría a ser nadie. Artemis sintió cómo trabajaba su cerebro, girando en espiral a toda velocidad por un túnel negro. Concéntrate, se dijo. Piensa. Se acercaba una chispa, una estrella plateada en el horizonte. La chispa rodó perezosamente por el tubo e iluminó cada sección por la que pasó.

¡Allí! ¡Un agujero! El agujero que necesitaba, iluminado un instante por la chispa pasajera. Artemis rebuscó en su bolsillo como si fuera un nadador ebrio y extrajo el pelo de enano. ¿Funcionaría? No había ningún motivo por el que aquella trampilla de acceso tuviese que tener un mecanismo de apertura distinto.

Artemis deslizó el pelo en el interior de la cerradura con movimiento suave. Entrecerró los ojos y trató de ver qué pasaba a través del gel. ¿Estaba entrando? Eso creía, o al menos estaba un sesenta por ciento seguro. Tendría que bastar.

Artemis hizo girar la improvisada llave y la trampilla se abrió. Se imaginó la sonrisa de satisfacción de Mantillo: *Eso, amigo mío, es talento*.

Era muy posible que todos los enemigos que tenía en el subsuelo estuvieran esperándole fuera de la trampilla, apuntándole a la cabeza con unas armas feas y enormes. Llegados a este punto, a Artemis no le importaba demasiado. No podía soportar ni una sola bocanada más de su propio oxígeno ni un chispazo eléctrico sobre su cuerpo.

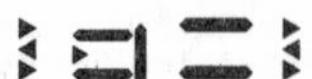

Y así, Artemis Fowl asomó el casco por la superficie de plasma y levantó el visor, paladeando la que tal vez fuera su última bocanada de aire. Por suerte para él, los ocupantes de la sala estaban absortos mirando una pantalla, viendo cómo los amigos de Artemis peleaban por su vida. Sus amigos no estaban teniendo tanta suerte.

Hay demasiados, pensó Mayordomo cuando dobló la esquina y vio casi un ejército entero de miembros de la B'wa Kell con baterías nuevecitas en sus armas.

Al percatarse de la presencia de Mayordomo, los goblins empezaron a exclamar cosas como: «Oh, Dios... ¡Es un trol con ropa!» o «¿Por qué no hice caso a mamá y me quedé en casita?».

Luego Mayordomo se abalanzó sobre ellos y cayó como una tonelada de ladrillos, solo que con una precisión más considerable. Tres goblins quedaron fuera de combate antes de saber siquiera que alguien los estaba golpeando. Uno se descerrajó un tiro en el pie y otros varios se echaron al suelo, haciéndose los muertos.

Artemis lo vio todo en la pantalla de plasma de la sala de control, junto con los demás ocupantes del sanctasanctórum. Aquello era pura diversión para ellos, la tele en directo. Los generales goblin se reían y se estremecían cada vez que Mayordomo diezmaba a sus hombres. Todo aquello no tenía la menor importancia, pues había cientos de goblins en el edificio y ninguna forma de entrar a aquella sala.

Artemis solo tenía unos segundos para decidir qué hacer. Segundos. Y no tenía ni idea de cómo utilizar ninguna de aquellas armas tecnológicas. Escaneó las paredes que tenía debajo para ver si encontraba algo que pudiera serle útil; cualquier cosa.

Allí, en una pantalla diminuta lejos del panel de control principal, estaba Potrillo. Atrapado en la cabina de Operaciones. El centauro tendría un plan; desde luego, había tenido tiempo de sobra para urdir uno. Artemis sabía que en cuanto saliese del conducto, sería un blanco fácil. Lo matarían sin pensárselo dos veces.

Se arrastró desde el interior del tubo y cayó sobre el suelo con un ruido sordo. Sus ropas empapadas retrasaron su avance hasta la hilera de monitores. Unas cabezas se volvían para mirarle, las veía por el rabillo del ojo. Unas figuras aparecieron a su lado, no sabía cuántas.

Había un micrófono debajo de la imagen de Potrillo. Artemis pulsó el botón.

–¡Potrillo! –gritó mientras salpicaba el panel de pegotes de gel–. ¿Me oyes?

El centauro reaccionó de inmediato.

–¿Fowl? ¿Qué te ha pasado?

–Cinco segundos, Potrillo. Necesito un plan, o estaremos todos muertos.

Potrillo asintió con brusquedad.

–Ya tengo uno. Haz que aparezca mi imagen en todas las pantallas.

–¿Qué? ¿Cómo?

–Aprieta el botón de las conferencias. Es el amarillo, un círculo con unas rayas que salen de él, como el sol. ¿Lo ves?

Artemis lo vio y lo apretó. Luego algo lo apretó a él. Y le hizo mucho daño.

El general Escaleno fue el primero en ver a aquella criatura saliendo de la tubería de plasma. ¿Qué era aquello? ¿Un duendecillo? No... ¡Por todos los dioses! ¡Un humano!

–¡Mirad! –gritó–. Un Fangoso.

Los demás no le hicieron ningún caso porque estaban demasiado absortos en el espectáculo que mostraban las pantallas.

Pero no Cudgeon. Un humano en el sanctasanctórum. ¿Cómo podía ser posible? Agarró a Escaleno por los hombros.

–¡Mátalo!

Ahora todos los generales estaban prestando atención. Había que matar a alguien. Sin peligro para sí mismos. Lo harían a la antigua usanza: con las garras y bolas de fuego.

El humano se cayó tambaleándose sobre una de las consolas, y los goblins lo rodearon, sacando las lenguas con avidez. Esputo volvió al humano para que se enfrentase a su destino.

Uno a uno, los generales fueron formando bolas de fuego en los puños, preparándose para el ataque, pero justo en ese momento, algo les hizo olvidarse por completo del humano herido. La cara de Cudgeon apareció en todas las pantallas y a los miembros del ejecutivo de la B'wa Kell no les gustó nada lo que estaba diciendo: «Justo cuando las cosas estén en su momento más desesperado, daré instrucciones a Opal para que devuelva el control de las armas a la PES. Los B'wa Kell se quedarán inconscientes y a ti te harán responsable de todo esto, a menos que sobrevivas, cosa que dudo».

Esputo se volvió para dirigirse a su aliado.

–¡Cudgeon! ¿Qué significa esto?

Los generales avanzaron, lanzando sonidos sibilantes y escupiendo al suelo.

–¡Traición, Cudgeon! ¡Traición!

Cudgeon tenía motivos para estar intranquilo.

–Vale –dijo–. Traición.

Cudgeon tardó unos minutos en deducir qué había ocurrido. Era Potrillo. Debía de haber grabado su conversación de algún modo. Qué tipo tan pesado... Sin embargo, había que reconocer que era un centauro de recursos.

Cudgeon atravesó rápidamente la sala en dirección al panel de control principal y cortó la retransmisión. A Opal no le convenía nada oír el resto de la misma, sobre todo la parte que hablaba de su trágico accidente. Tendría que encontrar esa grabación. Pero no importaba, todo estaba bajo control.

–¡Traición! –exclamó Escaleno con voz sibilante.

–De acuerdo –admitió Cudgeon–. Traición. –E inmediatamente después de eso ordenó–: Ordenador, activa los cañones de ADN. Autorización Cudgeon B. Alfa alfa dos dos.

En su aerosilla, Opal daba saltos de alegría, aplaudiendo con las manos diminutas de puro regocijo. Brezo era feísimo, pero también era malísimo.

En las instalaciones de los Laboratorios Koboi, los robots-cañones de ADN se despertaron dentro de sus estuches y se hicieron un examen rápido para comprobar el estado general. Salvo por una pequeña fuga en el sanctasanctórum, todo estaba en orden. Y así, sin más preámbulos, empezaron a obedecer los parámetros de su programación y a disparar sobre cualquier cosa que tuviese ADN goblin a una velocidad de diez disparos por segundo.

Eran rápidos y, como toda la tecnología Koboi, eficaces. En menos de cinco segundos, los cañones regresaron a sus estuches. Misión cumplida: doscientos goblins inconscientes en las instalaciones.

–¡Uf! –exclamó Holly, saltando por encima de hileras de goblins que no dejaban de roncar–. Por los pelos.

–Y que lo digas –convino Remo.

Cudgeon dio una patada al cuerpo durmiente de Esputo.

–¿Lo ves? No has conseguido nada, Artemis Fowl –dijo, al tiempo que desenfundaba su Redboy–. Tus amigos están ahí fuera, tú estás aquí dentro y los goblins están inconscientes, a punto de sufrir una limpieza de memoria con unos productos químicos especialmente inestables. Justo como lo había planeado. –Lanzó una sonrisa a Opal, que estaba suspendida en el aire encima de ellos–. O, mejor dicho, justo como lo habíamos planeado.

Opal le devolvió la sonrisa.

En otras circunstancias, Artemis se habría visto obligado a soltar un comentario sarcástico de los suyos, pero la posibilidad de una muerte inminente le tenía el cerebro ocupado en esos momentos.

–Ahora, simplemente reprogramaré los cañones para eliminar a tus amigos, devolveré el control a los cañones de la PES y me haré con el control del planeta. Y nadie puede entrar aquí para detenerme.

Por supuesto, nunca hay que decir nada como eso, sobre todo cuando eres un villano. Eso es pedir a gritos unos cuantos problemas.

Mayordomo echó a correr pasillo abajo hasta alcanzar a los otros, a las puertas del sanctasanctórum. A través de la hoja de cuarzo de la puerta, veía los apuros que estaba pasando Artemis. Pese a todos sus esfuerzos, su joven amo había conseguido poner en peligro su vida de todos modos. ¿Cómo iba a hacer bien su trabajo un guardaespaldas si su protegido insistía en meterse en la boca del lobo?

Mayordomo sintió cómo se le acumulaba la testosterona en el interior del cuerpo. Una puerta era lo único que lo separaba de Artemis, solo una puertecilla insignificante, diseñada para soportar las descargas de los duendes con armas de rayos. Retrocedió unos cuantos pasos.

Holly advirtió lo que tenía en mente.

–No te molestes, esa puerta está reforzada –le advirtió.

El sirviente no respondió. No podía. El verdadero Mayordomo estaba sumergido en varias capas de adrenalina y fuerza bruta.

Lanzando un rugido, Mayordomo embistió contra la

puerta, concentrando la totalidad de su fuerza descomunal en el punto triangular de su hombro. Aquel golpe habría derribado a un hipopótamo de tamaño mediano, y si bien estaba demostrado que la puerta podía resistir la dispersión de plasma y una resistencia física moderada, desde luego no estaba hecha a prueba de Mayordomo, pues se arrugó como si fuera de hojalata.

El impulso de Mayordomo lo arrojó al centro del suelo de caucho del sanctasanctórum. Holly y Remo lo siguieron y se detuvieron solo para quitarles unos cuantos láseres Softnose a los goblins inconscientes.

Cudgeon reaccionó con rapidez y obligó a Artemis a ponerse de pie.

–No os mováis, ninguno de vosotros, o mataré al Fangosillo.

Mayordomo siguió avanzando. Su último pensamiento racional había sido inmovilizar a Cudgeon. Ahora, este era su único objetivo en la vida. Echó a correr hacia delante, extendiendo los brazos.

Holly se abalanzó sobre él desesperadamente y se prendió de su cinturón. Mayordomo la arrastró tras de sí como si fuera una ristra de latas detrás de un coche de recién casados.

–Mayordomo, detente –masculló la capitana.

El guardaespaldas hizo caso omiso de ella.

Holly siguió aferrándose a él, haciendo fuerza con los talones en el suelo para detenerle.

–*¡Párate!* –repitió, esta vez aderezando su voz con el *encanta*.

Mayordomo pareció despertarse y echó al hombre de las cavernas que llevaba dentro de su sistema.

–Así me gusta, Fangoso –dijo Cudgeon–. Escucha a la capitana Canija. Estoy seguro de que podremos llegar a algún acuerdo.

–Nada de tratos, Brezo –repuso Remo–. Todo ha terminado, así que suelta al chico.

Cudgeon puso su Redboy a punto para disparar.

–Vale, lo soltaré.

Aquella era la peor pesadilla de Mayordomo: su protegido en manos de un psicópata que no tenía nada que perder. Y él no podía hacer nada al respecto.

Sonó un teléfono.

–Me parece que es el mío –dijo Artemis automáticamente.

Otro timbrazo. Decididamente, se trataba de su teléfono móvil. Era asombroso que aquel cacharro funcionase todavía, teniendo en cuenta por todo lo que había tenido que pasar. Artemis abrió la solapa.

–¿Sí?

Fue uno de esos momentos en que el tiempo se detiene. Nadie sabía qué vendría a continuación.

Artemis le pasó el aparato a Opal Koboi.

–Es para usted.

La duendecilla descendió unos metros para coger el diminuto móvil. Cudgeon empezó a mostrar dificultades para respirar. Su cuerpo sabía lo que estaba pasando, aunque su cerebro no lo hubiese deducido todavía.

Opal se acercó el auricular a la oreja puntiaguda.

«A ver, Potrillo, ¿de veras crees que me molestaría en planear todo esto para acabar compartiendo el poder con alguien? Oh, no. En cuanto toda esta farsa acabe, la señorita Koboi sufrirá un trágico accidente. O puede que varios trágicos accidentes.»

El rostro de Opal perdió todo rastro de color.

–¡Tú! –chilló.

–¡Es una trampa! –protestó Cudgeon–. Están intentando enfrentarnos.

Sin embargo, sus ojos delataban la verdad.

Las duendecillas son seres muy batalladores, a pesar de su tamaño. Aguantan y aguantan hasta que al final explotan, y a Opal Koboi le había llegado el momento de explotar. Accionó los controles de su aerosilla y se lanzó en picado sobre Brezo.

Cudgeon no se lo pensó dos veces: descerrajó dos disparos sobre la silla, pero el grueso cojín protegía a su piloto.

Opal Koboi se abalanzó directamente sobre su antiguo socio. Cuando el elfo levantó los brazos para protegerse, Artemis se arrojó al suelo. Brezo Cudgeon no tuvo tanta suerte, sino que quedó atrapado en la barandilla de seguridad de la aerosilla y Opal, fuera de sí, lo levantó en el aire. Fueron dando tumbos por la habitación y rebotando en varias paredes antes de estrellarse contra la trampilla abierta de plasma en la tubería de los cañones.

Por desgracia para Cudgeon, el plasma estaba ahora activado; de hecho, lo había activado él mismo, pero esta ironía no se le pasó por la cabeza mientras lo achicharraba un millón de zarcillos radiactivos.

Koboi tuvo suerte. Salió disparada de su aerosilla y acabó tendida en las baldosas de caucho, gimiendo sin parar.

Mayordomo ya se había puesto en movimiento antes de que Cudgeon aterrizase. Llegó hasta Artemis y le examinó el cuerpo para comprobar si estaba malherido. Un par de arañazos superficiales, nada más. Nada que un buen chorro de chispas azules no pudiese curar.

Holly comprobó el estado de Opal Koboi.

–¿Está consciente? –preguntó el comandante.

La duendecilla abrió los ojos, parpadeando, pero Holly se los cerró con un rápido golpe en la frente.

–No –contestó con aire inocente–. Está fuera de combate.

Remo echó un vistazo a Cudgeon y se dio cuenta de que no valía la pena comprobar sus constantes vitales. Tal vez fuese mejor así. La alternativa habría sido un par de siglos en el Peñón del Mono.

Artemis advirtió movimiento junto a la puerta. Era Mantillo, que estaba sonriendo y saludando con la mano, despidiéndose, por si acaso a Julius se le olvidaba su trato de concederle dos días de ventaja. El enano señaló una lata de color azul que había en un soporte de la pared y desapareció.

–Mayordomo –lo llamó Artemis con la última gota de fuerza que le quedaba en el cuerpo–, ¿me podría alguien rociar con aerosol? Y luego, ¿podríamos irnos a Murmansk, por favor?

Mayordomo estaba perplejo.

–¿Con aerosol? ¿Qué aerosol?

Holly cogió la lata de espuma antirradiación y le quitó el tapón de seguridad.

–Permíteme –dijo, sonriendo–. Será un placer.

Rocío a Artemis con un chorro de espuma de olor nauseabundo. Al cabo de unos segundos, parecía un muñeco de nieve medio derretido. Holly se echó a reír. ¿Quién decía que ser policía no tenía sus recompensas?

Cabina de Operaciones

Una vez que el cañón de plasma hubo provocado un cortocircuito en el mando a distancia de Cudgeon, la energía regresó a la cabina de Operaciones. Sin perder un minuto, Potrillo activó los sedantes subcutáneos que los delincuentes goblin llevaban insertados bajo la piel, cosa que puso a media B'wa Kell fuera de combate inmediatamente. A continuación, reprogramó los cañones de ADN de la Jefatura de Policía para que disparasen descargas no letales. Todo terminó en cuestión de segundos.

El capitán Kelp dedicó su primer pensamiento a sus subordinados.

–¡Atención! –gritó, y su voz tronó en medio del caos–. ¿Hemos perdido a alguien?

Los líderes de los distintos escuadrones respondieron por orden, confirmando que no había habido bajas mortales.

–Hemos tenido suerte –comentó un médico curandero–. No queda una gota de magia en todo el edificio, ni siquiera un medipac. El próximo agente en haber caído herido se habría quedado en el suelo.

Camorra dirigió su atención al interior de la cabina de Operaciones. No parecía complacido.

Potrillo despolarizó la ventana de cuarzo y abrió un canal de comunicación.

–Eh, chicos, yo no estaba detrás de esto. Era Cudgeon. Yo os he salvado a todos. Envié una grabación de sonido a un teléfono móvil, y creedme, no fue nada fácil. Tendríais que darme una medalla.

Camorra cerró el puño.

–Sí, Potrillo, ven aquí a que te ponga tu medalla.

Puede que Potrillo no tuviese don de gentes, pero sabía reconocer una amenaza velada cuando la oía.

–Oh, no. De eso ni hablar. Yo me quedo aquí hasta que vuelva el comandante Remo. Él podrá explicarlo todo.

El centauro volvió a oscurecer la ventana y se entretuvo pasando un programa de limpieza por el sistema. Aislaría hasta el último rastro de Opal Koboi y luego lo eliminaría para siempre. Conque era un paranoico, ¿eh? ¿Quién era ahora el paranoico, Holly? ¿Quién era ahora el paranoico?

CAPÍTULO XIV:
EL DÍA DEL PADRE

MURMANSK

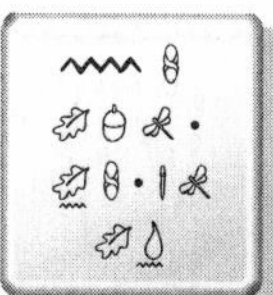

EL paisaje del Ártico entre Murmansk y Severomorsk se había convertido en un cementerio de submarinos para la otrora poderosa flota rusa. Casi un centenar de submarinos languidecían oxidándose en las distintas ensenadas y fiordos de la costa, con solo algún que otro cartel de peligro o una patrulla errante para avisar a los transeúntes curiosos. Por la noche no hacía falta aguzar demasiado la vista para ver el brillo, ni tampoco el oído para oír el zumbido.

Uno de dichos submarinos era el *Nikodim*, una nave de veinte años y de tipo Tifón, con tubos oxidados y un reactor con escapes. No era una combinación saludable. Y sin embargo, era allí donde el capo de la *mafiya*, Britva, había dado instrucciones a sus lacayos para que hiciesen el canje de Artemis Fowl padre.

Mijael Vassikin y Kamar no estaban demasiado contentos con la situación. Ya llevaban dos días encerrados en el camarote del capitán, y estaban convencidos de que sus vidas se acortaban con cada minuto que pasaba.

Vassikin tosió.

–¿Has oído eso? No tengo el estómago bien. Es la radiación, te lo digo de verdad.

–Todo esto es ridículo –soltó Kamar–. Ese chico, Fowl, tiene trece años. ¡Trece! Es un crío. ¿Cómo va a reunir un niño cinco millones de dólares? Es absurdo.

Vassikin se incorporó en su litera.

–Tal vez no. He oído historias sobre ese crío. Dicen que tiene poderes.

Kamar dio un bufido.

–¿Poderes? ¿Magia? Anda, vete a meter la cabeza en el reactor, crédulo, más que crédulo.

–No, tengo un contacto en la Interpol. Tienen un expediente del chico. ¿Con trece años y ya tiene un expediente? Yo tengo treinta y siete y todavía ni un solo archivo en la Interpol. –El ruso parecía decepcionado.

–Un expediente. ¿Y qué tiene eso de mágico?

–Mi contacto jura que ese chico, Fowl, ha sido visto en distintos rincones del mundo, el mismo día y a la misma hora.

Kamar no estaba en absoluto impresionado.

–Tu contacto es aún más cobarde que tú.

–Piensa lo que te dé la gana, pero me alegraré mucho de salir de este maldito barco con vida. De la forma que sea.

Kamar se caló hasta las orejas un gorro de piel.

–Vale, vámonos. Ya es la hora.

–Por fin –dijo Vassikin soltando un suspiro.

Lo dos hombres recogieron al prisionero del camarote

contiguo. No les preocupaba que pudiese fugarse, sobre todo teniendo en cuenta que le faltaba una pierna y que llevaba una capucha tapándole la cabeza. Vassikin se echó a Artemis Fowl padre al hombro y subió los escalones de la falsa torre.

Kamar utilizó una radio para comunicarse con los refuerzos. Había más de cien criminales escondidos entre los arbustos petrificados y los ventisqueros. Las ascuas de los cigarrillos iluminaban la noche como luciérnagas.

–Apagad esos cigarrillos, idiotas –les ordenó a través de una frecuencia abierta–. Es casi medianoche. Fowl podría aparecer en cualquier momento. Recordad, que nadie dispare hasta que yo dé la orden. Entonces, abrid fuego todos.

Casi se podía oír el silbido de cien colillas de cigarrillo extinguiéndose en el suelo cubierto de nieve. Cien hombres. Era una operación costosa, pero una simple gota en el océano comparado con el veinte por ciento que les había prometido Britva.

Viniese por donde viniese, aquel crío, Fowl, quedaría atrapado en un fuego cruzado mortal. Ni él ni su padre tenían escapatoria, mientras que él y Vassikin estaban a salvo tras la falsa torre de acero.

Kamar sonrió. A ver cuánta magia tienes entonces, *irlanskii*.

Holly examinó la escena a través del filtro de visión nocturna y alta resolución de su casco, con los ojos de una agente de Reconocimiento experimentada. Mayordomo se había tenido que conformar con unos simples prismáticos.

–¿Cuántos cigarrillos has contado?

–Más de ochenta –respondió la capitana–. Podrían ser hasta cien hombres. Métete ahí y estás muerto.

Remo asintió con la cabeza. Era una pesadilla táctica.

Habían acampado en el lado opuesto del fiordo, en lo alto de una colina inclinada. El Consejo había aprobado incluso el empleo de alas, habida cuenta de los recientes servicios prestados por Artemis.

Potrillo había realizado una recuperación del correo del ordenador de Artemis y había encontrado un mensaje: cinco millones de dólares USA. El *Nikodim*. Murmansk. A medianoche el día catorce. Era escueto e iba al grano. ¿Qué más había que decir? Habían perdido su oportunidad de rescatar a Artemis padre antes de que lo llevaran al punto de recogida, y ahora la *mafiya* lo tenía todo bajo control.

Se reunieron mientras Mayordomo dibujaba un diagrama en la nieve con un puntero láser.

–Yo diría que tienen retenido al objetivo aquí, en la falsa torre. Para llegar hasta allí, es necesario recorrer todo el submarino. Tienen a cien hombres escondidos por el perímetro. No contamos con apoyo aéreo, ninguna información por satélite y solo disponemos de una cantidad de armas mínima. –Mayordomo lanzó un suspiro–. Lo siento, Artemis, pero no lo veo claro.

Holly se arrodilló para estudiar el diagrama.

–Tardaríamos días en preparar una parada de tiempo. Tampoco podemos escudarnos a causa de la radiación y no hay forma de acercarse lo suficiente para practicar un *encanta* colectivo.

–¿Qué me decís de las armas de la PES? –preguntó Artemis, a pesar de que ya conocía la respuesta.

Remo se puso a mascar un puro que no estaba encendido.

–Ya lo hemos hablado, Artemis. Tenemos tantas armas como queramos, pero si empezamos a disparar, tu padre será el primer objetivo de esa gente. Son las reglas habituales de los secuestros.

Artemis se subió el cuello de la parka de la PES y se quedó mirando el diagrama.

–¿Y si les damos el dinero?

Potrillo les había preparado cinco millones en billetes pequeños en una de sus viejas impresoras. Hasta había hecho que un equipo de duendes los arrugase un poco para que pareciesen más auténticos.

Mayordomo negó con la cabeza.

–Esa no es la manera de hacer negocios de esa gente. Vivo, el señor Fowl es un enemigo potencial. Tiene que morir.

Artemis asintió despacio. No quedaba otra alternativa. No tendría más remedio que poner en práctica el plan que había urdido en la terminal de lanzaderas del Ártico.

–Muy bien, atención todo el mundo. Tengo un plan –anunció–, pero os va a parecer un poco descabellado.

El teléfono móvil de Mijael Vassikin sonó de repente y quebró el silencio del Ártico. Vassikin estuvo a punto de caerse de la falsa torre.

–*¿Da?* ¿Qué pasa? Estoy ocupado.

–Soy Fowl –dijo una voz en perfecto ruso, más fría que un témpano de hielo ártico–. Es medianoche. Estoy aquí.

Mijael se volvió, escaneando los alrededores con sus prismáticos.

–¿Aquí? ¿Dónde? No veo nada.

–Lo suficientemente cerca.

–¿Cómo has conseguido mi número?

Una risa hizo crujir el auricular. El sonido hizo que a Vassikin se le encogiera el estómago.

–Conozco a cierta persona. Él tiene todos los números.

Mijael inspiró hondo varias veces, tratando de tranquilizarse.

–¿Tienes el dinero?

–Claro. ¿Tú tienes el paquete?

–Aquí mismo lo tengo.

Una vez más sonó la risa fría.

–Lo único que veo es a un gordo con pinta de imbécil, a un granuja y a alguien con una capucha tapándole la cabeza. Podría ser cualquiera. No pienso pagar cinco millones por tu primo Yuri.

Vassikin se agachó debajo de la torre.

–¡Fowl puede vernos! –le susurró a Kamar–. No te levantes.

Kamar se escabulló hasta el otro extremo de la torre y abrió una línea de comunicación con sus hombres.

–Está aquí. Fowl está aquí. Registrad la zona.

Vassikin se acercó el teléfono de nuevo a la oreja.

–Pues baja y compruébalo por ti mismo.

–Puedo verlo perfectamente desde aquí. Solo tienes que quitarle la capucha.

Mijael tapó el auricular.

–Quiere que le quite la capucha. ¿Qué hago?

Kamar lanzó un suspiro. Ahora ya estaba quedando claro quién era el cerebro de aquel equipo.

–Quítasela. Eso no va a cambiar nada. Dentro de cinco minutos, los dos estarán muertos de todos modos.

–De acuerdo, Fowl. Voy a quitarle la capucha. La próxima cara que vas a ver será la de tu padre. –El ruso grandullón levantó al prisionero y lo colocó junto al borde de la falsa torre. Luego extendió una mano y tiró de la capucha de tela de saco.

Al otro extremo de la línea, oyó una brusca exhalación.

A través de los filtros de su casco de la PES, Artemis veía la falsa torre del submarino como si la tuviese a un metro de distancia. El ruso destapó la capucha y Artemis no pudo reprimir un grito ahogado.

Era su padre. Estaba distinto, desde luego, pero no como para no reconocerlo. Artemis Fowl I, sin sombra de duda.

–Bueno –le dijo una voz en ruso al oído–, ¿es él?

Artemis trató de impedir que le temblara la voz.

–Sí –contestó–. Es él. Felicidades. Habéis atrapado un buen pez.

En la falsa torre, Vassikin le hizo a su compañero la señal de que todo iba según lo planeado.

–Es él –le susurró–. Tenemos el dinero.

Kamar no compartía su seguridad. No habría ningún festejo hasta que tuvieran el dinero en la mano.

Mayordomo ajustó el rifle mágico Farshoot en su soporte. Lo había seleccionado personalmente del arsenal de la PES. Mil quinientos metros. No era un disparo fácil, pero no soplaba viento y Potrillo le había dado un dispositivo que se encargaba de apuntar al blanco por él. El torso de Artemis Fowl padre estaba justo en el centro de la mira telescópica.

Inspiró hondo.

–Artemis, ¿estás seguro? Esto es arriesgado.

Artemis no respondió y comprobó por enésima vez que Holly estaba en la posición correcta. Por supuesto que no estaba seguro. Había un millón de cosas que podían salir mal con aquella argucia, pero ¿qué otra opción tenía?

Artemis asintió. Solo una vez.

Mayordomo realizó el disparo.

El tiro hizo blanco en el hombro de Artemis padre, quien empezó a girar hasta desplomarse encima del perplejo Vassikin.

El ruso soltó un aullido de asco y empujó al irlandés herido por la borda de la falsa torre. Artemis padre se deslizó por la quilla y fue a estrellarse contra las placas de hielo que se adherían al casco del submarino.

–¡Le ha disparado! –gritó el *juligany*–. Ese demonio le ha disparado a su propio padre.

Kamar estaba atónito.

–¡Idiota! –chilló–. ¡Acabas de arrojar a nuestro rehén por la borda! –Se asomó a las aguas negras del Ártico. No había más rastro del *irlanskii* que las ondas que el peso de su cuerpo había dejado en el agua.

–Baja a buscarlo si quieres –dijo Vassikin con hosquedad.

–¿Estaba muerto?

Su compañero se encogió de hombros.

–Tal vez. Estaba sangrando mucho, y si la bala no acaba con él, el agua lo hará. Pero, de todos modos, no es culpa nuestra.

Kamar soltó unas cuantas palabrotas.

–No creo que Britva esté de acuerdo.

–Britva –repitió Vassikin sin aliento. Lo único que el *menidzher* entendía era el dinero–. Oh, Dios... Estamos muertos...

El teléfono móvil hizo ruido en el suelo. El auricular estaba vibrando. Fowl seguía al otro extremo de la línea.

Mijael recogió el móvil como si fuese una granada de mano.

–¿Fowl? ¿Estás ahí?

–Sí –respondió.

–¡Maldito demonio de crío! ¿Se puede saber por qué has hecho eso? Tu padre está muerto. ¡Creía que teníamos un trato!

–Y todavía lo tenemos, solo que ahora ha cambiado. Todavía podéis sacar algo de dinero esta noche.

Mijael dejó de temblar y empezó a prestar atención. ¿Habría todavía posibilidades de salir de aquella pesadilla?

–Te escucho.

–Lo último que me hacía falta era que mi padre regresase y destruyese lo que he construido estos últimos dos años. –Mijael asintió. Aquel razonamiento le parecía la mar de lógico–.

De modo que tenía que morir. Tenía que hacerlo yo mismo, para estar seguro, pero todavía podría dejaros un regalito.

Mijael casi no podía respirar.

–¿Un regalito?

–El rescate. Los cinco millones.

–¿Y por qué ibas a hacer eso?

–Vosotros os quedáis con el rescate y yo vuelvo a casa sano y salvo. ¿Os parece justo?

–A mí sí.

–Muy bien. Ahora mirad al otro lado de la bahía, encima del fiordo. –Mijael levantó la vista. Había una bengala encendida, justo en la cima de la colina cubierta de nieve–. Hay un maletín unido a esa bengala. La bengala se apagará dentro de diez minutos. Yo que tú llegaría allí antes, o de lo contrario tardaréis años en encontrar ese maletín.

Mijael no se molestó en cortar la comunicación, sino que se limitó a tirar el teléfono al suelo y echó a correr.

–¡El dinero! –le gritó a Kamar–. Ahí arriba. La bengala...

Kamar salió tras él en una décima de segundo, sin dejar de dar instrucciones por radio. Alguien tenía que llegar a ese dinero. ¿Qué importaba un *irlanskii* a punto de ahogarse cuando había cinco millones de por medio?

Remo señaló a Holly en el preciso instante en que Artemis padre cayó herido al agua.

–¡Sal! –le ordenó.

La capitana Canija activó sus alas y salió disparada por la ladera de la colina. Por supuesto, lo que estaban haciendo iba en contra de todas las normas, pero el Consejo le había dado a Potrillo carta blanca después de haber estado a punto de condenarlo por alta traición. Las únicas condiciones eran que el centauro estuviese en comunicación constante y que todos los miembros del equipo fuesen equipados con paquetes de incineración por control remoto, para que ellos y toda su tecnología mágica pudiesen ser destruidos si los capturaban o resultaban heridos en combate.

Holly siguió los acontecimientos del submarino a través de su visor. Vio el impacto de la bala sobre el hombro de Artemis padre, que lo hizo desplomarse encima del ruso más robusto. También advirtió cómo aparecía sangre en su campo de visión, pues era lo bastante cálida como para que sus sensores térmicos la detectasen. Holly tuvo que admitirlo: la escena era muy realista. Tal vez el plan de Artemis acabaría funcionando después de todo. Tal vez lograrían engañar a los rusos. A fin de cuentas, los humanos casi siempre veían lo que querían ver.

Luego las cosas se pusieron horriblemente feas.

–¡Ha caído al agua! –gritó Holly por el micrófono del casco, activando al máximo el acelerador de sus alas–. Está vivo, pero no por mucho tiempo si no lo sacamos de ahí.

Rozó la superficie del hielo reluciente, con los brazos cruzados encima del pecho para ganar velocidad. Se movía demasiado deprisa como para ser captada por el ojo humano. Podía ser un pájaro, o una foca rompiendo las olas. El submarino apareció imponente ante ella.

A bordo del *Nikodim*, los rusos estaban evacuando el submarino, bajando por la escalera de la torre y resbalando con las prisas. Y en tierra, tres cuartos de lo mismo: los hombres saliendo de sus escondites y abriéndose paso a todo correr entre la maleza helada. El comandante debía de haber encendido la bengala. Aquellos Fangosos se volverían locos por encontrar su precioso dinero, para ver luego cómo se disolvía al cabo de setenta y dos horas. Eso les daría tiempo suficiente para entregárselo a su jefe, y lo más probable era que este no estuviese muy contento al verlo desaparecer ante sus ojos.

Holly rozó la quilla del submarino, a salvo de las radiaciones con su traje y su casco. En el último momento, viró hacia arriba, protegida de la costa norte por la falsa torre. Apretó el acelerador y se desplazó hasta el agujero de hielo donde había caído el humano. El comandante le estaba hablando al oído, pero Holly no le respondió. Tenía una misión que cumplir y no tenía tiempo para hablar.

Los duendes detestan el frío. Lo odian. Algunos les tienen tanta fobia a las bajas temperaturas que ni siquiera comen helado. Lo último que Holly quería hacer en ese instante era meter siquiera un dedo en aquella agua radiactiva y bajo cero, pero ¿qué otra opción tenía?

–¡*D'Arvit!* –soltó, y se zambulló en el agua.

Los microfilamentos de su traje atenuaban el frío, pero no podían eliminarlo por completo. Holly sabía que solo disponía de unos segundos antes de que la disminución de la temperatura enlenteciera sus movimientos y la sumiese en un estado de *shock*.

Debajo de ella, el humano inconsciente estaba más pálido que un fantasma. Holly toqueteó con torpeza los controles de sus alas. Si se pasaba un poco de rosca con el acelerador, descendería demasiado. Si no lo apretaba lo suficiente, se quedaría corta. Y a aquella temperatura, solo tenía una oportunidad.

Holly apretó el acelerador. El motor emitió un zumbido y la envió diez brazas por debajo. Perfecto. Agarró a Fowl padre por la cintura y lo sujetó con rapidez a su Lunocinturón. El humano se quedó allí colgado, inerte. Necesitaba una buena infusión de magia, y cuanto antes mejor.

Holly levantó la vista. Parecía como si el agujero de hielo ya se estuviese cerrando. ¿Qué otra cosa más podía salir mal? El comandante le estaba gritando al oído, pero ella no le oía, sino que solo se concentraba en regresar a tierra firme.

Las esquirlas de hielo se extendían por el agujero como una telaraña. El océano parecía decidido a encerrarlos en su seno.

De eso, ni hablar, pensó Holly, apuntando con su cabeza encasquetada a la superficie y apretando el acelerador al máximo. Atravesaron la capa de hielo, formaron un arco por el aire y aterrizaron en la superficie de listones de la parte delantera del submarino.

La cara del humano era del color del paisaje circundante. Holly se agachó sobre su pecho como una criatura depredadora, dejando al descubierto la supuesta herida. Había sangre sobre la cubierta, pero era la sangre de Artemis hijo: le habían arrancado la cápsula a un extintor Hidrosión y la habían rellenado con sangre que le habían extraído a Artemis del brazo. Con el impacto, el Refresco había tirado a Artemis padre al suelo, y había hecho que el líquido saliese disparado por el aire. Muy convincente. Por supuesto, que los rusos arrojaran al padre al agua helada no formaba parte del plan.

La cápsula no había llegado a penetrarle en la piel, pero el señor Fowl no estaba a salvo todavía. La imagen térmica de Holly mostraba que los latidos de su corazón eran peligrosamente lentos y débiles. Le puso las manos sobre el pecho.

–Cúrate –le susurró–. Cúrate.

Y la magia se le desparramó por los dedos.

Artemis no podía ver el intento de rescate de Holly. ¿Había hecho lo correcto? ¿Y si la cápsula de Hidrosión le penetraba en la piel? ¿Cómo iba a volver a mirar a su madre a los ojos?

–Oh, no –exclamó Mayordomo.

Artemis llegó a su lado en un instante.

–¿Qué pasa?

–Tu padre está en el agua. Uno de los rusos lo ha tirado por la borda.

El chico lanzó un gemido. Esa agua era igual de mortal que cualquier bala. Ya se temía que pudiese ocurrir algo así.

Remo también había estado siguiendo el intento de rescate.

–Vale. La capitana está sobrevolando el agua. ¿Lo ves, Holly? –No hubo respuesta. Solo interferencias en los auriculares–. ¿Cuál es su estado, capitana? Responde. –Nada–. ¿Holly?

No habla porque es demasiado tarde, pensó Artemis. No puede hacer nada por salvar a mi padre y todo es culpa mía.

La voz de Remo interrumpió sus pensamientos.

–Los rusos están evacuando el submarino –anunció–. Holly está en él ahora, encima del agujero en el hielo. Va a meterse. Holly, ¿qué tienes? Vamos, Holly. Dime algo.

Nada. Durante una eternidad.

Luego, Holly surgió del hielo como un delfín mecanizado. Formó un arco en el aire de la noche ártica durante unos instantes y aterrizó con violencia en la cubierta del Tifón.

–Tiene a tu padre –dijo el comandante.

Artemis se colocó el casco de Reconocimiento de repuesto, deseando con todas sus fuerzas que la voz de Holly sonase a través de los altavoces. Aumentó el tamaño de la imagen de su visor hasta que parecía que podía tocar a su padre y vio a Holly agacharse sobre el pecho de este, mientras las chispas de magia le recorrían los dedos.

Al cabo de unos minutos, Holly levantó la vista y miró directamente a Artemis a los ojos, como si supiese que la estaba mirando.

–Lo he rescatado –anunció, jadeando–. Un Fangoso vivo. No parece una estrella de cine, pero respira.

Artemis se desplomó en el suelo, y el llanto de alivio hizo que le temblasen los delgados hombros. Lloró durante un minuto entero y luego volvió a ser él mismo.

–Buen trabajo, capitana. Y ahora salgamos de aquí antes de que Potrillo active sin querer uno de esos paquetes de incineración.

En las entrañas de la Tierra, el centauro se apartó de su consola de comunicaciones.

–No me tiente, comandante, no me tiente... –soltó, riéndose.

UN EPÍLOGO O DOS

TARA

ARTEMIS se disponía a regresar a Saint Bartleby's. Ahí era donde debía estar cuando los servicios médicos de Helsinki identificasen a su padre a partir del pasaporte, convenientemente desgastado, que Potrillo había creado para él.

Holly había hecho todo lo duendilmente posible por el hombre herido, pues le había curado la herida del pecho y le había devuelto la vista a su ojo ciego. Sin embargo, era demasiado tarde para reinjertarle la pierna, de la que no disponían de todos modos. No, Artemis padre requería cuidados médicos prolongados y estos tenían que empezar en alguna parte donde poder dar explicaciones racionales, de modo que Holly había volado en dirección suroeste hacia Helsinki y había depositado al hombre inconsciente a las puertas del Hospital Universitario. Un conserje había visto al paciente volador, pero le habían hecho una limpieza de memoria con resultados satisfactorios.

Cuando Artemis padre recobrase el conocimiento, los dos

años anteriores serían una imagen borrosa en su cerebro, y su último recuerdo sería una escena feliz: despidiéndose de su familia en el puerto de Dublín; gracias, una vez más, a Potrillo y a su tecnología de limpieza de memoria.

–¿Por qué no me voy a vivir con vosotros y ya está? –había bromeado el centauro cuando habían regresado a la Jefatura–. Y os plancho la ropa, de paso.

Artemis sonrió, cosa que había estado haciendo muy a menudo últimamente. Hasta la despedida de Holly había ido mucho mejor de lo que esperaba, teniendo en cuenta que la elfa había visto cómo le disparaba a su propio padre. Artemis sintió un escalofrío. Presentía que iba a pasar muchas noches en vela por culpa de aquella maniobra estratégica en concreto.

La capitana los escoltó hasta Tara y los hizo salir a través del holograma de un seto. Había incluso una vaca holográfica masticando las hojas virtuales para despistar a los humanos y evitar que descubriesen la entrada al mundo de los duendes.

Artemis iba vestido con el uniforme completo del colegio, que milagrosamente ahora parecía nuevecito gracias a la tecnología mágica. Se olisqueó la solapa.

–Esta chaqueta huele raro –comentó–. No es un olor desagradable, pero es raro.

–Está completamente limpia –explicó Holly, sonriendo–. Potrillo tuvo que pasarla por tres ciclos completos en la máquina para eliminar...

–Para eliminar cualquier resto de los Fangosos –terminó la frase Artemis.

–Exacto.

Había luna llena, una luna brillante y redonda como una pelota de golf. Holly sentía que aquel cuerpo celeste le dedicaba su magia.

–Potrillo ha dicho que, teniendo en cuenta la ayuda que nos has prestado, va a suspender la vigilancia de la mansión Fowl.

–Me alegro –repuso Artemis.

–¿Es una buena decisión?

Artemis consideró su respuesta.

–Sí. Las Criaturas no tienen nada que temer de mí.

–Bien, porque buena parte de los miembros del Consejo querían que te sometiésemos a una limpieza de memoria, y con un pedazo de memoria como la tuya, tu coeficiente intelectual podría haberse visto afectado.

Mayordomo le tendió una mano.

–Bueno, capitana. Supongo que no volveré a verte.

Holly se la estrechó.

–Si vuelves a verme, será demasiado tarde. –La capitana Canija se volvió hacia la entrada del mundo mágico–. Será mejor que me vaya. Pronto se hará de día y no quiero que ningún satélite espía me pille sin el escudo puesto. Lo último que querría es ver mi foto por todo internet. Sobre todo ahora que me acaban de reincorporar a Reconocimiento.

Mayordomo le dio un ligero codazo a su protegido.

–Hum... Holly... Eh... Capitana Canija. –¿Eh? Artemis no podía creer que hubiese dicho «eh». Ni siquiera era una palabra.

–¿Sí, Fang...? ¿Sí, Artemis?

Artemis miró a Holly a los ojos, tal como Mayordomo le

había indicado. Aquel rollo de «ser cortés» era más complicado de lo que creía.

–Me gustaría... Es que... Lo que quiero decir es que... –Otro codazo de Mayordomo–. Gracias. Te lo debo todo a ti. Gracias a ti tengo a mis padres. Y el modo en que pilotaste aquella nave fue increíble. Y en el tren... Bueno, yo nunca podría haber hecho lo que tú... –Un tercer codazo. Era el momento de dejar de parlotear de aquella manera–. Lo siento. Bueno, ya te haces una idea.

Las facciones elfinas de Holly dibujaron una extraña expresión, a medio camino entre el bochorno y –¿sería posible?– la complacencia. Se recobró enseguida.

–Tal vez yo también te debo algo, humano –dijo, desenfundando su pistola. Mayordomo estuvo a punto de reaccionar, pero decidió concederle a Holly el beneficio de la duda.

La capitana Canija extrajo una moneda de oro de su cinturón y la arrojó al aire; la moneda surcó veinte metros de cielo iluminado por la luz de la luna. Con un movimiento delicado, levantó el arma y disparó una sola descarga. La moneda ascendió otros veinte metros y luego empezó a caer al suelo, sin dejar de girar. Artemis logró atraparla en el aire. El primer momento espontáneo y desenfadado de su joven vida.

–Buen tiro –comentó. El disco anteriormente sólido ahora tenía un agujero diminuto en el centro.

Holly extendió la mano, mostrando la cicatriz aún fresca que llevaba en el dedo.

–De no haber sido por ti, habría fallado ese disparo. Ningún dedo mecánico puede reproducir esa clase de precisión al disparar. Así que gracias a ti también, supongo.

Artemis le tendió la moneda.

–No –dijo Holly–. Quédatela, de recuerdo.

–¿De recuerdo?

Holly le habló con el corazón en la mano.

–Para que recuerdes que debajo de todas esas capas de malicia, hay una chispa de decencia. Tal vez podrías encender esa chispa de vez en cuando.

Artemis cerró los dedos alrededor de la moneda y percibió su calidez al contacto con la palma de la mano.

–Sí, tal vez sí.

Una pequeña avioneta biplaza pasó zumbando por encima de sus cabezas. Artemis miró al cielo y cuando volvió a bajar la vista; Holly ya se había ido. Una ligera calima planeaba sobre la hierba.

–Adiós, Holly –dijo en voz baja.

El Bentley arrancó al primer giro de la llave de contacto. En menos de una hora llegaron a la puerta principal de Saint Bartleby's.

–Asegúrate de que tienes el móvil encendido –le recordó Mayordomo, aguantándole la puerta–. Los agentes de Helsinki no tardarán mucho en obtener los resultados de sus pesquisas de la Interpol. Han reactivado el expediente de tu padre en el ordenador central gracias, una vez más, a Potrillo.

Artemis asintió con la cabeza y comprobó que tenía el teléfono encendido.

–Intenta localizar a mi madre y a Juliet antes de que llegue la noticia. No quiero tener que rastrear todos los balnearios del sur de Francia buscándolas.

–Sí, Artemis.

–Y comprueba también que todas mis cuentas permanecen bien ocultas. No hay ninguna necesidad de que mi padre se entere de lo que he estado haciendo los últimos dos años.

Mayordomo sonrió.

–Sí, Artemis.

Artemis avanzó hacia la puerta del colegio y luego se volvió.

–Y Mayordomo, una cosa más. En el Ártico...

Artemis no pudo hacerle la pregunta, pero su guardaespaldas sabía ya la respuesta.

–Sí, Artemis –contestó con dulzura–. Hiciste lo correcto. Era la única opción.

Artemis asintió y permaneció junto a la puerta hasta que el Bentley hubo desaparecido por la avenida. A partir de aquel momento, su vida sería diferente. Con sus dos padres en la mansión, tendría que elaborar sus maquiavélicos planes con muchísimo más cuidado. Sí, les debía a las Criaturas dejarlas tranquilas por un tiempo, pero Mantillo Mandíbulas..., eso era otra historia. Tantas instalaciones de seguridad y tan poco tiempo...

DESPACHO DEL PSICÓLOGO, COLEGIO SAINT BARTLEBY'S PARA CHICOS

El doctor Po no solo seguía trabajando en Saint Bartleby's, sino que parecía fortalecido después del período de descanso sin Artemis. Sus otros pacientes eran casos relativamente fáciles de crisis de agresividad, estrés a causa de los exámenes y timidez crónica. Y eso eran solo los profesores.

Artemis se acomodó en el diván, con cuidado de no apretar sin querer el botón de desconexión de su móvil.

El doctor Po señaló su ordenador con la cabeza.

–El director Guiney me reenvió tu mensaje electrónico. Encantador.

–Siento eso del mensaje –murmuró Artemis, sorprendido al descubrir que, efectivamente, lo sentía. Por lo general, hacer que los demás se sintieran mal no le hacía sentirse mal a él–. No quería admitir que tenía un problema, de modo que proyecté mi ansiedad sobre usted.

Po estuvo a punto de echarse a reír.

–Sí, muy bien. Justo lo que dice el libro.

–Ya lo sé –contestó Artemis. Y desde luego que lo sabía; el doctor F. Roy Dean Schlippe había contribuido escribiendo un capítulo de ese libro.

El doctor Po soltó su bolígrafo, algo que no había hecho nunca.

–Verás, todavía no hemos resuelto ese último problema.

–¿Qué problema es ese, doctor?

–El problema del que hablamos en nuestra última sesión, sobre el respeto.

–Ah, ese problema.

Po agitó los dedos.

–Quiero que finjas que soy tan listo como tú y que me des una respuesta honesta.

Artemis pensó en su padre tumbado en la cama de un hospital en Helsinki o en la capitana Holly Canija arriesgan-

do su vida para salvarle y, por supuesto, en Mayordomo, sin cuya ayuda nunca habría conseguido salir de los Laboratorios Koboi. Levantó la vista y vio al doctor Po sonriéndole.

–Bueno, jovencito, ¿has encontrado a alguien que merezca tu respeto?

Artemis le devolvió la sonrisa.

–Sí –dijo–, creo que sí.

FIN